在阅读中展开，人生的可能

CONTENT

肯特文化

你就不要想起我

麦九 —— 著

长江出版社

图书在版编目（CIP）数据

你就不要想起我 / 麦久 著；

— 武汉：长江出版社，2018.4

ISBN 978-7-5492-5271-8

Ⅰ.①你… Ⅱ.①麦… Ⅲ.①长篇小说-中国-当代 Ⅳ.①I247.5

中国版本图书馆CIP数据核字(2017)第238357号

你 就 不 要 想 起 我 / 麦久 著

出　　版	长江出版社	
	（武汉市解放大道1863号 邮政编码：430010）	
选题策划	肯特文化	
出 品 人	柯利明 林苑中	
特约监制	准拟佳期	
市场发行	长江出版社发行部	
网　　址	http://www.cjpress.com.cn	
责任编辑	张艳艳	
特约策划	千 雪 苏狸花	
营销推广	刘 源	
装帧设计	Takashi	
封面插画	赛那沙	
责任印制	法成海	
版式制作	枝 桠	
印　　刷	三河市华东印刷有限公司	
版　　次	2018年4月第1版	
印　　次	2021 年 5 月第 2 次印刷	
开　　本	880mm×1230mm 1/32	
印　　张	9	
字　　数	225千字	
书　　号	ISBN 978-7-5492-5271-8	
定　　价	36.00元	

电话：027-82926557（总编室）027-82926806（市场营销部）

目 录

C O N T E N T S

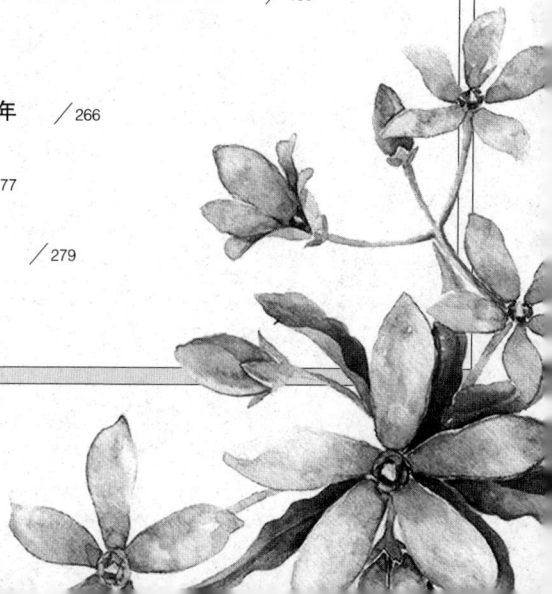

序

哎，又被抓来写序了。我一共就三个相交四年的死党，今年，他们在我的影响下，纷纷投奔了 Boss 和美男小狮，在魅丽出书了。身为第一个奔向魅丽的娃，我担负起了为他们一个个写序的重任！我实在是太荣幸了（不敢装可怜啊，会被羞辱的）！

我和麦九相识这么久，日常生活里，她是个很细心温柔的小姑娘，所以我实在想象不出她怎么能写出这么残忍、暴力、没人性的悲剧……哼，说什么我是后妈，喂喂，大家睁大眼睛看看，后妈在这里呢！

《往北的地方海未眠》（原出版名）这篇文，从小九开始写的时候，我就一章一章地追着看了，越看到后来，越觉得小九进步很大，文字流畅，带着灵气，经典的句子信手拈来，毫不矫揉造作，文里的那些人像是能一个个浮现在我眼前一般清晰。

欢喜、宫薄、青涯、乐乐，每一个人都像是有生命一般，在纸上缓缓地走着他们悲苦的一生，走向那定好的结局。

这是一个关于守护，关于情深缘浅，关于相爱而不得相守，关于亲情、友情、爱情相交杂的故事。

故事刚开始的时候，欢喜是个有些叛逆，有些精明，又很可爱的女孩，她的生活里没有爸爸，但有一个像姐姐一样的妈妈，她的生活虽然心酸，可更多的，却还是幸福吧。

可上帝是那样公平，给你一个幸福，就要拿走你的另一个幸福。可怜的欢喜，若是知道，宫薄的到来会让她失去最爱的妈妈，她是不是会拒绝，拒绝那样一个有着碧绿眼眸，会全心全意爱她、依赖她、守护她的少年，闯进她的人生呢？

我想，会吧。

因为她爱他，爱得那么痛，那么累。

他爱她，爱得那么卑微，那么执着。

十一岁的欢喜把八岁的宫薄从后母的毒手中救出来，那是守护的开始。她为此失去自己唯一的亲人，后来，换宫薄守着她，那是他们之间不变的承诺。

我记得，他们手拉手在街头卖唱，欢喜背着母亲的骨灰盒，宫薄唱着一首老歌《漫漫人生路》，他们向陌生人下跪，一毛一块地攒，求一张回家的车票，虽然凄苦，但内心充满希望。直到李昭扬出现，他把他们所有的努力都打碎，这个小混混甚至想要抢走欢喜妈妈的骨灰盒！宫薄拼命抱着骨灰盒，任他怎么毒打，也不放手。欢喜抱起一身是伤的宫薄，他的第一句竟是："欢喜，你看，没坏，阿姨还在。"这样傻的孩子，叫人怎么不心疼。可这样的相依为命，为什么却不能相守到老？最后，欢喜选择离开宫薄，我想，做出决定时，欢喜的心一定是碎的。她走了，以后谁来心疼这个已经一无所有了的孩子？我最爱宫薄说的那句话："欢喜，不要离开我，永远也不要。在你不知道的地方，在你没注意的时间，我爱着你，比任何人都爱得久，爱得深，这个世上，再也没有像我们这样，血与肉连在一起成长到懂爱"。这样深情，最后却是离弃，麦九笔下的命运残酷得接近宿命，真相惨不忍睹。欢喜，我喜欢这个名字，每个人的一生也许都会有一场刻骨铭心的空欢喜，可就算是一场空欢喜，是海市蜃楼，可我们，依然奋力地向前伸手，哪怕握住一场空，哭到肝肠寸断，却心甘情愿……

所以，我深深地爱着这个故事，爱着故事里的人。请大家细细地品一品这个文，我相信这本书能感动到你，我也相信，你们会像喜欢夏木一般喜欢着宫薄。

籽月

2011 年 11 月于黄山

楔子

八月二十四日，我去疗养院看我的妹妹。

她已经不认得我了，我跟她玩了半天捉迷藏，她笑得很开心，问我什么时候还过来。我说，下次吧，然后带着侥幸的心理问她。

"你还记得谢欢喜吗？"

"记得，谢欢喜是个贱人。"

我看着她快乐的笑容，不敢告诉她，这个贱人要结婚了。

我摸摸她的脑袋，用力点头，"对，谢欢喜就是个贱人。"

离开疗养院，我在外面的公交长椅上坐了很久，越想越觉得她说的没错，谢欢喜是个贱人。这个贱人竟然还妄想获得幸福，幻想着每天醒来，第一眼看到的是晨曦和爱人的容颜，然后抚摸他的眉角，要一份长久的爱……

一阵振动打断我的思绪，我接通电话。

传来谢宫宝焦急的声音。

"你在哪里？"

"我在地狱。"

我爱你，带着罪和你在一起，就是地狱。

第一卷

北方北方，谁在流浪

那时，我最大的乐趣，就是把宫薄弄得要哭又不敢哭。碧绿的眼睛水汽凝聚，像挂在绿叶上的露珠，晶亮剔透，实在美极了。而我看着他委屈的受气脸，露出贱兮兮的笑，人生真是好欢喜好欢喜。

1. 宫家是真正的贵族，矜贵得很。

"欢喜！欢喜！"

有人在叫我，我放下举起的拳头，松开手，拍拍身旁男孩的脸，"小子，别惹我！"

把书包往肩上一甩，我孤胆英雄般走出偏僻的小巷，又回头，"如果有下次，我就让你去——见——鬼！"

刚才还小霸王般的臭小子立马现出惊恐的表情。

回到家，容华姐已经等得不耐烦，看我脏兮兮的样子，念道："天寿仔①，又打架了？"

我点头。

她今天没对我进行再教育，把黄色的道服扔给我，一脸小人得志的奸笑，赶着投胎似的催我。

"快走！快走！"

"是大鱼吗？"

一听这口气，还有这眉梢带着的不怀好意，我就嗅到铜臭味。

神棍这一行，大客户叫大鱼，小客户叫小虾米，我们大小通吃，平时最喜欢宰大鱼。

容华姐帮我盘个道姑发髻，看着镜子里照出一个嘴咧得好大的神婆，她得意扬扬，"能让我们一年不用搬家的大鱼！"

果然是大鱼！

一下车，入眼的是富丽堂皇庄园似的别墅，好大！

白色的尖塔建筑，就半掩在园林中，像电视里才会出现的场景，用我刚及格的作文水平来表达就是，我一眼望过去，全是波涛汹涌的油水！

感应式的大门自动打开，我们被一个戴着白手套穿着燕尾服的

_____
①天寿仔：闽南方言俚语，一般用于小孩子或晚辈做错事情，对晚辈有责怪，恨铁不成钢的意思，对小孩有点疼爱又有点责怪的之意。

大叔领进去，沿途都是郁郁葱葱的白玉兰，花圃姹紫嫣红，被精心修剪成各种好看的形状。

太夸张了，我都看呆了，对着背挺得笔直笔直的大叔啧啧称奇。

"容华姐，他们连看门的都好神气！"

"没见识，这是宫家的管家！英伦风！"

宫家就是这次的大鱼，是这座城市有名的大富豪，古老而神秘。

据说祖上就是望族，矜贵得很。民国战乱的时候举家逃到海外，后来因为老人家思乡，和平时期又回来了。后人受的是海外教育，也是海派作风，不信奉吉庆有余多子多福那套，人丁并不兴旺，到了这一代，更听说是独子单传。

人是少了点，但精英教育教出的个个精英，不仅是这座城市高官巨贾巴结的对象，连海外都有很多事业，总之一句话，就是有钱，好有钱。

这样的贵族竟会找上像我们这种下九流？

容华姐喜滋滋地拉着我跟上，一脸小市民的市侩。

"等会儿看有没有年龄适当又英俊潇洒的绅士，拐来给你当爸爸！"

"哦，那帮我问下他喜欢小拖油瓶吗？"

"欢喜妹，你真是越来越不可爱了！"容华姐想了想，又说，"要是有合适可爱的小正太，就给你抓来当'童养媳'。"

"……"

容华姐是我妈，未成年就当妈，自诩年轻貌美，风华正茂，为了不妨碍她泡帅哥开拓第二春，我都叫她容华姐，她叫我欢喜妹。

想当年，容华姐也是个被长辈宠上天，十指不沾阳春水的宝贝，不过她还没成年就离家出走，现在为了生计沦落成职业神棍，碰上要看风水的就是风水师，想算命的就是卜命师，求抓鬼的就是天师……

坑蒙拐骗，样样精通，平时就挂着一张"大师"的脸，一脸正色教训我："其实哪有那么多神呀鬼呀，大部分都是人在作怪，只要把人的心安了，钱就来了，这年头纵横灵异界，靠的就是演技。"

早先家里的道具堆成山，现在更是变本加厉，自己去外面"坑蒙拐骗"，还不忘拉上我，美其名曰，中国人最喜欢把人神化，神童是个很好的卖点，能增加点可信度。

我们就这样保持大师的莫测和神童的神秘进了屋，映入眼帘的是一个华贵得可以闪瞎一双18K钛合金狗眼的大厅。大师又小声告诉我，你看，那个漂亮姐姐就是传说中的女仆，围裙有蕾丝就是标志。

是这样吗？我不好意思问，身为一个有职业素养的神童，现在只要摆出一副牛气哄哄的样子就行了。

坐在大厅沙发上的是一位更牛气哄哄的精致女人，她端正地坐着，面貌年轻。像这种富贵人家的少奶奶都像在冰箱里保鲜过，老得慢，你看她看起来像二十五六，实际年纪得往后推十年，就是三十五六了。

她穿着紫色碎花旗袍，鹅蛋脸，眉弯鼻挺，眼若葡萄，唇像樱桃，美得像从画里走出来的。见我们进来，她嘴角扬起一个轻浅的笑，礼貌又矜贵。

她怀中抱着一只小白猫，手有一下没一下地摸着猫。无名指戴着的一个翡翠戒指，在灯光中呈出近乎透明的绿色，美极了。那猫穿着件花花小围裙，口中喵喵直叫，一双绿莹莹的眼睛圆溜溜地看过来。

好可爱的小肥猫，看了就想抱一抱！

旗袍阿姨似乎看到我在看猫，很亲切地冲我笑了笑："它叫笑笑！"

真是个可亲的阿姨呀，连声音都那么好听。我坐下来，场面话就交给容华姐，我这个神童就坐着装神秘。

只是为了表现与凡人的一点不同，因而面对精致又看起来很好吃的糕点，我只能忍痛视而不见。真讨厌，看起来好好吃的样子。也不知道谁这么幸运投生在了这家，有这么无限量的糕点供应，还有女仆……

等我把糕点的滋味在脑中想象了一遍，那两人的谈话也终于进入重点。

这位旗袍美阿姨叫沈雪尺，是宫胜南的续弦。宫胜南是宫家的大家长，长年在海外做生意。宫胜南的妻子早逝，只留下一个儿子宫薄。

我一听这名字就乐了，宫薄，听起来跟宫保鸡丁似的。

三年前，沈雪尺嫁给宫胜南，就在家相夫教子。宫薄年纪小，沈雪尺和他没有嫌隙，相处和睦。

"就是一个月前，宝宝不知道得了什么病——"

宝宝是"宫保鸡丁"的小名，真幸福呀，有无限量糕点供应，还有女仆伺候。

"突然乱咬人，我带他到处看医生，无论做多少检查，都说没事，可是一回家就发作。别人说，宝宝这是中了魔障。"

提起这个，沈雪尺好像有些后怕，看了一下四周，压低嗓音。

"有人说，是他去世的娘，回来索命。要不是看了宝宝发作的样子，我还真不敢相信，听这附近的人讲大夫人妒心重——"

大夫人二奶奶的，看来宫家再海派，也有些老封建思想遗留。依沈雪尺的说法，是死去的大夫人看不惯现在宫家这么幸福，来寻仇。

容华姐保持精湛的演技，偶尔点头，顺势安慰了几句。

"宫太太，你先不要担心，先带我们去看看小少爷的情况。"

"宝宝的情况很严重，你们要有心理准备。"

宫家小少爷住在楼上，我们跟着沈雪尺上楼。一打开门，就算我们这种经常招摇撞骗，算见过世面的人都震惊了！

2. 被囚禁的小王子有一双哈利·波特的绿眼睛。

许多年后，我想起那个场面，仍一阵心悸。

后来，我再也扔不掉宫薄，也许，就是在门打开的那刹那，年少的我同情心泛滥，一发不可收拾。

明明是装修得华丽又典雅的房子，被砸得乱七八糟，也没人收拾，垃圾堆在一起，迎面扑鼻而来的是刺激的臭味。窗帘也被拉上，一点阳光都照不进来，甚至连窗户都装上铁条。这哪是人住的房子，分明是牢笼，还是关动物关畜生的牢笼。

要不是沈雪尺指给我们看，我们压根没注意到角落里还蹲着一个人。小小的身子缩成一团，头深深地埋进双膝，露出的头发乱糟糟，因为长久未洗厚厚地黏在一起，泛着油腻的光，穿在身上的衣服根本看不出颜色，皱巴巴的，像块破布在地上被人践踏过，再随便裹到身上。他怯生生地躲在角落里，走近他，他就越往后缩，恨不得把自己缩得让人看不见。

"宝宝，宝宝！"沈雪尺轻轻地叫着。

他却越往后缩，颤抖得更厉害，袖子露出来的手臂也是皮包骨，细细的，好像一捏就能把他折断。

"几岁了？"

"八岁了。"

一点都看不出来，比同龄孩童矮多了还瘦。

"宝宝，妈妈带人来看你了——"

沈雪尺要碰触他，他嗖的一下跑开了，带着一条铁链哗哗作响。那铁链竟然连着他的脖子，他的脖子像小狗一样戴着一个圆圆的项圈。

我和容华姐对视了一眼，大概也猜出什么事了。

沈雪尺见我们诧异，解释道："宝宝发起病来，就到处咬人，这些都是他摔坏的，家里的人也不敢进来，把他绑起来，也是没办法的事，等会儿你们小心点。"

一个八岁的小毛孩能有多大的杀伤力？我扯了扯容华姐的衣袖。

她正色道："依我看，小少爷确实是中了魔障，这鬼厉害得很，官太太，我要准备作法，你先回避，免得伤到你。"

沈雪尺看了我们一眼，对着浑身戒备的宫薄又柔声说了句"宝宝，没事的，很快就会好的"，便关上门出去了。

门一关上，我正要问怎么办，容华姐给我使了个眼色，开始整理作法的行头。我觑向她使眼色的方向，有个摄像头，竟然有监控。

在自己家为什么要安监控？真不明白，我跟着容华姐，装模作样神神道道。

小孩儿始终蹲在角落，低着头，看也不看我们一眼。我故意拿着铃铛凑到他面前摇呀摇，他也是木头一样，一动不动。

真可怜，好好一个少爷，被整成了个二傻子。

真想不到那美得跟神仙似的沈雪尺会做出这种丧心病狂的事。

容华姐依然敬业地表演，挥舞着一把剑。末了，掏出一张黄色的纸符，念念有词，朝小少爷额头上粘过去。

他终于有点反应了，好奇地把黄纸拿下来，抬头看了一眼。

啊，我愣住了，他的眼睛竟是——翠绿色的！

绿莹莹的像一头野兽，满是仇恨地看着我们。

"妈，哈利·波特！"

我忍不住靠近他，是真的，眼睛和哈利·波特一样都是翠绿色的。

容华姐也注意到了，啧啧称奇："这是混血儿，这样颜色的眼瞳，倒也稀奇。"

他恶狠狠地瞪着我，把黄符放到嘴里，咬了几口，又不屑地吐出来，似乎早看透我们装神弄鬼的破把戏。

"好厉害的妖孽！"

容华姐适时地大叫一声，往后一退，顺便把我拉了出去。

这反应，不愧是影后！

沈雪尺正等在外头，焦虑地迎了过来，精致美丽的脸上看不出一点端倪。

容华姐，我错了，这才是影后！

"大师，怎么样了？"

"是个恶灵，凶得很，连我的符都吃下去了，我出师这么久，还真没见到这么恶的。"

"那宝宝——"

"幸好碰到我，我就算用尽法子，也会救小少爷。"

这句话一般是容华姐准备宰大鱼的经典开头，接下来，她就会开始声情并茂地表达要救人是如何不易，天机不可泄露，救了人会折多少阳寿，这般那般。

果然，她抹了一把额头上并不存在的汗，面色沉重道："宫太太，这恶灵结怨气而生，带着冤气附在小少爷身上，怕是不简单，最近家里有出什么事吗？"

沈雪尺摇头。

容华姐皱眉沉思，脸色越发凝重，"那就是冤死路上的恶鬼，时间拖得这么久，太太，我现在暂时镇住小少爷，但是，不是长久之计。"

"怎么根治？"

"我得请小少爷到我府里暂住几日，我要布阵引鬼出来。官府不是做法事的好地方。"

"可是宝宝不在我身边，我怎么能放心——"

"太太，小少爷情况非常危急，这是唯一的办法，太太要是不放心，可派人来看少爷。"

沈雪尺犹豫了许久，还是轻轻点头，"那宝宝就交给大师了。"

容华少不了收点酬金，一个厚厚的红包。我们又回到屋里，我抢了钥匙给宫薄开锁，把那狗项圈扔到地上，心里恨不得踩上几脚。宫薄木木地看着，奇怪的是竟没有反抗，不言不语地任我和容华姐把他弄出去。

"等等。"

我叫住容华姐，从口袋掏出红领巾。

今天换道服换得太急，就随手塞在口袋里了，没想到，现在还派上用场。

我把他的眼睛蒙上，从阴暗的环境一下子到屋外，眼睛肯定受不了，这可是哈利·波特的眼睛，怎么能让它受伤。

隔着红领巾，他似乎朝我这边看了一眼。只是轻轻一瞥，很快又耷拉着脑袋了，一动不动。

但那一眼，却让我有点小欣喜，还好，没完全傻掉。

还是那个穿燕尾服的大叔送我们出来。

我回头望着那威风凛凛的宫家大门，不禁唏嘘。有钱人龌龊地方真多。容华姐说得对，比鬼更可怕的是人心。

门口早停着一辆车，那标志容华姐教过我，不过我没记住，总之是那种既富且贵才开得起的车。

一路上小少爷还是低着头不言不语，我看差不多，要拿开红领巾，他甩开我的手，原来不是木头，我再试，还是挥开我。如此两三次，我索性牵着他的手不放。他的手凉凉的，黑乎乎的，过长的指甲里藏着黑黑的污泥。

手拉着手，我把他带到家。

容华姐一回到家就趴在窗口处撩开窗帘，过了一会儿，才把窗帘拉好，开口道："你家的车走了，还真放心，也不怕我卖了你？"

宫薄还是不说话，佝偻着背，蒙着眼傻傻地站着。

容华姐又说："不过你放心，阿姨虽然不是好人，但也不会再让那个后妈欺负你。"

说到这，容华姐很是愤怒，跟我解释，她从进宫家就没感到什么不对劲的，有鬼也是有人在作鬼。把小孩子关起来也就算了，还把人当狗绑着，就算不是亲生儿子也不能这么虐待，她猜，八成是那沈雪尺在作怪。

"豪门惨剧啊，"容华姐摇头，又愤愤不平，"人心都是肉长的，没娘的孩子就可以当狗关起来了吗？哼，这事我管定了！"

容华姐难得这么有正义感，小家伙却不配合，仍傻愣着。我轻轻碰了碰红领巾，"可以摘了吗？"

他往后退一步，跌倒在地，眼罩也松了。他用手遮着眼，绿眼睛不高兴地瞪着。

我却笑了，着迷地看着他的眼睛。哇，还是好漂亮！

容华姐摇头，捂着鼻子，命令我："欢喜妹，带他去洗洗。"

我拉他起来，摘了红领巾，带他到浴室。宫薄仍耷拉着脑袋，像木偶一样推一下才会动一下，可我刚放好水，他兀地抢过毛巾，把我推了出去。

啊，这是害羞吗？真有意思！

厅里传来容华姐的声音。

"欢喜妹，偷看小男生洗澡会长针眼的哦——"

哦你个鬼呀！

我走出浴室，爬上沙发，和容华姐商量接下来怎么办。

其实我还蛮感动她把鸡丁——我决定了以后就叫他鸡丁——救出来，毕竟容华姐因为那不愉快的往事，就很少做什么好事，别看表面纯良，笑起来跟知心大姐似的，其实心里只容得下"毛爷爷"，谁也不待见。

不过下一秒，她摸摸我的头，苦口婆心。

"欢喜妹，这几天你得使劲勾搭他，别看人家现在一副小可怜的样子，但好歹是个少爷，那后妈猖狂不了多久，宫家那么有钱，他爸爸肯定是大鱼，我们救了他儿子，说不定他一高兴就送咱们一套房。"

我："……"

这卖姑娘的狼外婆，我怎么对她还有期待，没一会儿，她又推推我，"去，看看少爷要不要你搓搓背什么的。"

搭上这种妈，真悲催。

不过他好像真的洗了很久了，我过去敲门，没有动静。

不会晕在里面了吧？我把耳朵贴到门板上，还是没有听到什么声响，我慌了。

"妈！妈！你快来！"

我用力撞开门，浴室里空荡荡的，他跑哪里去了？

往前一看，窗户边，宫薄正踏在空调外壳上面，一手要去扒水管，小小的身子一半悬空着。

天哪，他不会是要顺着水管爬下去吧！

这、这可是十六楼！

我脱口而出："妈，快过来，鸡长翅膀要飞走了！"

"夭寿仔，你乱说什么？"

客厅里传来容华姐懒洋洋的声音。

"你的大房子要跑了！"

"夭寿仔呀！"

容华姐冲了过来，手疾眼快地一把把他扯过来，抱在怀里。

"我的小少爷，没让你后妈把你害死，你先把自己摔死！"

"放开我！放开我！"他不甘心被抓回来，拼命地挣扎着，一脸仇恨地瞪着我们，"你们跟沈雪尺是一伙的！"

可能是因为好久没说话，声音干涩嘶哑，有点奇怪，但"沈雪尺"这三个字说得咬牙切齿无比清晰，饱含深深的恨意。

"我们要跟她是一伙的，还带你出来做什么？身板这么小，胆倒挺大。"容华姐又气又急，这要摔下去，可会出人命的，可又舍不得继续骂他，被关在那种地方，这孩子怕是被弄得草木皆兵了。

"欢喜妹，把他收拾收拾，顺便把脑子也洗洗。"

有了刚才那一幕，我也不敢出去了，去脱他黑得看不出本来颜色的衣服。他扭捏着把衣服抓回去，捂在胸前，瞪着我，我再扯过来，扯了半天，没结果。我瞪他，他也瞪我，似乎控诉我，不能在别人面前赤身裸体。

哼，都落魄成这样，还忘不了你那良好的教育！

没办法，我转身背对着他。

"哼，你以为我真愿意帮你洗澡！"

"要长针眼的！要长针眼的！"

少顷，后面传来哗啦啦的水声，我回头偷偷看了一眼。

他大半个人浸在水里，只露出一个雪白的背，很瘦很瘦，可以看到突出的肩胛骨。细嫩的皮肤布满狰狞的伤口，有新有旧，像有人使劲打他、抽他，伤好了，再打再抽。最显眼的是脖子一圈红得发紫的印记，圆形，大概是那个狗项链留下的。

他到底被这样非人地虐待多久了，难怪他冒着危险爬水管，也要逃走。

真可怜，又这么小，我盯着自己的脚丫发呆，眼睛酸酸的，直到他滴着水站在我面前，比我矮多了，踮起脚，捂住我的眼睛。

"干吗？"

他没说话，只是固执地捂住我的眼睛。

我胡乱猜测，或许他是因为自己没穿衣服，怕我长针眼。

我有种说不出的感觉，虽然黑乎乎的什么都看不到，可是感觉那手冰冰凉凉放在眼皮上，竟很舒服。

3. 头发软的人，心地也好。

鬼使神差，我抱住他，轻声安慰："没事的，你爸爸很快就会回来的。"

他仍不说话，只是小小的身体滑滑地窝在我怀里，很充实。我学着电视里看到的那样拍拍他的肩，轻微安慰。

一声怪叫，容华姐打我的头。

"欢喜妹，你怎么可以调戏小少爷？"

我一下子睁开眼睛，透过指间的细缝，看到他白净的脸竟然诡异地浮现几分红晕，清澈如水的绿眼睛有些雾气，我傻傻地戳他的脸。

"你、你的脸怎么红了？"

"会脸红的小少爷才可爱呢，别学欢喜妹，比人精还人精。"

容华姐带他去穿衣服，我在原地纠结，我变成这样还不都是因为你！

从小跟着谢容华东奔西跑，在别的小孩还是青涩小梅子时，我已经熟成红富士。

没有小男孩的衣服，只好让宫薄穿我的衣服，粉红色外套，牛仔裤，忽略那些奇怪的伤痕，真是个陶瓷似的漂亮娃娃，小脸蛋有点瘦，下巴尖尖的，五官冰雕玉琢，好看得像从画里走出。

最重要的是，他还有一双哈利·波特的绿眼睛，水水的，好美。

容华姐甚是满意，"多俊俏啊，给我家欢喜妹当'童养媳'好不好？"

他仍不说话，低头扯着我的小熊外套。

讨厌，长得比小女孩还好看，我昂着头，"才不要，丑死了，脸白得像鬼！"

或许是因为长久没有晒太阳，宫薄的脸很白，白得过分，不是那种红润健康的白，而是那种病态的苍白。

他对我们还是有些戒备，但或许太累了，刚才又在浴室闹腾那么久，现在的他眼神木木的，带着几分傻气，看东西就是直直盯着，反应也很迟钝。

吃饭的时候，我们叫他过来，他竟抱着碗蹲在地上，像狗一样趴着吃饭，把刚洗干净的脸又弄脏了。

我们都呆住了，沈雪尺到底对他做了什么，他被关起来的那些天，大概从没被当人看待过。

我冲过去拉起他，帮他把脸擦干净，按在椅子上生气道："你给我坐这里吃饭！"

"真是过分！"容华姐的脸一下子黑了，把碗重重地放在桌上。

我很久没见过容华姐这么生气了，一般她生气起来就不会有什么好事，果然，她开始打电话。做我们这一行的，三教九流交友甚广，容华姐就是打电话找他们帮忙。

宫薄好奇地看着我们，绿眼睛瞪得大大的，可再好奇，他也不说一句话，坐在桌前也不敢乱动。

容华姐看了直摇头，叫住我："欢喜妹，交给你一个任务。"

"别谈交情，给钱给钱。"

"你这个小吸血鬼啊。"容华姐捏捏我的鼻子，递给我一枚一块钱的硬币，"这几天小少爷就是你的人啦，好好罩着他啊！"

真小气，就给一块，不过聊胜于无。

拿人钱财替人消灾，我跑过去，坐到宫薄身边，热情道："来，我们吃饭。"

接下来几天，他走到哪儿，我就跟到哪儿。他看电视，我抢遥控器；他睡觉，我抢被子……反正容华姐说了，鸡丁现在归我管，我爱怎么欺负就怎么欺负。

不过欺负人，这种事也得人配合，好比有人乱吼乱叫，就得有人瑟瑟发抖，可是那人要不动如山，别说有什么成就感，就只会有颓废感。宫薄这个小鸡丁，还是不说话，像个好看的人偶，任我怎么捉弄也没反应，甚是无趣。

而且，就算睡觉，他也总是缩成一团，只占一个很小很小的位置，像一只惶恐不安的流浪猫。我躺在他身边，他穿着我的睡衣，很熟悉的气息，还混和着他的气味，淡淡的，暖暖的。

我盯着他的脸，真好看呀。

我没爸爸，你没妈妈，我一点都不想爸爸，你会想妈妈吗？

眼睛酸酸的，我把他抱住，骨头有些硌人，他在抖，瘦小的身子不断发抖，断断续续说着"不，不要，打我""是，是我……是狗"，在做着什么噩梦吧，我去摸他的脸，手心都是湿湿的水，不知是汗还是泪，原来，他不是不难过，只是一直忍着……

我握住他的手，那些悲伤的情绪仿佛传到我心底，还有着深深的憎恨。

没事的，没事的，我抱紧他，小声安慰。唉，如果可以的话，我真想进入他的梦境，和他说说话，帮他打倒一切坏人。

第二天醒来，他脸上还带着泪痕，小小的脑袋，窝在我肩头上，我摸摸他的头发，有点自然卷，很软很软。容华姐说，头发软的人，心地也好。

他没醒，我也不敢动。过了半晌，他才醒来，揉揉有点肿的眼睛，呆呆地看我，似乎想不起来怎么就到了这里，清澈的绿眸子映出一个小小的我。

心一动，我没头没脑说了一句："那个，我会罩着你的。"

他傻乎乎地看着我，我学着电影里教的，跟他解释一下江湖规矩。

"这里呢，是我的天下，以后你就叫鸡丁，是我的小弟。要被欺负了，就报我欢喜大姐头的名字，晓得不？"

鸡丁仍一脸白痴样，眉还皱了一下。

难道他觉得"鸡丁"不威风？我大手一挥，气吞山河。

"大姐给你起外号，你还嫌弃？好吧，我换个，小鸡？小小鸡？"

他终于有反应，很奇怪地看了我一眼，但最后还是小弧度地点了点头。

我满意了，骨碌就下了床，跑出去。

过了半晌，他慢吞吞出来，一直偷偷地看我，眼神带着几分不解。

唉，小傻子，连靠山都不懂呢。

容华姐早就出去，我得上学。可这小屁孩怎么办，留着不放心，万一沈雪尺把他拉回去继续凌虐怎么办，于是我光明正大地……逃课了。

不要怪我，我真不爱上学。

那些小孩子可坏了，牙都没换齐，嘴巴就毒得狠。

特别是那个王小花，老说我是神棍骗子，后来她不小心摔断了腿，班里的同学都说是我搞的鬼，这事之后，对我又害怕又讨厌，谁也不敢跟我说话。

明明我什么都没做，我才懒得理他们，这些娇生惯养的小毛孩，在他们还在玩过家家时，我已经跟着谢容华和"小鬼"玩惊魂游戏，温室的花朵哪懂赚点柴米油盐有多不容易。

我带着宫薄上菜市场，毕竟刚收了小弟嘛，得带他巡逻一下我的"地盘"。

他紧紧地跟着我，像个小拖油瓶扯着我的衣角。菜市场又脏又乱，小少爷一张俊脸写满不高兴，嫌弃地皱着眉，我却笑嘻嘻地带着他往人多的地方挤。

烂菜叶，被随处乱扔的鱼肚、鱼杂，讨价还价的小市民，一点都不美好，可这就是普通劳众的生活，再苦也要笑着。容华姐说，什么都要学着淡忘。没有什么过不去的，人生何处不欢喜。

宫薄明亮的眼睛好奇地睁得浑圆，大概被关太久，对着这么多人，显得有些紧张。

倒是菜市场的人，对着他啧啧称奇，熟识的大婶七嘴八舌地问。

"欢喜妹，哪里拐来的小帅哥？"

"捡的。"

"眼睛怎么是绿的？"

"我妈说，这叫混血儿，外国王子。"

"听你吹呢！欢喜妹，不老实，像这小弟弟多乖啊。"

才一小会儿，鸡丁的手里已经塞满爱心泛滥的阿姨给他的小零食，他不要，可是人要热情起来，哪给你说不的权利。怪阿姨给了见面礼，就要去捏他的小脸蛋，把他的小脸捏得红得跟猴子屁股似的。

我让他躲在我背后，不让他出来了。

大婶还意犹未尽，眯着眼睛，继续打他的主意。

"怕生哟，真是好孩子。"

"跟我家小明一般大，到我们家找小明玩吧？"

"几岁了，姨给你介绍小女友？"

呸呸呸，想勾引我小弟，我赶紧拉着他在人流中前进，指着沿边的小摊，跟小贩讨价还价，一边转移他的注意力，一边问。

"知道那是什么吗？黄花菜都不懂？"

"那秋刀鱼呢？啧啧，什么英式教育，教出来的弱智孩子，连这点常识都不懂。"

"唉，收了你这么个小弟，真丢我欢喜大姐头的脸。"

他还是什么话都不说，小自闭儿，我咔嚓把小黄瓜咬掉一半，有点得意又有点嫌弃，长得好却太笨了，就连我的小熊外套穿在他身上都显得特别傻。

路过李叔卖衣服的地摊，我打了招呼，灵机一动，"鸡丁，你穿过地摊货吗？"

我可看到了，他那件脏得看不出原色的衣服商标都是一堆英文字母，外国货。

他没说话，那也就是不反对了，我来了兴致，拿着衣服就往他身上套，天生的衣架子，地摊货也能穿出英文字母的范儿，绷着脸却还是好看得让人离不开视线，还吸引不少妈妈带着小朋友过来看衣服。

最后他在一件绣着一只黑熊的衣服下停下这次服装秀，我摇头，找了只印满嫩黄色小鸡的外套给他套上，他的眉又皱了。

我笑嘻嘻道："好看，就这件！"

托他的光，李叔也卖出不少件衣服，笑得跟朵大波斯菊似的，"是哟，小弟弟穿这件可帅了！"

宫薄又看了我一眼，我用力点头，拿钱让他去付账。

他很是新奇地做了，大概没自己买过衣服，回来的路上，还不时饶有兴致在摸着衣服，好像在数着有几只小鸡。

"喜欢吗？我说过会对你好的嘛，跟姐混，不会差的。"

他愣了，站在原地。我走了几步，发现他没跟上来。

"傻愣着干什么，快过来。"

他跟了过来，看了我一眼，接下来，不时偷偷瞄我一眼。

"看我干吗，有话要说吗？"我随口道，没想到真的听到他比蚊子还小的声音。

"欢——喜——"

"什么？"

我转头，有些怀疑自己的耳朵。这可是来我家这么久，他第一次主动喊我的名字！

欢喜，真欢喜，我第一次觉得自己的名字叫起来这么好听，我凑到他面前，"鸡丁，你刚才叫我名字？"

"再叫一次，乖，再叫一次。"

他不再说话了，别扭地转过脸去，我继续傻乐，比吃了糖还甜，真甜。

手牵手，我带他回家，不时找机会和他说话，事实上，都是我自言自语。

"鸡丁，这世界不会有无缘无故对你好的人。我们带你回家，是为了等你爸爸回来，容华姐说了，我们救了你，你爸肯定会送我们一套房子。你啊，就是我的大房子。"

他看了我一眼，眼睛亮晶晶的，像绿宝石一样。

我又呆了，被这样如水明澈的眼睛看进眼里，竟不由得觉得有些荣幸，我讪讪道："这样吧，如果你拿哈利·波特的眼睛跟我换，我可以考虑不要大房子的……"

我们一路碎碎念回家，容华姐该回去了吧，不知道老师有没有给她打电话，唉，上学真是讨厌的事情。

果然到家，就听到她吼道："谢欢喜，你又逃课！"

"我是神童耶，神童怎么需要读书！"

"真当自己是神童，"容华姐揪着我的耳朵，恨铁不成钢，"瞧瞧你，是个什么样子！现在不读书，要和我一样当一辈子神婆吗？"

"眼光放远点，现在做什么都需要科班出身的，你去混个高学历，做个什么教授专家，将来就是你拿板砖敲人，人家都会主动把脸贴过来，懂不？"

"懂啦！懂啦！"我扭来扭去，我不喜欢上学，一点都不喜欢，同学讨厌，老师讨厌，什么都讨厌，所有人看我，都像看怪物。

"欢喜妹，你真是——"

容华姐拿我没办法，放开我，摸摸鼻子。

完了，一般她这样，就不会有好事。果然她把我扔一边，坐到宫薄面前。

"小少爷，读几年级？"

宫薄看看我，又看看她，没说话。我笑了，嘿嘿，小哑巴只跟我说话。

"小少爷，我打听到了，你爸爸好像是生意出了什么问题，一时半会儿还回不来。"

绿眼睛明显暗淡了，我心情又不好了。

"你又不能回家，这几天先跟欢喜妹去上学，我跟老师说好了，你们坐一起。欢喜妹要不听老师话，回来你告诉阿姨。"

"那我们拉钩，好不好？"容华姐硬是拉了宫薄的手，拉了个钩。

小拖油瓶放下手，朝我这边看了一眼。

我别过脸，哼，叛徒！

4. 这个人，真的很像王子呢。

第二天，叛徒果然跟我一起上学。

我坐在最后一排，身边的座位从来都是空的，没同学跟我坐，家长也不愿让自家的小孩跟我坐一起，谁都不愿意跟一个小神棍坐一块。

不过现在我身边的座位也有人了，第一次体验到有同桌的感觉，竟然挺好的。我打消了画三八线的念头，也给他空荡荡的桌子摆了几本书。

来到学校，他端端正正坐着，小小的背挺得直直的，绿眼睛盯着黑板，三年级的课程，他却听得津津有味，也不知道听懂没有。

哼，小拖油瓶！

不过大家都很喜欢他，我这儿可是无人地带，同学不来老师看不到，但这几天，连老师都投了几个慈母般的迷人微笑过来。上课时，同学也不时转头偷偷看他，眼睛亮晶晶的，写满了好奇。下了课，大家都想冲过来，不过看我在身边，还有些迟疑。

就这样观望了好几天，迟钝的小拖油瓶终于有点反应，冲他们露了个浅浅的笑。笑容很浅，但足以让他们打破害怕，蜂拥过来，七嘴八舌问个不停。领头的就是那个率众孤立我的班长——霸王一枝花王小花。

王小花眨巴着眼睛，坐在他面前，很友好的样子。

"你叫什么名字，你的眼睛为什么是绿色？"

"你会魔法吗？"

"我叫王小花，跟我们去玩吧。"

……

鸡丁没回答，他看看我，又看看他们，绿眼睛有渴望又有担心。

哼，一群傻瓜，这世界哪有魔法，骗你们的！还有，他就是个小拖油瓶！

我插着口袋，慢悠悠地走出教室，懒得理他们，其实心里有些不是滋味。

他的出现让全校都轰动了，大家这说的，三年（1）班来了个混血王子，眼睛是绿色的，皮肤白得跟雪似的，可帅了。提起他，都是"王子样，宫薄桑"之类的，甚至好事者还编了个"被巫婆拘禁的混血王子"，而我——

就是那个巫婆！

凭什么呀，他什么都没做，就能得到所有的好感，而我呢，无论做什么，都是不怀好意，都在作法，都是"谢欢喜那个坏小孩""听说她没有爸爸""又打架了，别跟她玩，我妈说，她是巫婆的女儿"。

倚在学校围墙的一角，我抬头看天，只看到光秃秃的树枝，树枝上面点缀了几点绿芽，快要春天了，可天气还是很冷。衣角一抽一抽的，小拖油瓶正拉我的衣角。

我甩开他的手，恶狠狠道："干什么，跟他们玩去吧！"

他的手再伸过来，我再甩，他就是不放，扁着嘴，圆润的绿眼睛眨巴眨巴，快要哭了，委屈得像一只被揪了小尾巴的猫。

"你要跟他们玩，就不要和我玩。"

宫薄眼睛亮了，更揪着我的衣角不放，用力地点点头。

"那拉钩？"

拉了钩，我才拉起他的手，哼，也不想想，他的指甲还是我剪的。

我们回去上课，王小花挡在我面前，她不看我，对着鸡丁笑得仿佛他是她的亲弟弟，双手拿着一个甜甜圈，甜甜道："我听老师说了，你叫宫薄，宫薄，我能和你交朋友吗？"

我愣了，甩开他的手，侧身走过去，身后传来同学的惊叹声，宫薄看也不看王小花一眼，面无表情从她面前走过，追上来，拉住我的手。

王小花愤怒瞪着我，我吹了声口哨，扬扬得意，拉着他，趾高气扬在教室走了一圈，宣布所有权。

看到没，我的！

这是我的人！

其实嘛，小孩子都小气得很，得到什么宝贝，少不了要拿出来炫耀一下，让同伴们眼红一下，可是要想碰一下，谁也别想。破小孩们不满地望着我，我毫不客气地一一回瞪过去。这是我谢欢喜独一无二的混血王子，你们谁也别染指！

不过报应也来得快，上到第三节课，我一手支着下巴，一手拿着铅笔涂涂画画，有人举手站起来。

"老师，谢欢喜没在听课！"

又是王小花，她嚣张地望着我。

这节课恰巧是我最不喜欢的"女魔头"的课，她走过来，一看到我在做什么，脸色就变了，拿起那张纸，上面画着一只憨憨的小鸡，还有一碗饭。

"站起来，跟同学们说你画的是什么？"

我不情不愿站起来，"老师，我——"

"大声点！"

"我、我画的是……从前有一只小鸡，后来，它变成一碗鸡丁！"

"哈哈哈。"

大家哄堂大笑，其中王小花笑得最大声。

女魔头把纸揉成一团，扔在桌上，气极了，"出去！"

我耷拉着脑袋出去罚站，宫薄也跟在我后面，一起站到教室外面。不能说话，我瞪他，他没说话，小手伸过来，来拉我的手。

我抬起头，看着正长出绿芽的枝干。

手心湿湿的，阳光照在身上，暖暖的，开心或者不开心，有个人陪我也挺好的，我有点喜欢身边的这个小鬼。偏头，正好看到他的侧脸。有点婴儿肥，他来我家，长胖了点，但还是很好看，眼睛又大又亮，鼻梁俊俏，睫毛弯弯，泛着淡淡的金色。

这个人，真的很像王子呢。

不调皮不爱玩，别人跟他说话，他不回答，但会露出一个浅浅的笑，眼睛看着你，明明是保持距离的礼貌，却让人觉得很舒服。身上总要带着一块手帕，叠得整整齐齐，放在上衣口袋。走路呢，永远不快不缓，目视前方，背挺得很直，一步一步像量过。用容华姐的话来说，这叫英式教育，带着贵族的韵味。

他那么不同，甚至过分聪明，我上的课他都懂。有次我开小差，被"女魔头"叫起来回答问题，正支吾着，他偷偷在书本上写了答案。

我一脸震惊地看着他，他轻轻斜了我一眼，那藐视的小样儿，活脱脱一个小王子。原来，这才是真正的神童！不过小王子只跟我亲，他跟谁都不说话，只跟着我。有他陪着，上学好像也没那么讨厌，连琅琅的读书声也顺耳了。

我带着他在学校里晃悠晃悠，看着他们羡慕嫉妒恨的眼神，穷开心。他们口中高不可攀的王子，是我的小跟班，他喜欢拉着我的衣角，不紧不慢跟着，偶尔我跑快了，会轻轻叫我，声音比蚊子还小。

"欢喜！欢喜！"

我喜欢自己的名字从他水红色的嘴唇吐出来，似乎连名字都变得高雅，因而我乐此不疲进行这小把戏，听着他一次又一次叫我的名字。

"欢喜！欢喜！欢喜！"

那时，我最大的乐趣，就是偷偷欺负他，把宫薄弄得要哭又不敢哭。碧绿的眼睛水汽凝聚，像挂在绿叶上的露珠，晶亮剔透，实在美极了。而我看着他委屈的受气脸，露出贱兮兮的笑，人生真是好欢喜好欢喜。

5. 不离不弃，每天都会有奇迹。

不知不觉宫薄来我们家已有半个月，沈雪尺象征性来看过一两次，嘱咐我们要好好照顾宫薄，后面就很少来了，这样也好，省得她来一次，宫薄就做一次噩梦。

我每天跟他一起上下学，放学后，我拉着他，从别人羡慕的眼光中走过，买一盒泡泡糖一路吹着泡泡回家，我吹泡泡可是一绝，他却不行，难得吹个大圈圈，破了粘了一脸。

一点一点帮他弄掉，养胖的脸有点肉，摸上去滑嫩嫩的，我趁机多摸了几下，点他的鼻子，"鸡丁，笨！"

他傻傻地笑，夕阳洒了他一头金光，绿宝石一样透明明澈的眼睛，迷人极了。

我拉着他回家，突然想到容华姐说，他爸爸那边有消息了，没意外的话，他很快就能回家了。

"鸡丁,你想家吗?"

他没回答,但绿眼瞳明显缩了一下,我继续说:"等你回家了,还做你的少爷,会忘了我吧?"

容华姐说,我和他不是一样的人,鸡丁早晚会回去的。

他停下来,扯着我的手,眼睛瞪得大大的,头摇得跟拨浪鼓似的,努力地告诉我,他不会。

容华姐还说,宫薄现在对所有人都很戒备,就跟我亲,睡同一张被窝,那是他小,没有保护自己的能力,等他长大了,回到真正属于自己的世界,哪还会记得我。

我继续往前走,自顾自地说:"即使记得也不会记得很久,我呢,也会在你忘掉我之前,先忘掉你!"

他被扔在我身后,低着头,不知道在想什么,忽地他抬头,跑过来,圆圆的脑袋用力顶了我一下,我退了一步,他还是瞪着我,似乎很生气,眼里水汽凝聚,湿润得快滴出水。

"你……干吗?"我被看得竟有些内疚,说话都结巴了。

"讨厌!谢欢喜最讨厌!"

他红着眼吼了一句,撒开小短腿就跑,一溜烟钻到人群不见了。

我愣了一下,拔腿就追,小拖油瓶难得说一句话,竟然说我讨厌。正是下班高峰期,也不知道他溜到哪里去了。

"鸡丁!鸡丁!"

我叫他,没人回应,倒是周围的人很奇怪地看我。

看什么,我急得快哭了,小浑蛋,到处乱跑,被人拐了怎么办,找了半晌,我没辙了。他会不会跑回他那比宫殿还华丽的家?

我跺了跺脚,凭着记忆跑到宫家。门口没有人,我在徘徊,犹豫着要不要进去,一辆车停到我面前,一个人从车里走出来,正是沈雪尺。

"阿姨好!"

她看到我，表情有一瞬间的不自然，似乎受了很大的惊吓，不过很快恢复正常，和颜悦色道："小仙姑，你怎么来了？"

做我们这一行的，都要个神气的外号，容华姐也是用化名，大家叫我小仙姑。

"难道宫薄出什么事了？"

看来拖油瓶没回来，我心安了一下，把早想好的理由说出来："我妈让我来告诉你，小少爷的病好了很多，叫你不要担心，不过还要几天才能康复，她叫我过来，拿些小少爷的换洗衣服。"

"这样呀，小仙姑真乖，都能帮妈妈做事了。"

我随着她进去，仔细看了，确定宫薄没回来过，还好，没傻到这地步。

一路上，沈雪尺倒是很和气，问我读几年级成绩好不好之类的，要不是看到宫薄一身的伤痛，真看不出这样花容月貌的人心肠会这么坏。

我忍不住多看了她几眼，她笑着问："怎么了？"

"阿姨你真好看！"

"谢谢，小仙姑，你长大后也会很好看的。对了，怎么没见过你爸爸？"

"我没爸爸！"

她的眼神又柔和了几分，看我多了几分怜爱，揉揉我的头发。

"你有一个很好的妈妈。"

我点点头，抱着衣服，拒绝了她派车送我回去的好意，一个人继续找宫薄。铁门在身后关上时，我注意到她还在看我，隔得太远，我看不清楚她的神情，但视线落在身上，有一种说不出的复杂。

"阿姨，再见！"

"小仙姑，再见！"

我怎么也没想到，这声"再见"又隔了好多年，只是那时，我们早已面目全非。

我又到了几个我们经常玩的地方找他，还是没看到人。

小浑蛋，跑哪里去了，要我找到你，看我不揍你。天已经晚了，我只得转头回家，说不定，他先回去了。

果然，在回家必经的路口，他蹲在路灯下，我冲过去，用力推了他一下，"你跑哪里去了？"

说着眼泪夺眶而出，我生气地把那包衣服丢到他身上。太讨厌了，这个人真讨厌。

宫薄被我一推，摔倒在地。他狼狈地望着我，眼睛红红的，沉默地看着我，倔强地抬着头，慢慢地，圆溜溜的大眼睛里水汽凝聚，顺着脸颊流下来。

宫薄还是不说话，只是无声地流着泪，小肩膀一抽一抽，我去碰他，被他破天慌甩开了，"反正你也不想记得我。"

是因为那句话生气吗？

他仍瞪着我，被那如湖水般清澈的眸子怒视，我突然慌了。鸡丁从小没了妈，又被后妈欺负，爸爸不在身边，被我们带走，到一个人生地不熟的地方，我还不时折腾他，是不是有些过分？想到这，我觉得他生气他出走都是应该的，是我的错。

我拉起他，用袖子帮他擦了擦眼泪，"好了，我不会忘掉你的！"

他不相信地看了我一眼。

我生气道："我什么时候骗过你？"

他这才肯跟我走，我拉着他的手，他紧紧抓着我，像怕下一秒我就会扔掉他。路过一个水龙头前，我拿了他的手帕，弄湿了，帮他洗脸。

一点一点把泪渍擦掉，他倒是很乖，就是眼睛红红的，看着怪叫人心疼。

"我以后不欺负你了，看你，哭得一脸猫胡子，跟笑笑一样。"

我还记得他家那只穿花衣裳的猫，叫笑笑。

"你喜欢笑笑？"

"以后……送给你。"

小毛孩能不能回去还是个问题，就随便许人诺言。

我笑了笑，他急了，指了指自己，又指了指我，见我不明白，又认真地做了一次，嘴唇一动一动，无声地说着什么。

官薄的就是谢欢喜的。

我的就是你的。

他就这样一次又一次做着这手势，我眼睛一热，想到容华姐说过，不离不弃，每天都会有奇迹。

我们能认识也算是奇迹的一种吧，我拉起他。

"回家喽！妈妈今天买了樱桃，你吃过樱桃吗？我没吃过，还是沾了你的光，才肯给我买的！听说很甜的！"

他一脸"你竟然没吃过樱桃"的样子看我，我有点不好意思。容华姐是个小气鬼，说樱桃很贵，舍不得买，我每次都盯着鲜艳欲滴的小果子，吞吞口水离开了。这小气鬼竟然为了讨好他，终于买了一次。

"等一会儿，你就装作不喜欢吃，好不好？"

他用力点点头，我揉揉他的发，顺毛摸。

"真乖！"

我满心欢喜，为自己的小把戏，暗自得意。踏着夜色回家，不知道有一场大灾难在等着我们。那时，官薄想着他爸爸快回来，能赶走恶毒的后妈，而我想着，我的大房子，好大好大的房子。

有人说，命运总会在你最欢喜最得意的时候，突然扼住你的喉咙，让你无法喘息。那一年，官薄八岁，我十一岁，我从早熟的红富士变成烂掉的樱桃。

后来，我曾想过，如果从一开始，我们没有多管闲事把官薄带回家，结果是不是会不一样，我不知道，因为一切都像一列脱轨的火车，轰然驶向未知。

6. 突然一场火，把什么都烧没了。

刚到小区，就见小区门口围满了人，还停着一辆消防车。

我们住的那幢楼正在冒烟，浓浓的黑烟让上面什么都看不清。穿着消防服的消防员正在喷水，可楼层太高，完全够不着，恰巧今天风大，顺着风向，火势越来越大。

我一呆，马上反应过来，那是我们的房子！

容华姐呢？容华姐回去了吗？

看到熟识的邻居，我扑过去，抓着她的手臂。

"李婶，我妈回去了吗？"

"欢喜妹，我刚才看到她拿了牛奶回去了。"

"那她还在里面吗？"

"这我就不清楚了，你别担心，你妈这么大的人，可能早跑出来了。"

怎么可能不担心，一种不祥的预感倏地涌上心头。出事了，一定出事。力气一瞬间被抽光,我几乎要倒下去,打开嗓子,边哭边喊。

"妈！妈！"

"谢容华！谢容华！"

"出来呀，你在哪里？"

……

没人回答我，四周都是看热闹的人，我的心越来越慌，心里不祥的感觉越来越浓厚，压得我快窒息。谢容华你在哪里，你不会笨到还待在屋里！

火势还在扩大，那够不到的水根本没用，连围观的大人都在议论，这么久，怎么还不搭云梯，我扑过去问。

"为什么不搭云梯？有人还在里面，她会死的，会死的！"

"小妹妹，我们已经跟总部支援了，云梯马上会调过来！"

"去去去，危险得很，小孩子别捣乱！"另一位消防员不耐烦地把我支开，嘴里还在说什么。

我听不到，我只知道我妈可能还在里面，而这些人还状况不断，这么高的楼，没有第一时间调云梯，我又有些怪谢容华，为什么总是那么小气，说什么租高点会便宜点。

"谢容华，你出来，快出来！"

我茫然地走在人群中，始终没看到她的人影，直觉告诉我，她就在那房子里面。看到楼梯处的防守线，我止步了。与其靠着这些白痴，还不如自食其力，我冲了过去，有一个人紧紧从背后把我抱住，不让我过去。

是宫薄。

"浑蛋，放开我！我妈妈在里面！"

他不说话，只是搂着我的腰，比我矮比我小的身体迸发出惊人的爆发力，任我怎么挣扎都不松手，就算被我又踢又打也是一声不吭不肯松手。

干什么，谢容华还在里面，眼泪早迷糊我的视线，火依旧在肆虐，我想也没想，对着横在我胸前的胳膊狠狠咬下去。

"不放我，就咬死你！"

他不放，我也不松口，我再咬，他仍是不放，舌尖尝到血腥味，背后传来低低的呻吟声，我听了，怒火蹿上来，我加大力度，铁了心的，他要不放开我，就咬死他。

我妈还生死未卜，他还拉着我！

已经见血，一旁的李婶过来要拉开我，一脸不忍。

"欢喜妹，他是为你好，火那么大，你过去很危险的，快松口，真狠，咬了一嘴血。"

"放开我！"

"不放！"

真让人讨厌的声音，我从来没有像这样讨厌他。

"不放，我咬死你。"

"让……让你咬。"

稚嫩的童音带着坚定，我浑身颤抖，心底一阵阵发寒，这么冷，唯有唇间的血肉有一点温度，背后是宫薄同样小小的发抖的身体。

谢容华，你一定不要在里面！你要出什么事，我会恨你的，恨一辈子！

云梯调过来时，火已经烧了一个小时。火被扑灭，消防队员上去，我们依然被挡在外面，宫薄还抓着我不放。他的右手臂上深深的牙印，不时渗出血。

我全身浸在恐惧里，很害怕，不敢动，连想都不敢想。我神经质地抓着他，不停问这问那。

"鸡丁，我妈不会在里面的吧？"

"祸害遗千年，她那么坏的人，肯定早就跑了。"

"肯定是这样，她一定躲在一旁，看我哭，说不定正在嘲笑我。"

"她就是这样的人，不靠谱。"

"没事，看就看嘛，谢容华，你出来呀，滚出来！"

"这个玩笑一点都不好笑！"

……

有人抬着担架走出来，上面躺着什么。

我呆住了，往后退了一步，不敢上前。冥冥中，有什么发生了。

我就像一个被判了死刑的犯人，在等待行刑的日子。此时此刻，有人拿着时钟放在我耳边。时间一秒一秒过去，时针走动的嚓嚓声就响在耳边，让人毛骨悚然，我的心一点一点往下沉。

官薄松开我，反倒是我抓着他不放。他看看我，缓缓抽开手，走到担架前，伸手揭开白布。

世界一下静了，我呆呆看着那堆人，那么远，又那么近。

官薄小小的手掀开白布，看了一眼，望向我，没说话，眼神却平静得可怕。

我张了张嘴，没发出声音。他慢慢走到我面前，拉着我的手，一步一步走到担架前。

一瞬间，我看到一张被烧黑的脸，它皱成可怕的样子，却依稀是我最亲的人。

不，这不是她。她很漂亮的，才二十七岁，连鱼尾纹都没有。爱笑，眼睛总是眯眯的，却闪着绿光。要是遇到大鱼，她摸摸鼻子，就是算计着什么坏事……

这不是她，不是她，谢容华，我恨你！

眼睛被蒙住，眼泪却顺着指间的细缝流下来。我一抽一抽站在原地，不是这样的，那个人我不认识。只是一眼，我却看得清清楚楚，深深地刻在记忆里，再也无法忘记。

好吵，这么吵。明明那么吵，我却什么都没听清楚，耳朵里全是嗡嗡声。我的眼睛被遮住，周身好黑又好冷，这可怕的世界。

有人过来问："你跟这死者是什么关系？"

我扑过去，恶狠狠骂他："你才是死者，她没死！"

官薄抱住我，一旁的李婶过来，跟那人说什么，两人一问一答，那人不时在纸上写着，偶尔看这边一眼，李婶不断叹气。

"可怜呀，才十一岁，没有爸爸，又没了妈妈，老天真造孽……"

在这之后很长的一段时间，我的记忆一片空白，意识介于清醒与模糊之间。每个人从我身边来来去去，就像不真实的影子，他们跟我说话，我就只看到嘴巴一动一动，却没听到声音。我不知道那段时间是怎么过去的，等我有了知觉，已经是几天后了。有人把一个凉凉小小的罐子塞给我，上面贴着一张照片，照片里容华姐温柔地笑着。

我还不知道她有笑得这么温婉美丽的时候，眼泪掉在照片上，他们跟我说，我的妈妈住在那里。这罐子那么冷，那么凉，我紧紧抱着它，想着走到哪儿都要带着。

谁要敢过来碰它一下，我就咬他、抓他、踹他，让谁也别想碰它。

家被烧了，妈妈也不在了，我们被带到派出所。他们问我们很多事，平时有没有仇敌，可能有人纵火，后来排除了故意纵火的可能，又问我们出去之前有没有关好煤气之类的，还跟我们说找不到起火根源，不能有赔偿，甚至，还问我，要不要去福利院。

我一声不吭地抱着那个罐子，像块木头。

这些跟我有什么关系，我只知道，我妈妈不见了，突然一场火，把什么都烧没了。

宫薄替我一个问题一个问题地回答，他的声音不再沙哑难听了，他吐字清晰，声音清脆响亮，说话逻辑清楚，他那王子般的处变不惊又表现出来，他拉着我的手，陪我奔波于派出所、殡仪馆，录了笔录，报了案，还有……

烧了妈妈。

宫薄只字不提他宫殿般的家，跟他们说，他是我弟弟。警察不忍我们露宿街头，暂时安排我们住在看守犯人的小房间里。这是平时犯了些小错误的人，被请进来关押个二十四小时的房间，里面什么都没有，只用粗粗的铁条隔着外面的世界。

宫薄把警察找来的一条薄毛毯披到我身上，他紧紧抱着我。黑暗中，只有过道上一盏灯，发出微弱的光。光照着身边的小男孩，他刚养胖的脸颊又陷下去了。他一身疲倦地窝在我身上，皱着眉，睡着了，却衬得两个黑眼圈越发明显。

我看着他，眼前闪现那场火，他拉着我不放，这些场景一帧一帧闪过，最后定格的画面，是容华姐送我们去上学时，她摸着我的头。

"欢喜妹，好好照顾小少爷，他爸爸快回来了，我们很快就有大房子住了。"

什么大房子，我们住在廉租房里不是活得很好吗？都是这个人，都是他，他来了，全部都变了！那天要不是他突然发神经到处乱跑，我就不会那么晚回家，如果我早点回家，那场火就不会烧起来，容华姐也不会死。

就是他，都是他的错。我恶狠狠地看他，他右臂上那个牙印还在，只是伤口已经结痂。就是他，如果当时他肯让我上楼，说不定我妈就不会死。

我的手颤抖地放在他细长的脖子上，扑过去，用力一掐。掐死你，掐死你！

官薄被惊醒了，碧绿清澈的眼眸一睁开，眼瞳里映出一个疯狂的我。那个我披头散发，张牙舞爪，眼睛布满血丝，全是杀意。他没动，就这样任我掐着。

"我恨你，我恨你！"

"本来我就没有爸爸，现在又没了妈妈。"

清亮的眼睛都已经翻白，他还是没反抗，反而反手抱住我，学着我当初安慰他的样子，轻轻拍我的背，艰难地叫我的名字。

"唔——欢喜——欢喜——"

妈妈给我取错了名字，她不在了，我怎么可能欢喜！

从小我被骂私生子、野孩子，因为我是她十六岁生的。她爱上一个有家室的男人，不顾一切离家出走跟他私奔。结果没几日，那男人就把她扔在旅馆里跑了。她本来可以回头，可是有了我，她担心那个保守的家庭不接受未婚生子，所以她没回去。

因为我，她一无所有。

我的出现，给她叛逆的青春期画上休止符，她从一个少女变成了少妇。

当我开始懂事，明白自己似乎有点不同的时候，我问她："有没有想过不要我？"

"怎么会呢，你看，我去哪里找来你这么聪明伶俐、随叫随到的小丫头供我差遣？"

她总是这样，不正经地逗我，哄我开心。可是她不开心，是我让她背负骂名，饱受冷眼。不该活下去的人应当是我。眼泪顺着脸颊流下来，我松开手。宫薄剧烈地喘着气，他的脸憋成酱紫色，但他还是轻轻地为我擦掉眼泪。

"我恨你。"

"我知道。"

"我害怕。"

小小的手掌遮住我的眼睛，他一字一顿。

"我帮你通通挡掉！"

7. 从那天开始，我就没妈妈了，不能再找妈妈。

可是，不是装作看不到，就看不到。

警察的效率出奇快，案子很快就结了。这之后，我们便离开了派出所。

许多年后，我想起这些，只记得看守所里的铁条门，微弱的光，还有，一个小男孩发誓要为我挡掉一切烦恼和恐惧，而我差点杀了他。

警察给我一张纸，上面写着是屋主用火不当，才引起火灾。

我看了一眼，就把它扔到垃圾筒里。我不信这些，这事充满了疑点，最简单的一点就说不通，既然是容华姐用火不慎，那她为什么没逃出来。

我抱着罐子，叫他的名字。

"宫薄，你回家吧，我帮不了你什么了。"

宫薄摇头，就是要跟着我。我不想再说什么，冷冷说了声"滚"，从他面前离开。从小到大，我以为自己和其他人不一样，其实没什么不一样，我也只是个不知天高地厚的小毛孩，胆小自私迁怒，碰到事只会找妈妈哭。

只是从那天开始，我就没妈妈了，不能再找妈妈。

宫薄不远不近地跟着我，穿过人群。

我想我的样子一定很吓人，衣服没换，脸也没洗，长头发纠成一团，像个小乞丐，可没爹没娘的小孩谁在乎。

我回到原来的租房，那里被烧得黑乎乎的，家具差不多已经烧没了，地板上有用粉笔勾成的一个人形，那是妈妈死去的地方。

我就抱着膝盖坐在废墟里，等还魂夜。

传说，人死后，七天还魂。我不知道这是真是假，虽然我们号称天师，可是从来没有见过真正的鬼。

宫薄仍跟着我，他看出我不想见到他，总是躲在我看不到的地方。过了一段时间，也不知道他哪里找来的面包和水，放在我面前，自己再跑开。

渴了我就喝水，饿了我就吃，我总是想容华姐。

想她当年为什么要生下我，我让她受尽折磨，还老惹她生气，不爱读书，上学也是去打架，惹是生非，还总是让她被叫到学校去挨训。

每次她低头哈腰跟老师低声下气地道歉的时候，我总在一旁没心没肺地偷乐，觉得她挨批的样子，比我更像个小学生。她也从不生气，最多就说我几句，骂一声"夭寿呀"。

我总是怪她，追问个不停，为什么我们要经常搬家，为什么我没有爸爸，为什么没有小朋友跟我玩，为什么你要去骗人？听到那么多为什么，她总是背过身，轻轻说一句"对不起，欢喜"。

而后转身面对我时，她的眼圈总是红红的。一定偷偷地哭过吧，我用手背抹去眼泪。对不起，对不起，妈，你回来，欢喜再也不打架了，再也不问为什么了，会好好读书，会听你的话，真的，欢喜会乖的，欢喜不会让你再偷偷地哭……

妈！妈！你为什么不要欢喜了？

似乎有人为我拭去眼泪，我抬头，是容华姐正站在我面前。

"欢喜妹，你又哭鼻子了。"

"妈！妈！"我扑过去，却穿过她的身体。我忘了，她的身体在那小盒子里。

"欢喜妹，好歹咱们是神棍，别弄得这么不专业！"

她故意一脸笑嘻嘻道，还冲在旁边不敢过来的宫薄招招手，"小少爷，过来。"

容华姐得意地转了个圈，"惊讶吧，科学骗人吧，你看，这世界真的有鬼。"

宫薄目瞪口呆地望着她。

她摸了摸他的头。

"好孩子，这几天谢谢你照顾我们家欢喜了。"

她又点了一下我的鼻子，像往常一样轻松问我："欢喜妹，我不在这几天，你有没有欺负小少爷？"

我木木地说不出话，嗓子眼堵满了东西，酸酸的，发不出声音。

倒是宫薄摇了摇头。

她蹲在我身边，脸白得吓人，眼睛却红红的。一定是和以前一样，又偷偷地哭了，她总是这样，明明很难过，却还要装出一副笑脸。不知道现在她笑着，我更难受吗？

"欢喜，妈对不起你，不能陪你了，以后要好好照顾自己，知道吗？妈妈死了，不能和你在一起，跟着你，人鬼殊途，早晚会害了你。乖，听妈妈的话，去南方找你外公，他会替妈妈好好照顾你，没事，你外公虽是个怪老头，跟茅坑里的石头一样，又臭又硬，但一定会疼你的。"

"我又不认识他，我只想跟妈在一起。"我拼命摇头。为什么，为什么要叫我去找一个我根本不认识的人，我不要。

"欢喜，你不要这样，你再这样不乖，妈会生你的气。"

"听妈妈的话，欢喜，妈求你了。"

"我不想待在这里，你带我走。"

"别哭了，再哭就不美了，小少爷会嫌弃你的，"她摸我的脸，又转头望向宫薄，"对吧，小少爷？"

"关他什么事，都是因为他，咱们家才会出事。"

"欢喜妹，"容华姐喝了我一声，"不要说这样的话，着火是因为我在煮东西的时候，睡了过去，才引起的。"

"我不信！我不信！"

"虽然说起来是我笨，但事实就是这样，妈太累了，欢喜妹。有你这个小拖油瓶，勾搭帅哥真的很不方便，小时候你还会打点酱油，乖巧得很，现在大了，也不听妈妈的话，妈妈天天跑学校，都被烦死了。"

"我不会了，以后再也不会。"

"其实现在能光明正大拽了你，妈不知道有多高兴，而且下面还有好多帅哥，欢喜，你也不想妈妈走得不开心吧？乖，明天就去找外公。"

"还有，一定记得带上小少爷，等他爸爸回来了，我们的大房子也就来了，刚好留给你以后当嫁妆。"

"听到没有，答应妈妈？"

我还是摇头。

容华姐有些急了，她对一旁的宫薄说："小少爷，你答应我，和欢喜一起去找她外公。"

宫薄点点头。

容华姐兴奋道："那我们拉钩？"

"好了，拉钩了，明天就出发，你们要一起走。小少爷，以后要帮阿姨看着欢喜妹，她要打架了，不上学，就帮我揍她，知道吗？"

宫薄眉皱成一团，却还是点点头，又突然问了一句："阿姨，就算你睡着了，可是着火了，为什么没逃出去？"

"阿姨睡死了，等醒过来时，就变成这样了。"

天已经有些亮了，容华姐又抱抱我，一直忍在眼眶里的眼泪掉了下来。

"欢喜，我的好孩子，没有妈妈，你一定要活下去，如果见到你外公，记得……记得跟他说……说，说我对不起他。"

一声鸡啼后，容华姐的身影越来越淡了。她想了想，终于咬牙，说："欢喜，你爸爸是——"

我捂住耳朵，"我不听，我不听，除了你，我谁也不要！我从小没有爸爸，以后也不会有爸爸，我的爸爸早死了！"

"妈，妈——"

8. 不做乞丐，我们要饿死呀？

我惊叫着醒来，入目是宫薄担忧的眼睛，我抓着他的手臂问："我妈来过了，你看到没有？"

宫薄摇头，不解地看着我。

"怎么可能，刚才她还站在这里，跟我说话！"

他还是摇头，"我守了你一夜，什么都没看到。"

我不信那么真实的场景竟是一场梦，容华姐明明来过，她还要我带他一起走。

"你一定睡过去了，她刚才还来过，还跟你说话了！"我气愤地推了他一下，他往后退，摔坐下来，手碰到地上，上面的黑灰也被扫开了。

地板上赫然写着一个地址，还有三个字：一起走。

是容华姐的笔迹，虽然字迹很乱，但我认得，容华姐一定回来过，是这样的，一定是这样的。那不是梦！不是梦！

"你有没有梦到我妈？"

"没有，我没睡。"宫薄摇头，"这是阿姨在火烧之前写的，什么意思？"

我没说话，眼泪掉在字上。我不信那只是梦，可是妈，你怎么这么狠心，留下一个地址就走了，欢喜怎么办。

我哭了一夜，决定彻彻底底痛痛快快地把这辈子所有的眼泪流光。像我们这样的人，从来没有多余的时间悲伤。

天亮的时候，我找了块布，包住罐子，背在后面，冲那个白印拜了拜。妈妈，我走了，我会听你的话，去找外公的。

昨晚，就当作我最后一次向你撒娇。

宫薄静静地看着我。

他水亮的绿眼睛里，映出一个颓废悲伤的我。如果以前他这样注视着我，我不知道多开心，但现在我内心毫无波动。那套海市蜃楼的房子，谁在乎。

这个总是优雅高贵的王子殿下，这几天也脏兮兮的，不知道沈雪尺有没有听到这里着火的事，竟也没人过来看看他，他和我一样，都是没妈疼的孩子。

妈妈说，要带他一起走。所以我问他："我要去找我外公，你跟不跟我走？"

他点点头。

我们手拉着手，一步一步下楼。我一步一步地数着台阶，我会记得这个数目，也永远不会忘记这里。

离开这座城市时，我和宫薄最后一次去看了他那海派风格的家。隔得远远的，更显得宫家高高在上，贵气逼人。

"要不，你在这里等等，说不定你爸马上会回来的？跟着我，会很苦的。"

"走吧，欢喜。"

他拉着我，把那座白色建筑扔在后面。

离开这里，他再也不可能成为养尊处优的小少爷了。我偏头，看到宫薄神色平静，那平静的神情根本不该出现在一个八岁小孩脸上。

外公的家在南方，一个很南很南的沿海小城，而我们在北方，是很北很北的一个城市，我没有足够的钱买车票。我不想去当小偷、扒手，容华姐若知道了，会很伤心的，我也不想去找什么福利机构，一方面我不懂怎么才能获得帮助，另一方面我缺少安全感，不信任他们。

我只能带着宫薄，买了张地图，看路标，问路，碰上好心人还能搭顺路车，不然就只能走路，只是走路实在太慢了，我只好买了辆二手自行车，让宫薄坐在后座上。

宫薄总是紧紧抱着我的腰，偶尔问一句："我重吗？"

声音从背后闷闷传来，我笑嘻嘻问："鸡丁，你是不是要生蛋了，怎么这么重？"

其实，宫薄瘦了很多，尖尖的下巴，再搭上双绿眼睛，像极了小妖精。宫薄还是很少说话，他总是站在我背后，低着头，面对陌生人更是一声不吭，就算这样他还是很招人喜欢，我给他买了件连帽衫，或多或少能遮着脸。

为了省钱，我只能买最便宜的馒头，和宫薄分了吃，还总要加上一句："鸡丁，只能吃这个，不然我们就得当乞丐了。"

"乞丐？"他大概不理解乞丐是什么意思。

我用力咬馒头，努力像以前一样哄他，笑嘻嘻道："放心，就算为了我那套房子，我也会照顾你，乞丐我来当，东西咱们一起吃。"

宫薄的绿眼睛里闪过一丝痛苦，他又遮住我的眼睛，"欢喜，不要这样笑，我难受。"

他很喜欢这个动作，轻轻为我遮住眼睛。我也喜欢他把手心放在我眼前，软软的暖暖的，很舒服。只是他的手也不再像过去那样细嫩，开始变得粗糙，小小的手掌不仅长了茧子，还有些冻伤。

这样的宫薄，让我心疼难过，可是我也不知道怎么办。几天后，我身上的钱用光了，比我预料的还快。我不能不吃饭，宫薄也不能不吃饭，我必须尽快弄到钱。神棍是不能当了，没人会相信现在的我。

想到最坏的却也是最快的方法后，我跪在街角，面前放着一个破碗。

宫薄过来拉我，拼命拉我，一直问我："欢喜，为什么要给他们下跪？"

他显得很愤怒又惊讶，小脸涨得通红。

我猜得出，他受过的教育里，这种行为很伤自尊的。为什么要给人下跪，为什么？因为我需要他们的怜悯，我需要他们的施舍，我要怎么跟他讲，我们没钱了，连馒头都吃不起了，这是我想到唯一的不偷不骗的方法。

宫薄还要拉我起来，甚至说话语气都带着不自觉的命令。

"欢喜，起来！你给我起来！"

我摇头，告诉他我不能。

"为什么？"

"因为我饿了。"

他脸上愤怒羞耻的神情凝滞了，很快就露出一个快哭的表情，难过悲伤地望着我。

我不再说话，低着头，看着面前的破碗。

活下去，只要可以活下去，我没有自尊那种思想包袱。

他没再说话，踟蹰了好久，就要跪在我身边。

他要陪我，我阻止他，"一边玩去，别烦我！"

"你都可以，为什么我不可以？"

"我说不可以就不可以，你还想不想再跟着我，要想跟着我，就得听我的话！"

宫薄眼圈一下红了，扁着嘴，眼泪含在眼里，不敢掉下来。他怨恨地看了我一眼，蹲在一旁的小角落，没多久，我听到他低低的抽泣声，很小声很压抑，似乎极力在控制自己。

我没理会，也不知如何安慰他。他太小，还太小。

而且他曾经是个少爷啊，他如青葱般的手指应当去弹钢琴，水红色的唇吐出来的是优美的诗句。宫薄啊宫薄，他应该是王子呀，哪能让他知道外面有诸般不美好。

难道也要他佝偻着小小的背，弯下高傲的双膝，低着头，面对偶尔扔下来的"一块、一毛"，感激涕零，点头哈腰说"谢谢""好人一生平安"？不，不可以！这比我跪下来还让我感到羞耻，他无条件地跟着我，我不能再让他受苦。

而且我跪着跪着，最初的耻辱感也淡了。要是习惯了一件事，其实也就没什么了。

没几天，我已经能对好心人说句讨喜的话，而不再是像最初僵硬得跟块石头一样还不言不语。

运气好的话，每天乞讨来的钱还能存点，可以用来做路费。毕竟我们这样走，也不知何时能走到，而且还会不时挨饿，还不如存些钱，买车票。

我打定主意，乞讨时，就让宫薄一边玩去。刚开始，他还很别扭，看我跪在那里就很生气，连我递食物给他吃，都不接。

"怎么，嫌脏？"

"欢喜,我不喜欢你向他们下跪,"他背过我,小声说,"我难过。"

我一窒,把窝窝头塞到他手心,"吃饱了,才有力气难过。"

官薄的脸更白了,他抓着窝窝头沉默。这之后,他再也没有说过"不喜欢"的话了,他不吵我了,我叫他做什么就做什么,那么乖,乖得我挑不出一点欺负他的借口。

还在一个月前,我很喜欢欺负他,现在我们靠在一起,我抱着他,连戳他一下都没力气。饥饿和寒冷交迫让我无精打采,其实做乞丐没那么简单。

挑一个好地段很重要,这决定了收入的多少;还要防城管,这决定有没有活路;还有"同行"的竞争,这叫人情世故。地段要好,同行要讨好,见到城管要跑。

收工的时候,我跟官薄讲这些心得,他听了咯咯笑,最后我们一起嘻嘻哈哈地笑。他已经接受了这个事实,我跪下来,他就跑开。我收工,他又回来,偶尔还递给我一两个面包。

"哪里来的?"

"一个阿姨给的。"

我看了看他,脏兮兮的小脸,黏成一团的头发。这样子,谁看了都会躲开,哪有可能给他东西吃。他拿回的东西越来越多,我就觉得有些不对劲。

那天,我照常打发他去玩。官薄走后,我偷偷跟着他,他轻车熟路地走到隔壁街,拿出藏在垃圾箱旁边的黑袋子,打开袋子,掏出一个脏碗放在地上,然后跪了下去。

他在行乞——

我惊住了,飞过去,踹掉他的碗。一声脆响,碗四分五裂。

我拉起他,"你在做什么?"

官薄脸色有些惊恐,但很快就变成理直气壮,绿眼睛燃出小火苗,"你在做什么,我就在做什么?"

"我不允许你做乞丐。"

"那你也不要当乞丐！"

"不做乞丐，我们要饿死呀？"

"我陪你饿死！"

"啪"的一声，等我反应过来，我已经给了他一巴掌。他的脸脏得看不出什么端倪，但肯定已经红了。这么用力，我的手掌疼得都有些麻："我……"

宫薄难以置信地看着我，眼圈红了，泪水在眼眶打转，生生忍住没掉下来，绿眼睛愤恨看着我，像上次一样，头重重顶了我一下，一生气就要跑开。

我抓住他，不让他走，紧紧抱住他，"鸡丁，不要说死，不要再说死，再也不要有人死了。"

他还在奋力挣扎的身体不动了，默默地任我抱着，反手抱住我，带着哭腔喊着："欢喜，我讨厌你。"

做乞丐的人是我，他不该跪在这里。是我不分轻重，太过自大，以为可以照顾他，要带他走，非亲非故的，我凭什么。他现在小，不懂，等将来要恨我的，他本该是个锦衣玉食养尊处优的小少爷。

可是打过哭过之后，宫薄仍继续跪在那里，继续行乞。我怎么说他，他都不听。没办法，我到路边摊给他找了副墨镜，让他戴上，一起跪着，他这才露出个笑容，手偷偷去牵我的手，像上次陪我罚站一样陪着我。

我回握过去，其实，我不想他陪我，一点都不想。

9. 下雨了，别人看不到眼泪，欢喜就可以到雨里哭一场。

很快我们就在"乞丐集中营"混熟了。

其实每座城市都有些乞丐聚集地，我们叫它"乞丐集中营"，像步行街、市区、天桥都有一些不幸的人：拉二胡的，用嘴写字的，卖些小东西赚点小钱的。相处久了，他们没像刚来那么排斥我们，渐渐也开始照顾我们，官薄时常向他们借音响，唱歌，吸引客流量，也算劳有所得。

我们从乞丐升级为"卖艺"，自封了个"街头艺术家"的称号。最经常唱的是一首老歌邓丽君的《漫步人生路》，第一次在长发李叔的音响里找到时，我乐坏了，容华姐以前经常唱这首歌。

李叔是个好心人，扎了条长马尾，大家都叫他长发李。据说，他从小爱唱歌，年轻的时候也风光过一阵子，但太过放纵，弄得最后家破人亡，索性背着音响，当个流浪歌手。

他帮我调出《漫步人生路》时，跟我说："欢喜妹，这年头谁还听粤语歌，还是这么老的歌，没市场的。"

"谁叫我五音不全，这首歌是唯一不会走调的。"

我天生没有音乐细胞，以前经常听容华姐哼这首歌，才记住了。我拿着话筒，手有些发抖，等前奏过去，我张口"在——"，唱第一个字，我就停下来，脑中尽是容华姐哼着歌的样子，她微眯着眼，一张笑脸很快乐很满足。

话筒被抽走了，官薄稚姨的童声响在街头，他跟着伴奏一句一句地唱："私の帰る家は／あなたの声のする街角／冬の雨に打たれて／あなたの足音をさがすのよ／あなたの帰る家は／私を忘れたい街角……"②这首歌的日语原唱，名字翻译是《惯于孤独》。

精英教育出来的孩子，果然不一样，李叔眼睛都快瞪出来了，匆匆走过的路人也停下来，官薄静静唱着。听到第一句我就转过头，容华姐很喜欢这首歌，还特意去学过原唱，听一句就注音标，她曾跟我说过，开头翻译是"只有你的地方，才是我想返回的家"，那时，她怎么说的，"欢喜妹，你就是我的家"，现在，我们早已没有家了。

伴奏又循环了一遍，官薄又唱了一遍，我跪在他身边，轻轻跟

---

②翻译为：我回的家／是回荡你声音的街头／迎着冬雨／寻找你的足音／是欲将我忘却的街头

他哼着。

在你身边路虽远未疲倦 / 伴你漫行一段接一段 / 越过高峰另一峰却又见

目标推远 / 让理想永远在前面 / 路纵崎岖亦不怕受磨炼 / 愿一生中苦痛快乐也体验

愉快悲哀在身边转又转 / 风中赏雪 / 雾里赏花快乐回旋

毋庸计较 / 快欣赏身边美丽每一天 / 还愿确信美景良辰在脚边

愿将欢笑声盖掩苦痛那一面 / 悲也好 / 喜也好 / 每天找到新发现

让疾风吹呀吹 / 尽管给我俩考验 / 小雨点 / 放心洒 / 早就决心向着前

……

有人停下来，扔下钱币，独唱渐渐变成合唱，我们唱着"尽管给我俩考验，小雨点，放心洒，早就决心向着前"，对视一笑，明明笑得很真，眼睛却很是酸涩。

唱了一下午，收入出奇多。

我问今天的功臣："想吃什么？今天我们加餐！"

宫薄想了想，咧嘴道："窝窝头。"

"就你这点出息！"

其实我知道，他是想省钱，他的懂事让我更难受了。

那晚，我们在天桥下，继续啃窝窝头，兴奋计划着，第二天要继续，这样很快就能到南方找外公了。

宫薄和我靠在一起，说："今天唱到小雨滴时，我想要是下一场雨就好了。"

"你这个猪头，要下雨，这里漏水，我们住哪儿？"

他看着我，绿眸子特别认真："下雨了，别人看不到眼泪，听不到哭声，欢喜就可以到雨里哭一场，就不用忍得那么辛苦。"

我一愣，抱住他，"傻瓜。"

那一刻，我突然觉得心里没那么苦，还没到最坏，起码他在我身边。

刚开始几天，运气出奇好，我们收了不少钱。每天我和官薄乐滋滋地数钱，把零散的钱铺平，从大到小一张一张叠在一起，钱不多，大部分都是一块的纸币，但一天天慢慢在变厚。

每天官薄用手指认真量钱的厚度，抬起头，很高兴地对我说："欢喜，又厚了一点。"

"我们很快就可以回家了。"我信心满满，把放在鞋底里，这样可以防止被人偷走。

可惜这样的好景并没有持续多久，来听歌的人少了，我和官薄商量了一下，决定换个地方继续，还向李叔借音响。

他爽快借给我们，还嘱咐我们："到外面小心，别让人欺负了。"

你看，这世界好人还是比较多的。

我们点头，背着音响到市中心的金碧广场。听他们讲，这个广场人流量很大，只要我们唱得好，肯定可以赚到钱。

果然没错，那一天的收入特别多，我和官薄眼都红了，唱得特别起劲，到最后都舍不得收摊。晚上十点多的时候，我特意买了两个煎饼馃子，一人一个，咬着回家。

"鸡丁，好吃吗？"

"好吃！"

"我放两个蛋呢，有钱人才加得起两个蛋，我们是有钱人。"

"我们是有钱人。"

官薄跟着我喊了一句，抬起头，咧着嘴笑，嘴唇都沾着蛋黄。

我帮他擦掉，拉着他回去，街上的人很少，难得安静，仿佛这里全部属于我们，我忍不住雄赳赳气昂昂地吼了一声。

"唱歌！赚钱！买车票！回家！"

我喊一句，宫薄也跟着我喊了一句。

我们笑了笑，容华姐说得对，面包会有的，房价会降的，生活还是充满希望的，我现在心里满满的都是希望。

有人挡住去路，四五个人，看起来十三四岁，为首的是个戴着墨镜的男孩，把墨镜推到额头上，手里拿着一根拐杖，嚣张地扛在肩头，叼着根烟，懒洋洋问："听说，你们抢我兄弟的位子？"

来者不善，我把宫薄藏在身后，低着头要离开。

拐杖横在我面前，那小痞子凑过来："在金碧，爷说话，还没人敢装没听见。"

我握着的拳头紧了又松，抬头堆着谄媚的笑，"对不起，我们不知道那里有人了。"

小痞子龇牙咧嘴笑了一下，又沉下脸，"如果道歉有用，我就不是坏人了。"

"那你想怎么样？"真是的，小小年纪，脸变得跟天还快。

"先把我兄弟的损失给补上。"

我不情不愿捞出今天的钱，宫薄抓住我不让，脸涨得通红。我按住他，这里不是学校，小孩子打一打闹一闹，我把钱递过去，"这是今天的。"

他却看也不看，吊着眼睛："就这点钱，你打发乞丐？"

"你本来就是乞丐！"宫薄不甘心回了一句。

后面的少年都笑了，小痞子眼睛瞪过去，"笑，笑个屁！"

他又走近了几步，"小子今天唱得不错，要不要跟了哥哥，包你吃香喝辣什么都有，我们丐帮需要的就是你这种人才，那什么鸟语都懂。"

"老大，是日语！"后面的狗腿子说了一句。

他径直走到宫薄面前，惊道："原来是个洋鬼子。"

手掌不客气捏宫薄的下巴，抬起他的脸，手指还想抠他的眼珠子，啧啧道："这眼睛真稀奇，绿得跟翡翠似的，要卖了值不少钱吧？"

宫薄早气红了眼睛，拉下他的手，狠狠咬住虎口。那人啊呀一直痛叫，眼中全是戾气，我趁机踢了他一脚，拉起宫薄的手。

"鸡丁，快跑。"

"追，给老子追，打死他们！"

我拉着宫薄使劲跑，这小子太狠了，要落他手里，准完了。可我们唱了一整天，身上又背着音响，很快就被追到了。五个人把我们团团围住，过来抢我们的东西，小痞子一旁看戏，对着虎口直吹气。

"这一口真狠，看我，手都出血了！"

音响是向李叔借的，不能丢。我死死抱住音响，他们一脚踢倒宫薄，两个人来抢音响，我们打成一团，另外两个扒我鞋子，拿了鞋子里的钱，邀功去给那个小痞子。

"老大，看不出来，这两人还挺有钱。"

"那是我的车费。"

"什么车费，给爷看伤都不够，再搜搜，看还有没有，别忘了那小的。"

宫薄爬起来，又被踢了一脚，滚皮球似的滚开了。另外一个人抢我一直背着的罐子，举起来。

"老大，你看，这儿还有！"

"还给我！"

我扑过去，被拉住了。那浑蛋走过来，像只慢慢靠近猎物的野兽，拿起罐子饶有兴致地研究着，我拼命地挣扎，边大声喊着。

"还给我，还给我，那不是钱，钱你们全部拿走"。

"这么宝贝，肯定是值钱的。"

说着就要解开布，我快疯了，宫薄蹿过去，双手使劲把罐子抢过来，那浑蛋去拉他，宫薄就是不放，咬着牙，脸涨得发紫，指节都突出来还是不放。那人把他踢出去，宫薄倒在地上，弓着身子，把罐子护在怀里。

"小鬼，放手！"

宫薄还是不放，那人一脚一脚踢他。

"放不放，不放踢死你！"

"别踢了，别踢了！"

小小瘦瘦的身体被踢皮球一样踢来踢去，我被抓着，只能眼睁睁看着。

那人边踢边问："还不放，别以为爷不敢踢死你的！"

说着，小痞子发了狠似的朝他腰侧一直踢，一下一下都落在同一部位。宫薄倒在地上，一声不吭。其他几个人看了哈哈大笑，还在旁边肆无忌惮地开玩笑，嘲笑我们。我挣扎着却逃脱不了，脚一软，给那人跪下来，抱住他的腿。

"求你了，不要打他了。"

他踹开我，我扑过去，再抱住他的脚，"求你了，不要再打他，他会死的，我们真的没钱了，钱全部给你了。"

"鬼相信，拿命护着的东西，不是宝贝？"

"那是我……我妈妈的骨灰，求你了，我给你磕头，你放过我们吧。"

"求你，真的，不骗你！"

我给他磕头，不断地磕头。

小浑蛋愣了下，眼里闪过一丝疑惑，似乎不相信我的话，他又看了眼始终拼命护着罐子的宫薄，手一挥。

"别打了，没意思。"

那帮人停下了手中的动作，那浑蛋走了过去，蹲了下来，挑起宫薄的下巴，啧啧两声："看这眼神真美，先留着，小子够硬气，爷这次先放过你。"

一帮人得意地拿着钱走了。

世界突然又安静下来，我爬过去，抱起宫薄。他脸上全是青紫的伤，眼也肿了，重重喘着气，颤抖地拿起一直护在怀中的罐子，举到我面前，笑了笑。

"欢喜，你看，没坏，阿姨还在。"

10. 他们说的没错，他跟着我，早晚有一天会被我害死的。

那一刻，我不知道要哭，还是什么。

我抱住他，紧紧抱住他，如果我们是一个人就好了，他被打的时候，我就能为他受着，他不该过这样的日子。

宫薄摸我的额头，"疼吗？"

"不疼。"我忍住眼泪。

他挣扎着靠近我，认真亲我的额头，"亲亲，就不痛了。"

我也凑过去，亲他的脸蛋，亲他被打肿的眼睛。撩起他的上衣，那里果然肿起来了，整个后背，都是这样触目惊心的瘀青，那个被反复踢过的腰侧，瘀血凝在皮肤下，黑紫色一片，惨不忍睹。我不敢碰他，死死盯着那片肌肤——

冰凉的手遮住我的眼睛，那手掌也全是被磨破皮的伤痕。

宫薄靠在我身边，说："欢喜，不痛。"

我知道，这句不痛，是他假装不痛，是想让我不要难过。我的心像被人狠狠握在手心捏，绞成一团，绞得血肉模糊，又被撒了一把盐，痛得无法言语。

我背起他，背他回去，拖着那些不知道有没有坏的音响回去。

起先，宫薄还不让我背。我生气了，才答应让我背。

一路上，他小声问。

"欢喜，我重吗？"

"不重。"

"我们的钱被抢走了。"

"没事，会赚回来的。"

"真的吗？"

"当然是真的，你看，赚钱很容易的，唱一天，很快我们就会变得有钱了。"

"哦……"

这一声长长的"哦"，他就睡着了，不时发出轻轻的呻吟声。

那晚，我背着他，一步一步走回天桥。我抱着他，不敢睡，终究太累，还是迷迷糊糊地睡过去了。睡到半夜，被冷醒了。宫薄在我怀里一直抖，冷得像一块冰块，天空不知何时飘起了雪花。

三月飞雪，虽然春天了，但北方还是很冷，这种雪也算正常。

我看着宫薄，他睡得一点都不好，缩成一团，水红色的唇不再水嫩，干裂破了皮，还有些血迹。我凑过去，把他脸上的血一点一点舔掉。

我把脸贴着他的脸，明知道这点温度没有用，但我没有动。

我搓着他的手。

没一会儿，他也醒了，被冻醒了，绿色的眸子看到雪，眼瞳放大。

"欢喜，雪，雪，下雪了！"

宫薄挣扎着站起来，人很兴奋，也不怕冷，跑走要去堆雪人。

我躲在天桥下喊了几声，他都不听，语气里难得有几分同龄人的活泼，"欢喜，堆雪人，我还没堆过雪人。"

虽然担心他的伤，但难得他这么有兴致，我也跑过去，听他指挥。看着他被冻得红红的，但眼睛仍闪着平时没有的神采，我心情也好了。

堆到天亮，两个雪人就堆好了。宫薄指着大一点的雪人，又指了指我，"欢喜！"

不是寻常那种随便插根红萝卜当鼻子的雪人，而是他细心地堆出轮廓，再慢慢拍实，还用手指画出五官，还给雪人戴上枯叶做成的帽子。

一片雪白里，大雪人拉着小雪人。大雪人既然是我，那小雪人就是他。

我指了指它，"宫薄！"

两人雪人偎依在一起。

宫薄的小脸早冻得通红，说话时嘴唇都在颤抖，却一脸开心。我摸摸他的头发，他拉着我的手，捡起了小树枝，一笔一画地写着。

宫薄欢喜永远在一起。

写完后，我把他的手放在大衣里，紧紧拢住。小手还带着寒气，冷得跟冰棍一样，冰得我忍不住发颤。宫薄碧绿的眼睛亮晶晶的，邀功般望着我。

"欢喜，我刚刚告诉雪人一个秘密。"

"什么秘密？"

"不告诉你。"

他露出个大大的笑容，笑得很晃眼很晃眼。

我知道，宫薄是努力想让我开心，就算他自己还一身伤，他一点也不想笑。他可以离开的，可是他没有，他陪我一起流浪。

很久很久以后，当我一个人孤寂地堆雪人时，身边什么都没有，我终于知道了这个秘密。

他对着雪人心口处不断重复着，一句话。

欢喜，欢喜，我不能没有你。欢喜，欢喜，我不能没有你……

他傻乎乎地重复着，不知道没多久雪会化，然后一切都会成为过去。宫薄就是这样傻气又天真的孩子，很多方面，比如学习，比如社交，他比同龄人甚至比我懂得多了，可是还有一些方面，比如人情世故，他单纯得如一张白纸。

他就这样毫无理由地跟着我，我又凭什么拉着他陪我受苦。我不知道，我只知道，我很累，可是我不想放开，我就是这样自私想找一个人陪我一起受苦。在我撑不住的时候，可以为我遮住眼睛。

天亮的时候，扫雪队来了，大扫把一挥，我们辛苦堆出来的雪人，头掉了，身子被推倒。

宫薄扑过去，挡在雪人面前，"不要打我的欢喜！"

我把他拉回来，对他们说不好意思。他们看了我们一眼，嘀咕着没人要的野孩子，把雪人打散，装车。

宫薄看着被载走的雪人，眼睛瞪得大大的。

"他们凭什么打我们？"

"鸡丁，那不是我们，只是雪人。"

"就我们，就是我们！"

他固执地喊着，他平时不会这样任性，我这才发现，他脸红得不正常，一摸，额头烫得可以煎鸡蛋了，我慌了。

"鸡丁，你感觉怎么样？"

"头晕，恶心——"

话还没说完，他就软软倒下来，任我怎么喊都没有反应，我急急忙忙背着他去最近的医院。还好，我的钱没有全部放在鞋子里，还有些剩下的。

挂了急诊，有穿白大褂的医生过来，利落看了一下，对身边的那个护士说："晕了，先抢救。"

我完全吓傻了，抓着那个护士的衣角。

"阿姨，他、他没事吧？"

"这是谁的小孩怎么跑进来？"

"我是他姐姐。"

"那怎么不早点送过来？"她急匆匆把我推出去，嚷嚷着一句，

"现在的父母都怎么回事，孩子生了不管不问，早晚一天会被害死的！"

门在我面前关上了，我靠着墙壁滑下来，脑中只有一句话不断回荡着，早晚一天会被害死的，早晚一天会被害死的……

他们说的没错，他跟着我，早晚有一天会被我害死的。

不能再有人死了，不能再有人死了！

我去缴费，把叠好的零钱全部递过去。

收银人白了我一眼，不耐烦地说："叫你家长来。"

"我就是家长。"

她不高兴地看了我一眼，嫌弃地拿着那堆钱，嘴里嘀咕着什么："回去叫你家长，多带些钱。"

"这些不够吗？"我没钱了。

这次，她一句都不愿多说了。

我坐在急诊外面，等宫薄出来。等了好久，他被推出来了。我过去看宫薄，他睡着了，眉毛还皱着，那些擦伤也被擦上红药水，小脸被涂得五颜六色的。

医生扯了口罩，叫住我，"你父母呢？"

"我弟弟没事吧？"

"急性肺炎、高烧，小妹妹，你懂不懂，就算是小病也会死人的！烧得这么厉害，现在才送过来，还有，他怎么一身是伤？"

那句"会死人"如惊雷轰地炸在我耳边，我一下子吓傻了。

医生神情缓和了一点，说现在暂时没事了，他也不再教训我了，嘱咐着一些要注意的事项便去忙了。

走到半路，他又回头，疑惑地看了我一眼，"你们该不会是被拐卖的吧？"

"啊？"

我不说话了，他又说："小妹妹，你叫欢喜，对吧？他刚才昏迷时一直叫你的名字，你要真的对他好，就该去报警。"

我惊恐地看他离开，茫然回到病房，坐在宫薄床边。他还没醒，我握着他没打点滴的手，好冷。跟着我，他吃不饱穿不暖，当乞丐被人打。点滴一滴一滴落下，一个想法在我脑中冒出来，我趴在床边，小心翼翼摸他的脸，一遍又一遍，无声说着。

对不起，鸡丁，对不起，鸡丁。

宫薄醒来后，看到我，松了一口气，笑了笑，"欢喜。"

声音很沙哑，很虚弱，似乎多说一句，都很辛苦。

"鸡丁，你吓死我了。"

他一脸歉意地看着我，"我好了，我们回去吧，住院要花好多钱吧。"

我眼一热，又生生忍住。钱钱钱，他这个年纪不该天天把钱挂在嘴边，担心这顿那顿的。我笑了笑，把脸贴着他的额头，"你好好待在这，我赚钱养你。"

又说了几句，我喂他喝了碗粥，便跟他说出去赚钱了。他还很虚弱，只能躺着，只是绿眼睛一直看着我，柔柔的，轻轻的，全是信任。

这眼神更让我觉得难受。

我遮住他的绿眼睛，骗他，"鸡丁，你要乖乖在这儿，等我回来。"

11. 从来没有觉得这么冷过，他是不是，也死了？

我走出去，到公共电话亭打了电话，然后躲在医院的角落里。

过了很久，我听到警笛声，很快有辆警车停到医院门口，出来几位穿着制服的警察，神色严肃。

会是好人吧，我没继续看下去，一步三回头地走了。

走到我们占据的天桥下，我收拾一下，把什么都弄得一干二净，就背着东西离开了。去哪儿，我不知道，反正不会继续在这里。鸡丁，我要走了，原谅我，不能再带着你，我以为我可以，其实我什么都不会。

我报警，把你的家庭地址告诉他们，他们会送你回家的。一开始我就错了，不该带你出来，说不定你爸爸早回来了，正满世界找你呢。

我到了城市的另一边，仍旧每日行乞，只是再也打不起精神。低头对着空荡荡的碗，总会不自觉往身边瞟，感觉有个人也和我跪在一起，偏头就能看到一双亮晶晶的眼睛，猫儿般澄澈干净。

我若问他，想吃什么？他总是想了想，说窝窝头。

还记得，有次我们坐着吃窝窝头，对面饭堂传来红烧肉的香味，我们俩都不自觉吞吞口水。

他突然看着我说："欢喜，要我是真的鸡丁就好了。"

"为什么？"

"这样你就有肉吃了。"

那时，眼酸酸的，我抱着他啃了一口，不好吃，这鸡丁没洗干净。

他脸一红，条件太差，都不记得几天没洗澡了。看着他别扭着啃窝头，我偷偷笑了。

如今，我偏头，身边总是空无一人。他不在了，我亲手丢掉的，我不要他了。我把头埋在膝盖上，鸡丁，你的伤好了吗？

我想去看他，可我怕，我一睁眼就是他后背那些乌黑狰狞的伤痕，那是我害的。

不能再让他跟着我，可我只是去看一眼，去看看他好了没有，总没事吧？我这样对自己说，已不自觉走到医院。鬼鬼祟祟地溜了进去，我缩在垃圾筒旁，看着上次那几名警察又过来了，那位好心的医生陪同着，不知道说着什么，那警察点头。

"现在只能先带回去备案。"

他们进了病房，我缩在门后，听到宫薄精神多了的声音。

"欢喜来了？"

然后是一阵吵闹，宫薄的声音兀地拔高，尖锐刺耳，"我不走！

我要等欢喜""你们都是骗子"。我看到那个好心的医生弯腰，跟他说什么，他压根不听，像只暴怒的小兽，狠狠推开他们，蹿上床，蒙住被子，从被子里传出闷闷的怒吼声。

"你们走，你们走，我要等欢喜！"

声音隐隐带着拼命压抑住的哭腔和彷徨，我握紧拳头，生生忍住。

傻瓜！我不声不响走了三天，还等我干吗？我付不起医药费，我都不要你，还跟着我干吗，等死呀？我跌跌撞撞跑开，这个白痴，这个傻瓜，白长了一副聪明的样子，其实就是个笨蛋！

也不知跑了多久，我停下来，靠着墙壁滑落下来。阳光好毒辣，刺得我眼睛无比酸涩，我用手遮住眼睛，刚才太慌张，竟忘了看下他伤好些了没……

这之后，我没再去看他。也许我骨子里就是冷血的人，每天照常做自己的乞丐，继续存钱，我还要去南方找外公。只是半夜，我被冻醒后，看着寂静的城市，看着昏暗的路灯将世界弄得亦幻亦真，心中会生出几分苍凉。我这样的人，没爹没娘，到底为什么如此卑微地活着？如果当初，我陪着妈妈一块走了，是不是更好一点。

可我早上醒来，对着来来往往的人群，又想，我为什么要想这种问题？我这样子，能活着都不容易，何必再给自己添堵，我不要再想宫薄了，他就会给我添堵，我想起他来，嗓子眼就堵得难受。

我就这样坦然地继续活着，直到几天后，我到那小饭店摆在外面的面食摊买窝窝头。小饭店里的电视正播放新闻，我听到主播念了个名字，宫胜南，海外商人宫胜南什么什么的，我接过老板的窝头，这名字有点耳熟，好像在哪里听过。

我走了几步，猛然想起来，这不就是鸡丁的爸爸吗？我风一样冲进饭店，听到主播公式化的语气道："对于宫胜南先生的突然离世，业界朋友表示震惊……具体原因还在调查中，现场没有其他痕迹，失足掉海成最大可能……"

我踮起脚，瞪大眼睛看字幕。一定是我听错了，好好的，怎么又会有人死？怎么可能，我才刚报警，说他的儿子在这，他怎么就可以说掉海就掉海？不可能，一定是重名，这世界有钱人多的是，可能就是个重名的有钱人。

我摇头，眼角一抽，看到电视里一身黑衣的沈雪尺神色悲伤的画面一闪而过。轰的一声炸雷又炸在我耳边，我木在原地。

饭店的伙计来赶我，"走开，小乞丐，脏死了。"

我猛地推了他一下，吼道："推什么推，你没看到，有人死了！"

"死就死了，关你什么事！"

是跟我没关系，可是跟宫薄有关系，他跟我一样成了没爹没娘的孩子了。

我拔腿就跑。

我还亲手把他送到他后妈那边，为什么，为什么会这样？

我疯了似的跑进医院，冲进病房里。病房里有人，可不是他。有护士过来赶我"这谁家的小孩子，到处乱跑"。我跑去找那位好心医生，剧烈运动让我快要喘不过气。

"叔叔，我弟弟呢？"

他见到我也有些惊讶，扯下口罩，开始唠叨："是你啊，这么多天，你跑哪里去了，你弟弟一直在等你——"

"叔叔，我弟弟在哪里？"我打断他的话，声音大得把周围的人都吓了一跳。

"你这丫头，"他摇头，把我拉到一旁，皱着眉，"我也不知道他哪里去了，他不跟警察走，第二天，我去查房，他就不见了。"

我心一冷，这个笨蛋一定是怕警察强行带走他，就自个儿跑了。我来不及向他道谢，撒腿继续跑。直觉告诉我，宫薄一定回天桥了，越跑越心急。好多天了，他带着伤，我又把东西全部收走了，他一个人要怎么过。

眼前一黑，我摔在地上，又爬了起来，心里只有一个名字，鸡丁鸡丁！

他果然在天桥下，小小的人蜷缩成一团，倒在地上，身上盖着几张破报纸。我看到他，心一下子吊起来，他……会不会也怎么了，我不敢想象，我走过去，颤抖地戳了他一下，很可怕的温度，像来自地狱的寒意。

我茫然坐了下来，抱起他，不是以前软软的触感，僵硬得像冰棍。泪无声掉下，落到他紧闭的眼睛上。他的脸那么黑，嘴唇也是紫色。无声无息的，我把脸靠在他的脸上，好冷好冷，我从来没有觉得这么冷过。他是不是和妈妈，还有他爸爸一样，都死了？

死了，全部都死了，我抱着他号啕大哭："鸡丁……鸡丁……"

为什么，他才八岁，比我还小，什么都不懂，他只是比较傻，跟错人，为什么这样对他，他没做过什么坏事，他从小没有妈妈，现在爸爸也没了，为什么不放过他？为什么？为什么？他还只是个孩子……

我抱着他继续哭，只是哭。我也不知道要说什么，做什么，我只知道，我害死他了。我骗他会回来，让他傻傻地等，让他在这等死。有人过来，要把他拉走，我死抓着他不放，带着他往后退。

"先让我看看你弟弟怎么样。"

是那个医生，一脸焦急，"你要再不放手，他真的危险了。"

我赶紧松手。

他熟练地检查，手放在鼻前，"还有气息，只是暂时晕过去，身子太弱了，情况不乐观，先送医院。"

我赶紧点头，帮着他抱起官薄，跟在他后面，边哭边问："叔叔，鸡丁没死吧？"

"还活着，"他越走越快，"你们也太任性，伤没好就跑出来，这种天气早晚会闹出人命的！"

"不要，他不能死，"我脚一软，抓着他的袖子，"求求你，你一定要救鸡丁，我会去赚钱的，他要死，我也不能活了！"

他抱起宫薄快步往外走，板着一张脸不耐烦道："胡说什么！"

"真的，叔叔，他要死了，"我跟在后面抹眼泪，"杀人偿命，我害了他，要给他赔命的。"

他脚步一滞，回头看了我一眼，神色复杂，满脸的愤怒之色终于有点缓和，"放心，他会没事的。"

12. 欢喜，别哭，我们都别哭。

医生再次走出抢救室时，对我说没事。

我跟着推车看宫薄被推进病房，他仍昏迷着。几天不见，他瘦得厉害，颧骨都凸出来。刚才我抱着他，就像抱着一团棉花，太轻了。我小心翼翼把手指放到他鼻前，很轻的气息，但他还活着。

好心的医生安慰我一句："别担心，他很快就会醒来的。"

我想冲他笑一下，却笑不出来，眼睛肿得厉害，又追问了一句："我弟弟不会死吧？"

"小丫头，你就这么怀疑我的医术吗？"他轻轻敲了我一下，跟我开玩笑，想缓解紧张的气氛。

我无力配合，有很多事堵在我心头，我低下头，给他跪下来，"叔叔，我没钱。"

"你——"他惊慌失措地拉我起来。

我就是不动，我真的没钱，我也只有这个方法，死皮赖脸地赖着一个好人。我看过很多没法付医院费的人，最后只能偷偷出院，可宫薄不行，他太弱了，不能再折腾了。尤其是刚才门打开时，我听到护士小声议论，他差点死了，他差点就被我害死了，我丢过他一次，不能再丢第二次。

我继续说："叔叔，我会赚钱的，你别赶我们走。"

他不再拉我，蹲下来，轻轻抱着我，认真道："我们不会赶你们走，你弟弟不会死，真的，不骗你，别再抖，你全身都在发抖。"

他慢慢拍着我的背。

我却还是控制不住地发抖，刚才我在急救室等的时候又经历了一次死亡，我想要是鸡丁死了该怎么办。直到现在，我头脑还不清晰，仍在问自己，万一他死了，谢欢喜，怎么办？我不知道，除了赔他一条命，我真的不知道怎么办。

"好了，去看看你弟弟，"他拉我起来，笑着说，"他见到你，一定很高兴。"

会高兴吗？鸡丁是个小气的孩子，我突然消失这么多天，说不定他恨死我了。

我坐在床边，把头贴在他的胸口。真好，还在跳，他还活着。可是接下来，该怎么办？我要怎么告诉他，他爸爸也死了。他和我一样，没了妈妈又没了爸爸。我抱着他，小声哭泣。我对自己说过，就算受再多的苦也不能哭，可是这苦不是施加在我身上，是落在宫薄身上。他这么小，又一身伤，我根本照顾不好他。

一双小小的手遮住我的眼睛，我听到微弱的几不可闻的声音。

"欢喜，别哭。"

是宫薄，他醒了。

他半睁着眼睛，很虚弱地冲我笑着，费力地抬起手，遮住泪水，对我说："欢喜，别哭。"

许多年后，我想起这件事，只记得白色的房间，和眼睑那粗糙湿热的感觉，还有一句，欢喜别哭。后来，我真的忘记怎么哭，我学会了把手放在眼前，对自己说，欢喜别哭，我们都别哭。

我紧紧抱着他，"好，我们都别哭。"

他只是醒了片刻，安静地浅浅地笑着，绿眼睛看着我，眼神很亮，惊喜盖住了其他一切。他没问我这几天哪里去了，为什么又回来了。他很快又睡过去，只是拉着我的手再也没放开，那么紧，紧得我心里发疼。

这之后，我们谁也没再提起那几天的事，谁也不想去揭开真相的秘密。就让这个会灼伤人的伤口放在那儿，只要无人管它，就会自动愈合，变成伤疤。

我留下来专心照顾他。

他很高兴，像个小少爷一样指使我做那做这，也变得爱撒娇，一不顺他的意，他就把自己蒙在被子里生闷气。

我把手伸到被子里挠他痒痒。

他最怕痒痒，他忍不住，笑得喘不过气。

我问他："开不开心？"

他点头，说开心。

我又问他："那我们永远在一起，就算不开心也在一起，好不好？"

他说好。

我们拉了钩，我认真对他说："对不起。"

对不起，自私地抛下你，还有很多，说不清的事情。

几天后，宫薄可以出院。他本该多留几天观察的，但我们不能再让那个好心的医生叔叔继续帮垫医药费了。

我到他的办公室，正式给他磕了个头。他很生气。但我对他说："我向别人下跪是为了生存，我给您下跪，是把我的尊严留在这里，将来，等我能拿回来，我就回来拿。"

他眼睛眯了起来，就像看到一件有意思的事。

我站了起来，"叔叔，我谢欢喜报恩，十年不晚。我的自尊放在您这儿，总有一天，我会回来拿回的。"

"看你，一点都不像个孩子。"

"那是因为我现在过的也不是孩子的生活。"

从妈妈离开的那一天起，我的人生就被迫快进，现实以我追赶不到的速度把我扔到一个四面楚歌的世界，我要活着，就必须适应，我拔不高我的身高，但可以成熟我的心智。

他摸摸我的头，"接下来有什么打算？"

"活着，而且活得不会比别人差。"

他点点头。

后来我离开这座城市后，就再也没有见到他，但我永远忘不了有这么一个医生。他大部分时间都戴着口罩忙碌着，但露出的眼睛散发着谁都没有的温柔和善意。我想，父亲大概就是这样的，他的名字叫郑有怀。

这个好心的医生，给了我希望。

我牵着宫薄离开。

走出医院时，他也舒了一口气，还贼头贼脑打量了四周，我敲了他一下。

"看什么？"

"我看那些警察还在不在？"

"对呀！"我瞪大眼睛，我都忘了这码事，万一警察要把他带走怎么办，"快跑！"

我拉着他跑了起来，向前跑，一直跑，最后跑到快跑不动了才停下来。我们弓着背，喘着粗气休息。

"还跑得动吗？"

"还……还行。"

"那继续跑吧！"

我们就这样一路没命地跑，直到跑到我们的天桥。他蓦地拍拍脑袋，"啊"的一声："应该没事的，他们问我是不是宫薄时，我说，不是，我姓谢，是你弟弟。"

"那就不会被抓走？"

"应该吧！"

我们互相看了一眼，又笑了起来。我们把东西都收拾好，准备明天继续开工。

晚上，我们偎依在一起。天上的星星又大又亮，宫薄的眼睛也又黑又亮。

"怎么办，欢喜，我们变得更穷了。"

"没关系，会赚回来的，"我摸摸他的脑袋，说，"鸡丁，以后你跟我姓吧。"

"好呀，怎么突然想到这个？"

"这样比较像姐弟嘛。"

我压下他的头叫他睡觉，堵住他的疑问。该怎么跟他说，他的爸爸死了，宫家回不去了……

13. 鸡丁，我们可以回家了！

太阳照常升起，我们继续去行乞。

依旧没肉吃，就着窝窝头，对着饭店的肉香咽口水，但天气开始热了，生活没那么难过了，我们没再去金碧广场，那帮小混混我们惹不起，只是没想到，我们还会再见。

那天，我去买窝窝头，回来时，就看到宫薄被推倒在地上，墨镜已经被踩碎。那个小痞子蹲着，一手捏着他的下巴，两指在眼睛处比画，他的同伴在一旁吹着口哨嬉笑成一团。

我看得撕心裂肺，脑中全是那晚，他一脚一脚踢在宫薄的腰侧的画面。

手上的窝窝头滚了一地，我冲了过去，随手抓着什么。"浑蛋"，话音一落，手中的东西已重重朝他头上砸下去。我狠狠地，用尽所有力气砸了下去。

他刚好回头，头就撞过来。"啊"一声惨叫，他捂着头部，倒在地上。四周的吵闹声停止了，那几个混混呆在原地。慌乱中，我拿的是话筒，那种很古老的话筒非常重，上面有血迹，还在滴血。

小痞子在地上翻滚了几下，呻吟着站了起来。他捂着额头，血顺着指间的缝隙流了下来。他皱着眉，表情很痛苦，恶狠狠地看我，全是凶光。都说受伤的野兽最凶狠，我握紧话筒，同样恶狠狠地瞪他，谁也不可以再伤害宫薄。

他一步一步向我走来，血还在流。我有些害怕，但戒备着不敢动，全身的力量都集中在话筒上。他走到我面前，猛地放开捂着额角的伤，露出一个一毛硬币大小的血洞，血汩汩地流，顺着眼角、脸颊染脏了半张脸，很鲜红的颜色，我都可以闻到血独有的腥味。

这画面恐怖得让人不寒而栗，他却抽动嘴角笑了，很扭曲，歪着头看我："真狠！"

我没说话，或者我吓傻了，不知道要说什么。他笑得更变态，我真不明白，他为什么要笑，有什么好笑。接下来，他变得更奇怪，声音突然变得和气而轻柔起来，像问吃饭了没有那样，"你叫什么名字？"

我瞪大眼睛，不明所以。

他又笑，带着惯有的痞气，"不是吧，小乞妹妹，爷流了这么多血，怎么都得明白是谁做的吧？"

"谢欢喜！"终于说出话来，我才发觉嗓子干得厉害。

"谢欢喜？"他重复了一遍，"不错，好名字，你和后面的小洋鬼子都不错，都很对爷的口味，特别是你刚才的小眼神，真美——"

他踉跄了一下，骂了句脏话，伸手捂住伤口，"不行了，爷得先回去包扎下，回见呀！"

我紧握在手中的话筒一下掉在地上，整个人软倒在地上，大口大口喘气。真稀奇，他竟然没还手，真是个疯子。宫薄捡起话筒，说这帮人又要来抢钱，他不让，就打起来。

我点头，嘱咐道："以后他要再来，把钱给他。"

"为什么？"

"什么也比不上你重要。"

他抿嘴笑了，蹲下来，对我说："欢喜，你刚才真勇敢！"

出乎意料的是，这些人竟然没再骚扰我们。我们再见到那个浑蛋，他把头发剃得光光的，露出发亮的脑壳，他指着额角的伤疤对我哇哇大叫："破相了！破相了！"

确实是蛮大的伤疤，显眼的粉红色，像条扭曲丑陋的毛毛虫爬在额头上。我看了一眼，有些后怕，这人不是什么善茬，他要趁机勒索，我怎么办。

我吓得不敢动，跪着不理他。他无聊地蹲在一旁，拿着拐杖把碗敲得叮当乱响，别说路人会过来，恐怕大家都避之不及呢。我怒了，抢回碗，抓住他的拐杖，狠狠地瞪向他。他没还手，眯着眼睛笑了起来，"对，就是这样的眼神！"

"真美，太对爷的口味，"小痞子越发兴奋，"受不了了，小乞妹妹，你家在哪里，我找丈母娘提亲去？"

"提亲是吗？"我指着地面，冷冷道，"到下面去吧。"

我并没把容华姐离世的事当噱头，相反我一直努力不去想起这件事。可这一秒，我所有的恶毒和不满爆发了。我才十一岁，受够了这个弱肉强食适者生存的成人世界，我漠然地望着他，想，这种人渣子老天怎么不惩治。

他愣住了，朝我们身后看了一眼，见我们把装着罐子的包搂得更紧，摸摸鼻子，喃喃自语："原来是真的。"他灰溜溜地走了，没多久又回来，把一个纸包扔给我。

"喏，那天的。"

我和官薄对望了一眼，最后还是敌不住诱惑，况且这本来就是我们的。我伸手去拿过来，紧紧抓住，我想，这时候要有人再跟我抢这些钱，我肯定拿命去拼。

他蹲下来，神色有几分真诚，"那我们两清了？"

怎么可能？我没说话，我永远忘不了，那天他怎么对鸡丁的，他让鸡丁在鬼门关徘徊了两次。两清？别可笑了，我别过脸继续冷漠以对。

他也没多说什么，摸摸鼻子又走了。这一走就是好几天，我们难得地清净了。

我和官薄暗自高兴，还有种天降横财的小窃喜，一天要检查好几次藏好的钱，真怕突然一觉醒来，它又不见。钱真是太重要了，它能买去南方的车票，还是我们活下去的保证，至于那突然转性的小痞子，最好再也不见了。

说曹操曹操就到，小痞子又来了，蹲下来，扯些有的没的，突然他从上衣口袋抽出两张车票，不由分说把票塞到我手心。

"明天的车，软卧，下铺，够厚道吧。"

我看了看，是火车票，终点是外公的那座城市，只是他怎么知道我们要去那里？我怀疑地看着他，他挑挑眉。

"弹丸大的地方，随便问问不就知道，况且大家都是圈内人。"

"为什么？"

"因为爷高兴，天生乐善好施，一天不做好事就活不下去。"他还是那嬉皮笑脸的样子。

我搓揉着手中的车票，只要有了它，我们就能去找外公，就再也不用过这样奔波的日子，可现在的我不会相信天下会掉馅饼，一个抢乞丐钱打同行的痞子会突然良心发现？我犹豫着把票还给他。

"我不要。"

"为什么？"他瞪大眼睛。

"谁知道这票是不是抢来的！"

"你嫌脏？"他反问，那笑意生生凝在眸里，冻成一块冰，脸色也变得阴森恐怖，一步一步向我靠近，"你一个跪在路边，靠别人怜悯和同情活下来的乞丐，竟然还敢嫌脏？"

那表情阴森至极，还有满眼的戾气，野兽一样，是熟悉的表情。

我吓得往后退了几步，官薄冲上来挡在面前，小小的身子还在颤抖，但腰挺得很直，毫不犹豫地挡在我面前。我心一热，拉住他的手，和他并肩站着，为什么要怕他。

他一愣，脸上的凶狠慢慢消散，黑眼睛如墨一样看不出情绪。过了许久，他转身，把票放到破碗里，转身就走，只留下一句。

"这票，干净的。"

不知道为什么，那背影看着有几分萧瑟颓败，还有些失落。

直到看到他拐进一个小巷子，再见不到人，我们才松了口气。我跑过去，拿起票，细细地看了一下，对上官薄亮晶晶的眼睛。

"鸡丁，我们可以回家了！"

14. 从北到南，流浪行乞，原来苦难不只如此。

许多年后，我想起当初离开那座城市时，我们满心的欢喜。我带着官薄，捏着那两张薄薄的车票，在拥挤的人群中前进。空气中夹杂着各种气味，可是我们脸上都洋溢着大大的笑容，所有的一切都可称之为惊喜。

突然之间，我们就可以回家了。世界就是这么匪夷所思，很糟糕，又突然给你一点点惊喜。

在候车室，我们又见到了小痞子，要不是他过来主动打招呼，我几乎认不出他来。他没再挂着那根拐杖，而是戴着顶鸭舌帽，遮住了亮晃晃的脑门，穿着异常干净清爽，白 T 恤黑牛仔，一手插在口袋，慢悠悠地走走来。

"嘿，小乞妹妹，我来送你。"

连笑容也阳光灿烂，像个正在读书的乖学生。

我紧张地看着他，这才发现，其实他长得不难看，五官尤其精神，只是我的记忆已经把他定格在那晚他的凶狠残暴上，无论他何种表情，我都给他戴上凶神恶煞的面具。

他来做什么？这人真是让人捉摸不透，我打了他，结果他没有生气，反而把钱还给我们，还买了车票，他到底想怎样？

我小心问："你想怎么样？"

他没说什么，只是看着我们笑，突然伸出手，把我拉过去，圈在怀里。我奋力挣扎，鸡丁过来拉我，被制住了，只能胡乱地踢着手脚，可他太小，怎么也够不着。

小痞子斜着嘴角，"别紧张，只是说几句话。"

我们的吵闹引起其他人的注意，我正要大喊，他又说："看在票是我买的分上，信我这一次。"

我不动了，他一手抓着鸡丁，一手把我的头压向他胸前，轻轻地笑了，"看你，总是这么好强，女孩子这么不知进退，会受伤的。到了家之后，就不要到外面来，外面坏人多，不是所有坏人都像我一样没坏到骨子里，知道吗？"

我一愣，抬头，却只看到有些青青的胡楂子，很青很淡。猛然间，我意识到，他不过大我几岁，或许他没那么坏。他已放开我，又一个熊抱，把鸡丁抱住。鸡丁恶狠狠地瞪他，他却满不在乎。

"小洋鬼子，别用这种眼神看我，不然我一心动，会忍不住想留下它的。"

鸡丁还是瞪，小痞子哈哈一笑，恶意在他脸上亲了一口，然后靠在他耳边，低声说了句什么，鸡丁不再挣扎了，神情复杂地看着他。

他放开鸡丁，又冲我笑了笑，吹着口哨离开。

这人真是难以捉摸，我看着他的背影，对我们来说，他很高，可对成人来说，他还只是个少年。不管怎样，车票是他买的，不然我们不能这么快回家。或许这个世界没那么糟糕，也没那么多恶人。

我追了几步问："喂，你叫什么名字？"

"李昭扬，像朝阳一样温暖的昭扬哥哥！"

他回头，摆摆手，这次头也不回地走了，但似乎在笑。

我问鸡丁："刚才他对你说什么？"

他正拼命擦被亲过的地方，没好气道："他说对不起。"

是为那晚的暴力道歉吗？我心一动，蓦地觉得有点暖，还带着几分谅解，很奇怪的感觉。

李昭扬，虽然你害过我们，但也帮过我们，那这一次真的两清了，希望不要再见面。

我拉起鸡丁的手，去检票。

"他真是个疯子。"

"真正的疯子。"

火车启程的时候，我揭开窗帘，看外面一闪而过的风景。鸡丁他第一次坐火车，显得很新奇。我们精神十分亢奋，咧着嘴笑个不停，就算是单调重复的风景，也看得不亦乐乎。

可没一个小时，兴奋的心情已经平息下来。我和鸡丁面对面坐着，看着彼此憔悴不堪的脸，笑容慢慢褪了，唇抿成一条难看的线。

离开了这座城市，可接下来，又会是什么？我从没见过面的外公，那是怎样的老人，我要怎样告诉他，我的妈妈，他唯一的女儿，多年前与人私奔不敢回家的女儿已经死去，还有鸡丁，该怎么告诉你，你满心期待的爸爸，也去世了？

我还能瞒你多久？你八岁的年纪还要承受多少苦难？

我坐过去，坐在鸡丁旁边，把他抱在怀里，呢喃着他的名字，

"鸡丁，宫薄"，他抬头看我，清澈的绿眸子依然纯澈得如高原湖泊，绿得让人心碎。

我遮住他的眼睛，把眼泪生生挤回去，说："鸡丁，我们一直在一起，好不好？"

"嗯，和欢喜在一起。"他用力地点头。

那一刻，我没有怀疑。对十一岁的我来说，从北到南，流浪行乞，已是最大的苦难，我想象不出生活还会给我出什么难题，却不知道，也许这才只是刚开始，生活最大的苦难也不是如此。而我们拥有的所有，却满目荒芜。

第二卷

四月有雪，三寸悠长

我第一次见到小舅在流苏树下，正是初夏，那
满簇白花，如北方的雪落在南方的树上，悠游
灿烂成一片白云。那个坐在树下躺在藤椅上读
书的小小少年，眉眼温润，唇角带笑，我惊鸿
一瞥的一眼，多年后，成了谢宫宝心底的一根刺，
他说，那是背叛。

1. 哪怕回来一次，我们也不会落到这种结局。

许多年后，我清楚地记得到达外公那个沿海小城时，是四月。

因为正是流苏树花盛开的季节，而流苏树还有一个名字，叫四月雪。

容华姐留下来的地址很详细，我们不怎么费力气就找到了在当地颇有名望的谢家。我问路人，知道谢正家在哪儿吗？大多笑着说，谢老呀，门前有棵流苏树的那家就是了，很好认的。

真的很好认，南方的夏天来得早，北方空气还带着寒意，这个小城的风已经有几分夏日的灼热。流苏树花正开得烂漫而美好，像朵巨大的白云停留在半空中，我远远地看到那棵流苏树，却忐忑起来，踟蹰着放慢脚步，终于站着不动。

我望着前方，手微微颤抖，怀抱里的陶瓷罐前所未有地沉重，妈妈，到家了。

宫薄停下来，抬头看我。他瘦得厉害，那两只绿眼睛深深地陷了下去，也变黑了，再也找不到少爷痕迹。不过几个月，他变成这样，那谢家呢？十二年，容华姐离开十二年，我就这样带她回来？

直到感到颤抖的手被紧紧握住，我才醒过来，也握紧他的手，"走吧！"

那真是一棵很大的流苏树，走近，才发现枝叶茂盛，一簇簇的白花都快垂落到地上。树下，有个人正躺在藤椅上，一手枕着头，一手拿着书，一晃一晃，甚是逍遥自在。书遮住了大半张脸，我只看到黑色的发丝落在白皙的额头上，是黑白分明的美好。

我舔舔发干的嘴唇，"你好，这、这里是谢家吗？"

"啊？"他把书拿开，从藤椅上坐了起来。是个小小的少年，看起来大不了我多少，穿着件轻薄的衬衫，五官端正清秀，眼神柔和，未语先笑，嘴角噙着一丝善意的笑，"这里是谢家，你们找谁？"

这是我第一次见到谢青涯。

许多年后，我懵懵懂懂，想起最初的心动，就是因为他这一刹那的眸光。那眼神温和而平淡，像水一样自然让人极为舒服。和我们这一路感受到的任何眼光都不同，没有鄙夷，也没有不屑，那么坦然，和这满树的雪白浑为一体，美好得让人自惭形秽。

不用看，也知道我们现在有多狼狈。几个月的担惊受怕，露宿街头，能活下来已经是最大的幸运。所以一眼看到这样悠然恬静的少年，我有些羡慕，还有一丝莫名的嫉妒，为什么他活得这么好？

我挺直了腰，"我找谢正。"

"他在家的，"他笑吟吟引我们进去，还自来熟地和我说话，"我刚才真是白问了，我们家就两个人，除了我，当然是找他。"

流苏树就在门外，进了门，是个很大的院子，院子里种着一些花草，还有些绿油油的蔬菜。屋子是这个小镇典型的风格，红砖大厝，前厅、天井、后厅，一目了然，前厅的右侧就是谢正的卧室，传来收音机的声音，正咿呀地放着什么。

那人冲里面喊了一声："有人找你。"

里面有人回应，我兀地抓紧了鸡丁的手，搂住怀中的陶瓷罐。出来的是个五十多岁的老人，穿着一身长衫，戴着副老花镜，五官深刻而严肃。他看到我们，眉头就皱了起来，冲那个少年摆了摆手。

"去烧些开水泡茶。"

少年点头，离开了。

我瞪大眼睛，这就是我的外公吗？

他犹疑地打量我们，似乎也不知道说些什么，最后目光停留在我胸前的陶瓷罐上。他是看不出什么的，一路上，我都用布包得严严实实，要么背着，要么搂着。

眼睛有些涩，我解开布结，把陶瓷罐放在桌上。一层一层打开布，露出陶瓷罐镶着照片的一面。

我语无伦次地说着前因后果。

老人的眼圈慢慢红了，颤抖地抚摸上面的照片，又难以置信地擦擦眼镜，又看了一遍，才颤声问："你是说，我女儿就在这骨灰盒里？"

我点头，心一颤，"哇"的一声哭了起来。跟着我的宫薄一看到我哭，也红了眼圈，默默地流眼泪。

老人呆呆地坐在椅子上，盯着上面的照片，眼睛蓄满浑浊的泪水，喃喃自语："不可能的，我们十几年没见，她怎么可能就这样回来了？"

他愣了少顷，又招招手，把我叫到跟前，"孩子，我女儿叫谢容华，今年二十七岁，生日是七月八日，属兔的，你没认错吧？别以为她走了十几年，可我什么都记得清清楚楚的。"

我摇头。

他用力地抓着我的肩，怒吼着："她怎么可能死了？她怎么可能死了？我养了十几年的女儿你就带个罐子给我，说她在里面？"

我不知道怎么回答，只知道哭。肩上的痛苦连绵着我的心一起纠结疼痛，我怎么知道，容华姐就那样死了？她连她的女儿都不要了。

"砰"一声，有什么掉在地上，那个少年目瞪口呆地站在天井，水壶滚落在地上。失控的老人这才回过神来，猛地放开我，又盯着那张小小的照片，突然一把抱起陶瓷罐，目光如血地看着我们。

"这不可能！我女儿怎么可能会死，她肯定在哪个地方没心没肺地活着。她从小就是个没良心的孩子，没良心的人怎么会死得这么早？她还活着，只是不敢回来，你这哪里来的小乞丐别想骗我！"

"现在的人真是坏得不行，连这么小的小孩都会骗人，"他愤怒地指着我们，过来赶我们走，"走开，走开，我是老了，人还没傻，不会连自己女儿都不记得，我女儿精得跟什么似的，怎么会死——"

我们被推着往外走，大门"哗"的一声就关了。

我去敲门，只听到老人愤怒的吼声："走开！"

"外公，我没骗你，妈妈叫我来找你！"

我对着门哭喊了半天，没人回应，我累了，抱膝坐在大门旁流眼泪。容华姐，外公好凶，他不要我。

门又开了，那个小少年走出来，拉开门低声说："你们先进来。"

妈妈的陶瓷罐已经不见了，外公的卧室门紧紧关着，屋里传来凄厉的哀号声："我等了十几年，等你装在骨灰盒里来看我，谢容华，你就是这样做我的女儿，你这样子还不如不回来，你要走，我让走，我说最好死在外面别回来，你就真的死在外面了——"

听到这哭声，我再也忍不住，哭了起来。我以为我已经把眼泪流尽，可是，无论是我，还是外公，这悲伤永远没有止尽。

外公还在骂："你从小就不听我的话，这次怎么就这么听话，十多年，没声没息，我等什么，我等了这么多年，等到白发人送黑发人……"

中间夹杂着压抑的哭声、愤怒的控诉声。

听到没有，容华姐，外公一直在等你，为什么我们不回来看一下，哪怕一次，我们也不会落到这种结局。

2. 我相信外公会给我们一个家，谢欢喜和鸡丁的家。

哭得没力气了，我坐着发呆，直到感到有什么湿热的东西在轻轻擦我的脸。是那个少年，他蹲到身旁，拿着毛巾擦得认真又仔细，清秀的眉微微蹙起，垂着眼睑，声音很亲切："我叫谢青涯，你呢？"

"谢欢喜，"我抽抽鼻子，他帮我擦完脸，又去擦手。我看着他，容华姐没提起谢家有这样的人，"你是谁？你怎么也姓谢？"

他摸摸我的头，很简洁地说："我是你的小舅。"

小舅？妈妈的弟弟？容华姐没有弟弟呀，她说过，她是独生子女。

他帮我擦完，又打了盆水，把宫薄也擦干净，然后牵着我们的手，带我们到下厅的厨房，给我们盛了碗稀饭，还弄了几道下饭的菜，看着我们吃完。

天已经黑了，外公卧室的门还是关着，不时传来断断续续的哭声。

我抽抽鼻子，眼泪又要掉下来。

谢青涯蹲下来，帮我擦干，"欢喜，歇一歇，再哭会生病的。"他又指了指宫薄，"你看，你弟弟都陪你哭了一天了。"

宫薄的眼睛也肿了，只是他一直是默默流泪。我一天都没管他，现在才注意到他，他眼睛又红又绿，实在丑死了。我想笑，却怎么也笑不出来，踟蹰着问："外公——"

"他不会赶你们走的，刚才别怪他，他只是一时接受不了，"谢青涯盯着房门，眼里全是悲伤，"这么多年，他一直在等你妈妈，可是他们太倔，谁也不肯向谁低头，好不容易有了消息，竟是这样，唉。"

谢青涯不再说什么了，把我们带到另外的房间。床不大，但很干净，看得出有人住，枕边还叠放着一套睡衣。他把宫薄抱上床，又拉我上床，盖好被子，轻声说："睡一觉，什么都不要想。"

"那你呢？"

他指了指旁边的一长椅子，"别怕，小舅就在这里，陪着你们。"

灯关了，四周寂静得只听得到我们的呼吸声。我深深吸了一口气，好久没有睡床了，感觉还有些不现实。宫薄就躺在我侧边，他摸索着抓住我的手，牢牢握住。一种莫名的安稳感把我的心填得满满的，我有些兴奋，在黑暗中睁着眼睛问："小舅，你几岁了？"

"十一岁，怎么了？"

"你十一岁，我也十一岁，为什么你是我小舅？"

黑暗中，只听到他轻轻笑了，"因为我就是你小舅啊！"

后来我才知道，妈妈走后，外公很失望，他捡到一个弃婴，便拿来当儿子养，这就是谢青涯。

我闭上眼睛，这声音真好听，这床真舒服。我搂住鸡丁，确定他也在，竟很快就睡过去了。模糊中，我只有一个想法，妈妈，我回家了……

醒来时，第一眼看到就是外公。他坐在床边，不过一夜，老了很多，头发白了一半，连笔直的腰也有些佝偻，眼睛布满交错的血丝，红得可怕，不过看起来冷静了许多。

见我醒来，外公和蔼可亲地问："你叫欢喜？"

我点点头，他摇头失笑，"看你妈取的什么名字，真随便。"

"她啊，永远都这样，越是关系到一辈子的事，越是随便，十六岁随便跟个男人跑了，连女儿的名字，也不多用点心思……"

他看着我，似乎又没在看我，嘴里唠唠叨叨地讲外婆去世得早，他又忙着自己的工作，长年在外，没花多少时间用在女儿身上，只知道寄钱回家。等到终于回到家，他却发现当初那个流着口水口齿不清叫爸爸的小肉团已经长大，连青春期都来得比别人早，不听话，专门跟他唱反调。闹着闹着两个人关系越来越僵，最后终于爆发了。只是没想到，女儿这一走，竟是阴阳相隔。

"她走的时候才十六岁，我也只记得她那时的模样，"他摸摸我的头发，叹了一口气，"想不到，她生了个女儿。自己当了母亲，那为什么还不理解为人父母的苦心？那时候事情闹得很大，我想，这种跟男人跑的女儿不要也罢，后来，又想，也好，在外面受点苦，总会回来的，却不承想，为什么我这个做父亲的不后退一步，去把她找回来。以前她说我心硬，其实她骂得对，我就是太狠，所以把自己女儿生生逼死了！"

"不是这样的——"

外公摆摆手打断我，"怪不得别人的，欢喜，别人嘴一碎，我一生气，那女儿就是别人的了。十几年不闻不问，还好，她最后还记得我，让你来找我。欢喜，外公虽然没什么本事，但是不会让你像你妈一样，任人欺负！"

我用力点头，看到他凝在眼里的泪水，一阵心酸。

外公又指了指宫薄，"这个小鬼是？"

宫薄早醒来了，在一旁安静地听我们说话。

我推了推他，"鸡丁，先找小舅玩去。"

他乖巧地点点头，关上门出去了。

我看着一脸疑惑的外公，理了理脑中的思路，把事情一五一十地告诉他。

听到最后，他问："这样说，他是别人家的孩子？难怪长了一双绿眼睛……"

我点头。

外公想了想，一脸严肃，"欢喜，这孩子不能留的，他是宫家的孩子，没得到监护人的同意，这样把他带出来，是犯法的！"

犯不犯法我不知道，我只知道，不能让宫薄回去，他要回去，早晚都会被沈雪尺弄死的。我永远忘不了，他像条狗被链条锁着，关在黑屋子里，他背后那些狰狞的伤；我更忘不了，是这个瘦弱小我三岁的男孩，陪我从北到南，挡在我面前，就算一身伤，也要守护妈妈的骨灰盒，笑着对我说："欢喜，你看，没坏，阿姨还在。"命运已经把我们连在一起，骨肉相连，要分开我们，就是剥离彼此身上的血肉。

我从床上下来，对着外公弯下双膝。

他一脸惊慌要拉我起来，愤怒道："欢喜，你做什么？"

我固执地跪着，"外公，这一路我就是靠这样活下来的。我遇见了很多人，坏人好人，也碰到很多事，有好有坏，但无论什么时候，我都没想放弃，因为我身边有他。因为鸡丁陪着我，他在我也在，他让我觉得一切都会过去，让我相信外公会给我们一个家，不是谢欢喜的家，是谢欢喜和鸡丁的家。"

"我能活着，靠的是宫薄陪我走了一路，现在，我有家，我不能让宫薄回去，"我用力抓着裤管，"外公，求求你，不要送鸡丁回去，他不能回去的，他爸爸死了，他回去一定会被他后妈打死的！"

"你是说他爸爸也——离世了？"外公瞪大眼睛。

我点头，把那条新闻简单地说了一下，这个消息我至今不敢告诉鸡丁。

外公摇头，拉我起来，摸摸我的头，"好了，别哭了，外公会想办法的，不会赶他走的。"

"真的？外公你不要骗我！"

他点点头，帮我擦了眼泪，"欢喜，咱们这地方，外公都叫阿公。"

"阿公！"我用力叫了声。

阿公轻轻应了，泪花又出来了，忙去开门，"去洗脸准备吃饭吧！"

"好——"

我生生止住接下来要说的话，因为宫薄就站在门外，面如死灰地看着我。

"欢喜，我爸爸死了？"

3. 给了所有，却不愿给他一点点爱。

脑中一片空白，我不知道怎么回答他。

宫薄又重复问了一次："爸爸死了？像阿姨那样死了？"

声音生生卡在喉咙里，我不敢看他。他没再问了，垂着眼睑，木木地呆着，没哭也没眼泪。悲伤的方式有很多种，他选择最没存在感最无害的一种。

我不知道，这消息对他来说有多可怕，虽然他不说，但我知道，他一直在等他爸爸，他还说过，要把那只叫笑笑的猫送给我。我上前，把他抱在怀里，他那么小，世界对他何其残忍，给了他富裕的家庭、俊美的相貌，却不愿给他一点点爱。

我们什么也没说，就这样，轻轻地依靠着，就像我们过去的任何一次。

时间仿佛静止，或者过去很久，或者只是刹那，他抬起头，轻轻说了一句："欢喜，我只有你了。"

没有波澜，没有起伏，这么平常的一句话，从此，鸡丁只有谢欢喜。

几天后，阿公去办户口。谢家多了两个人，一个是谢欢喜，一个是谢宫宝。宫薄改了名，真的随了我的姓，而且他户口簿的年龄和我一样，还大我一天。那天我正好不在，不知道他竟偷偷做了手脚，我气极了，追问他为什么要谎报年龄。

"你当别人眼睛都瞎了，你看起来哪像十一岁？"

"我会长大的，很快就会比你高！"

"笨死了，不是这个问题好不好？童年呀，你的童年少了三年了！"

他笑笑，转过头去。我看着他的侧脸，突然意识到，我们还有童年吗？

自从他知道爸爸去世的消息，人也变了。这变化是潜移默化悄无声息的，只有最亲密的人才会发现。表面上他还是那样，但我知道，他不再是过去那个鸡丁了。在知道爸爸去世那短短的一瞬，他失去了最美好的东西，比如童真，比如希望。所以，他亲手腰斩了三年的时光。

阿公教我们，要是别人问宫宝从哪里来，要怎么回答，因为，拐骗小孩要坐牢的。

"就说，宫宝是你妈帮你订的娃娃亲。"

"阿公，什么是娃娃亲？"

阿公有些苦恼，在我们两人手腕的各绑了条红线，上面挂着一个精致的银锁，"反正你就这样说，别人会明白的，小孩子不要一直问为什么。"

正在旁边给花浇水的谢青涯扑哧笑了，阿公瞪了他一眼，"笑什么笑，以后要好好照顾他们！"

小舅点点头，阿公虽然很好，但跟妈妈说的一样，他是个老古董。不仅每天作息准得跟北京时间似的，辈分也得清清楚楚。青涯虽然和我一样大，可我就得叫他小舅。

我趁阿公不在，又问："小舅，什么是娃娃亲？"

"这个呀，等你长大了就明白了。"

不用等到长大，我很快就明白了。

办了入学手续后，我们一起上学。因为户口本年龄的关系，宫宝和我上同一个班级。小舅大我一年级，一路上，我少不了教训鸡丁几句。

"叫你说谎，要是老师讲课，你听不懂，我不会帮你的。"

宫宝朝我笑了笑，笑得我一阵心虚。没记错的话，他陪我上学那阵子，懂的可比我多。

果然，老师都是喜欢会读书的学生。待期中考成绩一公布，他就成功地成为老师的得意门生。入学时，因为他独一无二的绿眼睛，轰动了新学校，一时间成了小女生巴结的对象。不过和小女生的喜欢成鲜明对比的就是男生的嫉妒，他们觉得所有风头都被个绿眼睛的矮冬瓜抢走了！还是个严重发育不良的冬瓜！

不出所料，我看到被堵在墙角的宫宝，几个小男孩围着他生气地嚷嚷着什么。

一看到这场面，我就明白为什么我老爱打架，浑身充满不安分的暴力因子，原来是遗传自这里！

我们这个地方是个临海小镇，叫溪镇。说大不大，说小也不小。大多数人靠打渔为生，长年对着海，民风彪悍，粗犷惯了，没有城里人钩心斗角的那一套，看不顺眼就撸袖子。

现在，鸡丁就被围着，尽管其他人摩拳擦掌，他却不动如山，眉毛都不跳一下，任他们怎么挑衅，都是——无视！

只是在这么多从小钙质就过剩的人当中，他实在太瘦小了。为首的王大胖推了他一下，他就被推到地上。

我放下书包，随手拿起一根小竹枝，朝王大胖抽了过去，怒吼一声："做什么呢？"

他没防备，一下子被我抽得跳了起来，嗷嗷叫痛。我才不给他机会，拿起竹枝，朝其他人乱抽。自从跟李昭扬打过一次，我就晓得，打架这种事，一定得攻其不备。失了先机，我根本斗不过他们。

"谢欢喜，我们和他说几句话，关你什么事！"

"说话？这样说话，那我们多说几句！"

一阵鸡飞狗跳，王大胖抓起书包就跑。其他人也敌不过我的"打狗棒法"，放下几句狠话，一起跑了。我丢了竹枝，拉起鸡丁，帮他拍拍灰尘。

"你为什么不还手？"

他没回答，去捡掉在地上的铅笔盒。

我抓抓脑袋，等他站起来，比画了一下，他整整矮我一个头。这么矮，难怪会被欺负，我帮他拿了书包，一肩背一个，琢磨着，是不是应当叫阿公给他买牛奶，最好是高钙的！

小舅早在校门口等我们，我拉着鸡丁跑了过去。

正是放学的高峰期，校门口都是成群结队一起放学回家的孩子，骤然爆发出一阵怪笑声，整齐地叫了起来，正是王大胖他们。

"谢宫宝，没出息，管不住婆娘，做不成汉子！"

"谢欢喜，童养媳，手拉手，睡一起，生孩子！"

我一听就傻了，这喊的是什么。周围人哄笑成一团，我生气地追了过去，王大胖边跑边喊："大家快来看，洋鬼子的老婆谢欢喜要打人，母老虎打人了！"

这浑球打架不行，跑得倒是很快，嘴也不是一般的贱，引得整个路上都是此起彼伏的怪笑声。我急得快哭了，涨红了脸。小舅快走了几步，喊了一句："大胖！"

刚才还得意扬扬嚷嚷的王大胖闭嘴了，朝我们吐吐舌头，一溜烟跑了，只是远处还传来他们的叫声："谢欢喜，童养媳，手拉手，睡一起，生孩子。"

小舅在一旁笑道："好了，别生气了。"

"凭什么他们乱说话，我才不是鸡丁的老婆！"

"也不算乱说话，"谢青涯又笑了，只是笑得有几分揶揄，"毕竟你们订了娃娃亲，娃娃亲，就是……做夫妻的意思。"

"我——"我望着谢宫宝，瞪大眼睛，支支吾吾，"他——"

谢青涯的笑容又更灿烂些，"咱们这里是有这样的风俗，很多人都收养了孩子，订娃娃亲，将来就不怕婆不到老婆了。"

原来阿公想的方法就是这个，名正言顺，让他进谢家。

可是，我才不要嫁人，还是嫁给这么个小我三岁的小矮子！

一哆嗦，我闪电般放开了宫宝的手，快跑了几步。

"欢喜，你不要这样！"

后面传来小舅的叫声，过了好久，后头没声音。我回头，看到宫宝站在原地，也不说话，就盯着我，那眼神还带着几分恨意和不满。

那眼神看得我心尖儿发颤，滔滔的内疚如黄河之水汹涌而来。我不敢跑了，乖乖走回来，去拉他的手，他用力把我手甩开，如此两三次，我死抓着不放，他终于勉强让我拉着，还板着张脸，我讨好地晃晃手。

"好啦，好啦，拉个手，又不会真生孩子，起码也得亲个嘴！"

宫宝抬起头，认真地看着我。

我脸一红，拍了他的脑壳一下，"你看哪里！臭鸡丁！"

小舅捂着嘴偷偷笑，"好了，别闹了，晚回去阿公要骂咱们的。"

"快点，要被骂了，都是你的错。"

我拉着宫宝，快走几步跟上，暗想，以后绝对不能跟鸡丁生孩子，带一个小孩已经够累，两个？不敢想象！

4. 小舅，我要嫁给小舅！

回家吃完饭，我找阿公商量，磨蹭了半天，我支吾着，"阿公，能不能不要订娃娃亲？"

"为什么？"

我低头对手指，"我不想要嫁给鸡丁。"

他哈哈笑了，用羽扇敲我的脑袋，"你这小脑瓜子在想什么？"

也不知道阿公从哪里找到一把羽扇，据说是鸭子羽毛做的，一直带在身上，看到我们哪个不懂事了，就敲我们一下。他乐够了，板着脸把我训了一顿，说这是最不引人注意的办法，这样子鸡丁才能住在家里。

原来是这样，我认命了，"那给鸡丁买牛奶吧，要高钙的那种！"

"哟，嫌人家矮，原来你不是担心要嫁人，而是嫌阿公给你找的人太矮了，"他乐了，摇着羽扇，"来，给阿公说说，那你想嫁给谁？"

我举手，"小舅，我要嫁给小舅！"

小舅不矮，小舅还帮我赶走讨厌的王大胖。

阿公愣了，面色一沉，望向在写作业的小舅，"小孩子胡说什么，小舅是小舅，去写作业，别想着什么嫁人不嫁人，学习才是最重要的！"

明明是你要问的，我嘟着唇去后厅写作业。小舅在写作业，他做什么都特别认真，压根没注意我们在说什么。

宫宝抬头看我。

我瞪了他一眼，"鸡丁，以后每天都要喝牛奶，我要看着你喝。"

"谢欢喜，讨厌！"他抬头，顶了我一下，又继续写作业。

我气结。小舅抬起头，冲我笑了笑。我把凳子搬到小舅身边，算了，不跟他一般见识。

在同龄人中，宫宝实在是太矮了，矮得所有人都可以欺负。于是，在整个小学时代，我这个谢宫宝的"老婆"就不得不一次次去充当打手。学校的嘲笑还是少不了，走在路上，总能碰到挤眉弄眼的怪笑，可我再也不敢松开他的手。

我们就这样牵着手，从万众瞩目中走过。后来，我在电视上看到有人结婚，也是这么长长一条路，新人在大家的注目下走过，我再看看身边变得喜怒不形于色的宫宝，拉拉他的手，"鸡丁，你看咱们像不像走红地毯？"

他看了一眼，笑了，露出洁白的牙齿。

我也为这重大发现扬扬得意，"哎呀，就是新郎太矮了。"

"哼！"完了，他脸又黑了，把吸管咬得咔嚓响。

拜他所赐，我的四周总有着淡淡的奶香味，拉着他，就像拉着一颗巨型牛奶糖，唯一的好处，我可以光明正大地把不喜欢的鱼往他碗里扔，美其名曰"补钙"！

除去我是"有家室"这一点，现在的日子美好得像梦。每天上学，放学后就坐在流苏树下做作业，小舅的藤椅成了我的专属宝座。黄昏的时候，他们两个并排坐着，我在旁边一摇一晃，看看这个，又看看那个，最后停在小舅脸上。

他也是好看的，只是不像鸡丁那样惊艳和精致。

面目清秀，眉眼清淡，可是他温和恬淡地坐在那儿，自有一种让人信服和依赖的气度。他一点都不像个十几岁的小孩，真的像个长辈，像我的小舅。比如，我和王大胖老是扭打在一起，可只要小舅一句，王大胖就跑了。

何况，他还会很多新奇玩法。一到暑假，他就带我们去捕蝉，捉小雀儿。我们最喜欢去海边，拾贝挖海蛎。每个人拿着一个小竹篓，带上尖刀，在涨潮过后，去布满海蛎壳的礁石上挖。

这是门技术活，熟悉的，敲一敲就知道海蛎是肥还是瘦。

我就差了，总是挖到小的，只得再把壳装回去。

这是老规矩，大海养人，打到小的鱼都得放回去。我很喜欢挖海蛎，想象一下，光滑的礁石依附着丑陋的海蛎壳，在那凹凸不平的壳下面又寄生着海蛎，生生相息，有一种轮回的奇妙感。

等我发表完这哲学家般的言论，我发现，我竹篓里的海蛎最少。宫宝一如既往地聪明，做什么都倍儿棒，海蛎装了半篓子。小舅经验丰富，手法娴熟，早就满满一篓子了。我讪笑几句，把小竹篓往沙滩上一扔，快跑几步，一头扎进海里，夏天游泳什么的最舒服了。

宫宝脱了衣服，扑腾进来了。他最近长高了点，胖了点，脸也被海风吹得有几分黑，但身上的皮肤还是白得透明，几乎可以看到青色的血管。在湛蓝的水里，他就像一条美人鱼。我游到他身边，戳了他一下肚皮。

"乖，洗干净点，晚上吃你。"

"哈哈，宫保鸡丁！宫保鸡丁！"

我嚷嚷着他的外号。

他脸一黑，杀气腾腾扑过来，"谢、欢、喜！"

他长大了，会爱面子，不喜欢这个"美味"的外号了。我捧起水泼过去，边扑腾边反击。小舅就坐在不远处的礁石上，看着我们淡淡地笑着。海风扬起他白衬衫的衣角，显得特别飘逸，感觉他要被风吹走了。

我冲出水面，扒着礁石问他："小舅，你为什么不下来，可凉快了？"

"我在这里帮你们看衣服就好了。"

他摇摇头，半俯着身，玩旁边的海水。

宫宝也冲出来，过来拉我，"欢喜，欢喜，我们去那边，我刚看到一只小鱼。"

"不要，我要小舅和咱们一起玩。"

"玩什么，他又不会游泳。"

"胡说！小舅会！小舅什么都会！"在我心中，小舅就是万能的，我抬起头，充满期待地望着他，"对不对，小舅？"

小舅一愣，扑通一声也跳下来，修长的手臂往前一伸，划出一道美丽的水波，游了一小段，又游了过来。

跟他优雅稳健的泳姿比起来，宫宝就是只乱折腾的大头娃娃鱼，我兴奋地转过头，"看吧，看吧，我说了，小舅什么都会，小舅好厉害！好厉害！"

话音刚落，一阵激烈的咳嗽声传过来。只见小舅在水里挣扎沉浮着，只露出一双乱舞的手。

5. 从来没有一个人，为了不让我失望，连命都不顾。

怎么回事？我完全傻了。

宫宝手疾眼快地游过去，抓住小舅的头，托住他的背，往后划水。好在我们都在浅水处玩，很快就到海滩。可是到了海滩，小舅还是捂着胸口，激烈地咳嗽着，脸涨得通红，一手痛苦地抓着一把沙子紧紧地握着。

我吓得快哭了，"鸡丁，小舅怎么了？"

宫宝也吓傻了，伸手费力要背起他，"去找阿公！"

"我来，"我急急忙忙去帮忙。

小舅脸已经青了，边咳边指着礁石上的衣服，断断续续，"药，药……在那里……"

宫宝跑过去，很快拿着一个小瓶子过来。

小舅拿起药，张开口喷了好几下，又调整了一下坐姿，终于止住了可怕的咳嗽，好半天才缓过神，对我们柔弱笑了笑，"对不起，吓到你们了。"

"小舅，你怎么了？"我眼圈红了，刚才实在太可怕，我真怕小舅咳着咳着就突然不动了。

他坐起来，摸摸我的头，"是我不好，我有哮喘，刚才看你们玩得这么开心，没忍住，一不小心被呛到了，就犯病了。"

小舅跟我们解释了一下哮喘是什么，还安慰我们不用担心，"回去吧，晚了阿公要着急的，对了，今天的事情不要让他知道了，不然要挨骂的。"

我们灰溜溜回家，结果阿公还是知道了。一起在海边挖海蛎的邻居告诉他，我们不但下海游泳，小舅的哮喘还犯了。一回家，就见阿公拿着羽扇，板着脸，在院子里走来走去等我们，那是我第一次见到他发火。

"你们是要气死我吗？一个比一个不听话，特别是你，谢青涯，你是他们的舅舅，怎么做的？一身病，还敢到水里玩！这次庆幸没事，下次呢？这哪是玩水，这是玩命！跪下，都给我去后厅跪着！"

我们一齐到后厅跪着了，阿公还是气，在祖宗面前，把我们都训了一顿，最后怒火集中在小舅身上，因为他是长辈，却没有做好榜样，带头带我们到处野。

我跪着不敢反驳，偷偷看小舅。他低着头，任阿公骂，偶尔应一句，"是""我错了"。都怪我，要不是我激小舅，他也不会下水，我还害他犯病了。

心里又替小舅委屈，阿公真偏心，我们三个人都下海了，怎么只骂小舅？何况小舅刚才还犯病了，也没见他关心一句。我咬着唇，红着眼圈不敢说话。生气的阿公真可怕，还不讲理。

又骂了好久，估计他骂累了，坐在一旁喘粗气。

"夭寿仔，说了也听不懂，爱玩，不知道海有多危险，我知道你们不服气，这次是没事，下次呢，要是下次出事的是欢喜，我怎么对得起她妈？"

我猛地抬起头，阿公哀伤地望着我们，眼神充满后怕。他救不回妈妈，能做的就是保护我们不受伤害。

我低下头，凝聚在眼眶的泪水掉到地上。妈妈说过，阿公是只老虎，易怒暴躁，可这只老虎已经迟暮，心有余而力不足。

跪到天黑，阿公让我们起来，先吃饭。跪久了，腿有些麻，小舅跟跄了一下。阿公扶住了，又放开，冷哼一声："站都站不好，还下海游泳！"

过了片刻，他又小声问："没事吧，药还有吗，要一直带在身上，知道吗？"

"知道了。"

我和宫宝走在前面，嘿嘿笑了，刀子嘴豆腐心，脑袋就被阿公各敲了一下。

"还笑，吃完饭，都去抄经！"

抄经，这是阿公特有的惩罚手段，他研究了大半辈子的老庄，自认为有些小得，所以教育孩子总爱显些不同，我们犯了错，就是抄老庄学派的经典书经。当天，我们三人抄了一晚的《道德经》，我们在后厅抄，阿公就在前厅摇着扇子，听他的收音机。

要说，阿公这人也是一身怪癖，老是穿着长衫，早上起来，先喝茶，茶一定是铁观音，然后打开他的破收音机，咿呀听一整天。跟这样的老人过十几年，也难怪小舅被养成无惊无喜的性子，一点都不像个孩子。

我用手肘碰了碰小舅，小声问："小舅，刚才你明明不能下水，为什么还要下来？"

"因为我不想让你失望。"他没看我，声音淡淡的。

我的心蓦地一动，不想让我失望。

心里暖暖的，傻瓜，就算你什么都不做，我也不会失望，因为，你永远也不知道在我心中，你有多美好。从来没有一个人，为了不让我失望，连命都不顾。

我又碰了碰他的手肘，"小舅，你好了吗？"

"没事的，放心。"小舅转头，冲我笑笑，示意他没事。

我咬着笔头，我不信，大人都喜欢骗人，小舅也染了这个坏毛病，他咳得那么厉害，肯定病得很严重。

"欢喜，认真点！"头被敲了一下，阿公晃过来监督。

我继续抄经，"上善若水，水善利万物而不争，处众人之所恶，故几于道。居，善地，心，善渊……"这是什么意思，上善若水？我勾起嘴角，笑了，上善若水，大概就是小舅这样。

转过头瞥一眼宫宝抄到哪里，一看，我眼角跳了一下，"天地不仁，以万物为刍狗"。不知道为什么，刹那间我有种胆战心惊的感觉，那跳跃的火光和浓重的黑烟从我脑中一闪而过，天地不仁。

晚上，我失眠了，这是我回家以来第一次睡不着。

在床上翻来覆去大半夜，我下床出去走走。没想到阿公也没睡，他搬了椅子，坐在天井里，看着天空。溪镇的老式建筑就是这样，前厅后厅隔着一个四四方方的露天天井。

阿公招手叫我，"怎么没睡？"

"睡不着。"

阿公把我抱到摇椅上，对着星空。乡下的星星总是比较大，星光点点，也不觉得暗。人家说，人死了，就会变成星星，不知道容华姐会不会变成星星，是不是在上面看着我们。我看着身边的老人，他会不会也在想容华姐。

"阿公，小舅会死吗？"

他扭头看我，"怎么会？你在胡思乱想什么！"

"我害怕！"我害怕，死亡太可怕，一个人说没了就没了，容华姐是这样，鸡丁爸爸也是这样。

阿公摸摸我的头，喃喃道："不会的，不会的，你们都会长大的，一直好好的……"

我看着满天的星星，是的，我们都会长大的，好好的。

小舅哮喘发作后，我比较少下水了，一来，阿公会生气，二来……我想陪着小舅。

再去海边，也是成群结队。大家下水玩的时候，小舅总一个人就坐在礁石上。就像现在，他抓着一只小螃蟹，让它从一头爬到另一头，走远了，再把它抓过来。落日照在他柔和的脸上，我想，他一定很孤单，从小看着别人玩耍，而他只能坐在这边。

这世界总不会圆满，就像宫宝，就像小舅，他们都太好，所以一个失去家，一个有着并不健康的身体。

我也爬上礁石，看远处的海面，红日正一点一点地往下掉，一天要过去了，可景色仍然美丽，海天一色的晚霞，还有被泼成绯红靓丽的海面。

我和小舅坐在礁石上看落日，宫宝叫我下水，我摇头，"不要，一身腥味！"

他气乎乎地瞪我，澄莹的绿眼睛里全是不满。

我转过头装看不到，他就是这样，他做什么，我就得做什么，我偏不，我就要陪着小舅。

"欢喜，宫宝生气了。"

知道，他正在水里折腾，弄得水花四溅。

我扭头，"不管他，小屁孩，大脾气。"

宫宝弄得动静更大了，小舅转头，看着我笑，那眼神很是宠溺。因为我不想让你失望，我突然想起这句话，脸莫名热了。他别过头，还是笑，可我觉得自己被看穿了，他知道了我心里的一点小九九，还有懵懵懂懂的尴尬。

"小舅，你笑什么？"我板着脸，也把水花拍得乱溅。

他摸摸我的长发，轻轻叫我的名字："欢喜啊欢喜……"声音绵长又轻柔，美好极了，就像眼前这漫长的日落。

我望着远方，这世界真美，最美的是不孤单，身边有人陪，我歪着头。

"小舅，以后我都陪着你，好不好？"

"啊？"小舅眼睛亮了，微微笑了，"为什么这么说？"

因为你不想让我失望，我也不想让你孤单。

我低头拍水花，过了许久，看他的眼睛，认真说："小舅，等将来宫宝长大了，取消了娃娃亲，我就嫁给你好不好？"

一半阴暗，一半绚丽，小舅震惊地望着我，嘴动了动，没说什么。我看着他，用手遮住他的眼睛。他说："欢喜，你什么都不懂。嫁人，不是和你一起做作业，不是帮你赶走讨厌的人，不是照顾你，就可以在一起……"

我不大懂，我只知道小舅很好，对我也很好。手心传来睫毛的颤动，很小的颤动，痒痒的。我说："小舅，我只是不想让你一个人。"

他沉默。

红日慢慢被吞噬，黑暗降临的时候，海好像也睡过去了。

我突发奇想，"小舅，海要睡觉吗？"

他想了想，肯定地告诉我："不要。"

"是吗？"我继续看着海面，海未眠，就像我们的内心不得安宁，夜太黑，涛声依旧，我看着身边的少年，认真说，"小舅，总有一天，我们都会安宁的，宁静，悠扬，和海安眠。"

他笑了笑。那时，我以为一切很容易，却错了，我们都不得安眠。

后来，比起日出，我更喜欢日落，我记得小舅又轻轻说了句："欢喜，就算你不陪我，我也不会孤单，我喜欢看日落，有一种绝望的瑰丽。"

那一年，我还不懂，什么叫绝望的瑰丽，我只觉得有种莫名的忧伤，就像我的胸忽然长成小包子，它就这样兀地冒出来，让我彷徨中还带着几分惊喜，提醒着我，时间一针一针走过，告诉我，我在长大。

水里的动静渐渐小了，宫宝不折腾了。在绚丽的水色中，他像条孤寂的美人鱼游来游去，缓慢而幽怨。小舅一个人时，我想陪他，宫宝孤单在水里，我又觉得心疼。我把手伸进水里，他游过来，握住我的手，两条红线在海水的波澜里荡漾着。

我的心情随着这荡漾的红线莫名纠结了。

他是我弟弟，我却和他戴这种东西。他和我一样年纪，却是我小舅。

远处，红日终于被拉进深渊。后来，我再看到这幕，终于明白什么叫绝望的瑰丽。那时，我身边的人变成真正的少年，他却与我不再见。我拿下红线，成长的时光只在手腕上留下一条细细的痕迹，证明我已成年。

6. 我们彼此的呼吸混在一起，形成一种叫暧昧的氛围。

十四岁后，我不再喜欢下海游泳，开始和小舅一起种一些中草药。

没有什么真正的用途，我只是单纯喜欢在院里种些绿油油的东西。三天两头，小舅不知从哪里挖了几株药草，然后我们一起种到院子的菜园里。

"小舅，你怎么喜欢种草药？"

他难得像个孩子眼里冒光，"这些可以治病救人，不觉得很神奇吗？"

"那可以治你的哮喘吗？"他的眼神又黯淡了。

我们继续鼓捣菜园的小草，拔草，浇水。

"小舅。"

"啊？"

"我将来会治好你的哮喘。"

小舅笑了，嘴角扬起一个浅浅的笑，海水般透明。

他笑起来真好看，那么柔和，四周仿佛加了柔光般，也变得温柔起来。

我也笑了。十六岁，追星的年纪，我也不例外，我崇拜小舅，他就是我的明星，不用光芒万丈，但足以让我满心欢喜，我喜欢他温和的笑容和静静看我的眼神。

每次我和他蹲在地上，把弄这些药草时，心里就特别宁静和满足。他们说，喜欢一个人会慢慢向喜欢的人靠近。一起成长的日子，我觉得我越来越像小舅，也变得温和淡定。只是过了这个暑假，他要去县里读高中了，我们不能天天一起上下学了。

"小舅，你开学后，就没人照顾它们了。"

"不是还有你吗？"

"如果我好好照顾它们，那你也要好好照顾你自己，要记得随身带药，到灰尘多的地方要戴口罩，小心花粉……"

"欢喜，"小舅直视我，笑得有些坏，"是不是还要加上不能和女孩子说话？"

"……"我脸一热，结巴了，"那个，阿公说不可以早恋的。"

他还是笑，黑亮的眼睛像夏天的星星，一闪一闪的。

我心虚了，向外跑，"啊，这么晚了，鸡丁还没回来，我去找他！"

宫宝习惯不时去海边游一圈，傍晚的时候再回来。

我家离海边倒是挺近的，果然，鸡丁还在水里扑腾。他赤裸着上半身，这几年老在海水里泡着，他的肤色终于黑了点，但还是偏白，牛奶也算没白喝，拔高了不少，手长腿长，在水里，矫健快乐。

"宫保鸡丁！"我叫他的外号。

他不理我，随手泼了我一脸水。

我把水泼过去，边跑边泼，望着一望无际的海面，特别开心，"宫保鸡丁！宫保鸡丁！"

"谢欢喜，你真是——"

话还没说完，就听到"扑通"一声的落水声。

难道有人吓得掉水了？我转过头，不远处的礁石处，有个人正在海水里扑腾着。

宫宝二话不说，一头扎进水里。没几分钟，他抱着一个女孩上来了，那女孩显然已经晕过去，软绵绵地挂在他的手臂上。

这里临海，总有些不谙水性的旅客掉水里。宫宝也不是第一次救人，知道怎么办，我倒也不担心，围上去催他。

"快点，快点。"

宫宝把女孩放平，帮她把水压出来。好一会儿，那女孩才"哇"的一声吐了出来，宫宝又拍了那女孩几下，确定没事，站起来要走。那女孩茫然睁开眼睛，本能地抓着他的手臂，气息很弱。

"是、是你救了我吗？你叫什么，我要好好谢你。"

"不用谢，只是顺手而已。"说罢，他毫无怜香惜玉地抽手走了。

真是个不解风情的笨蛋，我可看到了，那是个顶秀丽的小姑娘，要给个机会，眉来眼去下去，说不定就是一段小美人鱼的故事。

"喂，谢宫宝！"我跑过去，嬉皮笑脸，"你怎么不给她做人工呼吸？"

他不理我，往前走。我继续笑他，"是不是不会？还是看到那个姐姐好看，不好意思了？哈哈，救了人就扔在那，看也不敢多看一眼，你还说你不是个小屁孩？"

他骤然站定了，我一不留神，就撞了上去，直接扑到他胸膛上。

他顺势往后倒，反身压住我，两只绿眼睛像小狼崽一样盯着我，笑得有点坏。

"我不会？要不要我现在给你试验一下，看我会不会？"

我不敢动了，他继续靠近，"要不要呀，欢喜？"

故意压低的嗓音，配合唇角的那抹坏笑，再加上他不同常人的眸色，有一种让人着迷的魅惑和迷人。

小鸡丁……好像长大了……

我呆呆地望着他，能感到我们彼此的呼吸混在一起，形成一种叫暧昧的氛围。

我猛地推开了他，"找死呀！臭鸡丁！"

我气急败坏往前走，脸却越来越燥热。什么时候这个当初陪着我一起流浪的小屁孩变成有着魅惑笑容的少年的？他长高了，能轻松地抱着我，连手臂都充满力量，刚才撞上的胸膛都挺结实的，似乎长了薄薄的肌肉。

身后传来宫宝恶劣的笑，"谢欢喜，你脸红了！"

"我没有！"

"你有！"

"我没有！"

……

果然，青春期的小孩最讨厌！真是别扭死了！

我们一前一后走回家，不时踢彼此一脚，扬一把沙，打打闹闹。我们没注意后面那女孩的家人赶过来，感激地望着我们。我后来又回头看了一眼，看到那围着小女孩的三个背影，用手肘碰了碰身边的宫宝。

"你看，多幸福，一家人呢！"

那时，我们都没想到，这一次随手的善意之举后，我们还会再遇。谁都没有料到，命运为我们的相遇埋下这么一个温馨美好的开始，然后，在我们猝不及防的时候，撕碎一切美好的假象。

7. 他惊艳了别人的青葱时光，而我找到了斑斓纯白时光的人。

我们一路打闹着回家，跟着他进房。

他和小舅住一个房间，两张床并排，干净得过分的那张床是小舅的。我坐在宫宝的床上，他脸臭臭地赶我。

"我要换衣服了，出去！"

"就你？有什么好看的，一只白斩鸡。"我撇撇嘴，突然灵机一动，飞扑到小舅的床上，把脸埋在枕头上，"换吧，换吧，我看不到！"

啊，小舅的味道，带着淡淡的草药香，我深深地吸了一口气，人生真是圆满了。

我舒服得不想动，衣领却被揪起。宫宝单手抓住我，一声不吭把我扔了出去，门在我鼻前关了。

"喂，谢宫宝！"我猛拍门，他一无所动。

小浑蛋！真是越来越不可爱！

小时候黏我黏得要死，现在动不动就甩脸色给我看，可不管对错，道歉的总是我！

哼，三天不打，上房揭瓦。门开了，我挥舞着拳头，要教训他一顿。

小舅拿着拖把过来，把宫宝一路走过来滴下的水渍拖干净。我化拳为掌，算了，我是大度的女孩子，不跟小屁孩一般见识，我十六岁了，懂得在男孩子面前装矜持了，何况是小舅，我迫不及待把事情告诉他。

"小舅，鸡丁刚才在海边救了人，是个小女孩，可漂亮了。"

"那女孩没事吧？"小舅的眉皱了起来。

"没事，后来她家人过来了。"

"没事就好，以后要小心点，你们啊，就是这么爱闹，让阿公知道，又要骂了。"小舅冲我无奈地笑了，眉眼弯成好看的弧度。

真帅！我咧嘴笑了，倚在门口，心里甜甜地想，小舅最好了，等我和鸡丁解除了娃娃亲，一定要嫁给他。

眼睛被蒙住，耳边传来宫宝阴阳怪气的声音，"谢欢喜，你暑假作业做好了吗？"

"……"上学什么的还是一如既往地讨厌！

不过有些事情，就是因为期待而变得美好起来，比如星期五，这个小舅回家的日子。

星期五下午，还没下课，我就收拾好了，只等下课铃声响起，就早早回家。

上初中时，阿公就给我们买了单车，不过自从我的单车被偷了，我就搭上了宫宝这个免费劳力。学校临山，主干道是一道长长的坡，种了两排杧果树，郁郁葱葱。宫宝支着单车，斜倚在树旁，我轻松一跳，跃上后座，催他。

"快走，快走。"

他果真骑得飞快，单车像箭一般穿过绿色丛林飞驰而下，惯性带着我往前冲。环住他的腰，我拍了他一下，他回头冲我笑了笑。

正是黄昏，那又浓又翘的长睫毛被染成淡淡的金色。我一愣，宫宝似乎变得更好看了。

他真正的年龄才十三岁，可已是个非常俊美的少年了。褪去了婴儿肥，脸上的线条感明显了，五官精致立体，带着浑然天成的帅气，特别是他还有双独一无二的绿眼睛，看人时，显得比别人深邃，带着几分情意，说不出地迷人。

唉，也不知道他惊艳了多少人平淡的青葱时光，而我已经找到了那个斑斓我纯白时光的人。

把书包扔给宫宝，我站在门口的流苏树下等小舅，我想他回家第一个看到的人是我。

今天估计有些堵车，小舅还没到，我坐在藤椅上，晃晃悠悠地等。

流苏树过了花季，便是枝叶苍翠的绿，充满生命力的颜色。我一晃一晃地摇着藤椅，眯着眼，寻找绿意中漏下的阳光，被晃得有些花，遮着眼，便睡了过去。

迷迷糊糊中，觉得脸有点痒，像只小虫子快速停了一下，又扇着翅膀，在我耳边轻轻叫。吵死了，我手一甩，被抓住了。

啊？我猛地睁开眼睛，正对上一双含笑柔和的眼睛，好似弯弯的上弦月，我坐了起来。

"小舅，你回来了？"

"等了很久吗？都睡过去了。"

"嘿嘿。"我抓抓脑袋，有些不好意思。他就蹲在旁边，穿着淡蓝色的高中制服，身上还斜挎着书包，还抓着我的手，掌心有些湿，我假装不经意偷偷握住，"进去吧。"

"等下，有片树叶。"他随手摘掉。

我们转身，宫宝和阿公站在门口。天有些暗，阿公掩在黄昏的阴影中，脸色有些阴沉，看了我们还握在一起的手，"进来吃饭。"

晚饭的气氛有些奇怪，刚吃完，阿公就放下筷子："青涯，你跟我过来。"

阿公把小舅叫了进去，又"啪"的一声把门关上。我边收拾边问宫宝："阿公怎么了？小舅学习没有退步呀。"

宫宝也有些反常，盯着我的脸看半天，吐出一句话："去洗脸！"

"我的脸又没脏了，洗什么脸？"

"你什么都不知道！"他冷哼一声，把碗放进水槽里，弄得水花四溅。

真是莫名其妙，我竖起耳朵，听房间里的动静，突然传来拍桌子的声音，还有阿公的怒吼。

"你没错，你竟然说你没错？"

"她是你外甥女，别人问我，我怎么说，当舅舅的和他外甥女搞在一起？我谢正丢不起这脸！"

轰的一声，我呆住了，手中的抹布掉了下来。

门开了，阿公推着小舅出来，把他推到后厅，边推边吼："跪下，给我好好反省！"

小舅朝我看了一眼，清亮的眸子有血性，他直着脖子不动，手放在两边握成拳，"我不跪，我也没错，我是姓谢，可我没流着谢家的血！"

"啪"一声巴掌响，小舅扭过头，脸上却有五个红指印浮了起来。阿公全身都在发抖，指着他道："你是不是还想说，我没资格管你？好，你真是有出息，出去，我谢正没你这样的儿子，给我滚出去！"

小舅捂着脸，抬脚就走。阿公站在后面，歇斯底里喊道："你走，你走，就当我没养过你！你走，找你的亲生父母去！"

都说脾气好的人爆发起来很可怕，一向温和的小舅脸色变得铁青。

"小舅，不要走！"我跑过去拉小舅，他甩开，眼睛有羞辱有难过，眼泪在眼眶里生生打转，后面又传来宫宝的惊呼。

"阿公——"

我回头，看到前一秒像只暴怒老虎的阿公软软倒在地上。

8. 我喜欢一个人，有很多感情，可是他不要。

小中风，短暂性脑缺血发作。

医生说，没有什么大事情，安排明天做个CT，再留院观察几天。可这已经完全把我们吓坏了，我不敢想象，如果阿公倒下了，我们三个怎么办？刚才在急诊室外面，我蹲在地上，第一个念头，阿公，会死吗？

死亡差一点又一次呼啸而过。

阿公中途醒过来一次，看着我们三个傻愣愣万念俱灰般站在床前。小舅红着眼圈，不敢看他，刚才父子间差一点反目的怒火已经烟消云散，有的只有这么多年相依相靠的舐犊之情。看着这样的他，阿公叹了一口气。

"都回去吧，我没事的。"他摆摆手，闭上眼睛，不再说什么，带着一种认命的无奈。

我们面面相觑，很晚了，再争会吵到其他病人。小舅先走了出来，刚才那个情绪失控的少年仿佛已经消失了，他又恢复成一个沉稳懂事的长辈。

"晚上我在这里守着，你们回去，明天来接我的班。"

"记得，明天煮点汤过来。"

他吩咐好，便催我们回去，从头到尾，没有多看我一眼。

我的心空荡荡的，各种情绪又纠结在一起，乱成一团，心不在焉跟着宫宝。天气很好，月光洒了一路，可为什么我们总是这么多事。就像坐在船上，永远只能随着海浪起起伏伏，波折不断。

一路很安静，宫宝蓦地开口："我知道你在想什么。"

"啊？"

"谢青涯。"

我停下来，他转过身，手指轻轻在我脸颊上轻轻一点，"这里，他亲了你。"

"胡，胡说——"我结巴了，我想起，睡着时那轻浅的触感。小舅亲了我吗？阿公肯定看到了，不然不会发那么大脾气，他是个守旧的人，肯定无法接受，就算我们根本没有血缘关系，只是阴错阳差的辈分。

"欢喜，"宫宝直直看着我，"和自己的小舅，这是不对的。"

"我们又没有血缘关系，有什么不对？"

"那你想气死阿公吗？"

"我——"

又是一个无声无息的闷雷，我想气死我唯一的亲人吗？让他再度在邻居朋友间抬不起脸，让他饱受流言之苦，因为他的孙女一心想和她的舅舅在一起？脑中有个声音告诉我,他可以是你亲人、朋友，却不会是你的恋人……

可是我喜欢他呀。刚才他那么勇敢地不肯下跪，说他没错，不就想为我们寻找机会吗？

我突然觉得自己一无是处，一直以来，我都把小舅的存在当神一样崇拜，我毫无包袱地喜欢他，却让他承担所有世俗的压力。可他和我一样，只是个十六岁的孩子，他是人，会受伤，会难过，但我却让他扛一个人。

况且，其实他比谁都更需要别人照顾。

那一夜，我没睡。我想起第一次见面，那个在流苏树下读书的小小少年，他温和地看着我，其实他不能在树下待多久，因为花粉容易让哮喘发作。

还有总落寞坐在礁石上的背影，没人了解过他内心的渴望。

一起成长的五年，他并没有变化多少，就长高了，但脸色一如既往地苍白，就算海风也吹不黑，因为怕感冒，他夏天也总穿着衬衫。可就算这样，我的小舅，温和地为我们打理一切的小舅，永远平淡地笑着，毫无畏惧，上善若水。

世间对他有诸多不公，但他依然长成善良美好的少年。我惊恐纠结的心渐渐平静下来。他是我的小舅，可我心中并无羞愧。宫宝错了，阿公也错了。没有什么不对的，我只是喜欢上一个温柔的少年而已……

没人心疼他，我来疼他。

第二天，我带着煲好的汤去医院，心中燃着一个小小的太阳，我要告诉小舅，我会陪着他的，因为我喜欢他，我不会再让他一个人承受。就算阿公现在不同意，没关系，我们还有很长的一段时间，可以慢慢来，总有一天会让大家都明白，我们没有错。

宫宝陪着阿公，我给小舅盛了一碗汤。我们走到医院的走廊，小舅坐在椅子上，慢慢喝着汤，偶尔看我，也是温柔亲切，我带着激动又甜蜜的小窃喜，心里莫名地满满的感动，想着怎么告诉他，我的想法。

等小舅吃饱了，我看着他回复一点血色的唇，忍不住颤抖地开口："小舅——"

"嗯，"他轻轻地应着，突然莫名其妙地问，"欢喜，你叫我什么？"

"小舅。"

"那我只能是你小舅！"这声音无波无澜，好像只是在陈述一个事实。

我瞪大眼睛，隐隐懂他的意思，可是我又不想明白他的意思，我支吾着："我——"

小舅站了起来，"我去看看你阿公怎么样了。"

我下意识抓住他的手臂，恳求地望着他，"小舅——"

"欢喜，你不要这样。"

不要怎样？我的眼圈慢慢地红了，为什么突然跟我说这样的话，明明我什么都还没说，既然什么都知道，你还偷偷亲了我，为什么还说这样的话？昨天明明你还说，你没错的，我惊慌地看着他，带着哭腔，"我不要你做我的小舅。"

"欢喜——"

"求你了，小舅。"

我觉得我快哭了，我抓不住这个人，他要从我手中流走。他看着我，眼里和我一样，有难过有痛苦有抗争，纠结成一团。他的手伸了过来，近乎透明的手指，似乎要碰到我的脸，就差这么一点点。

"小舅！"变声期带点沙哑的嗓音打断我们，宫宝站在门口，举着保温瓶，"趁热喝。"

小舅点头，宫宝放下保温瓶就进去了，但刚才的气氛早已消散无踪，只有医院特有的消毒水味。他沉默地又倒了一碗汤喝着，突然间又剧烈地咳嗽起来，他捂着嘴，痛苦地喘息着，仿若吸入一点空气都万分痛苦。

我慌忙拿出平喘喷剂——还好今天出门带上了它——拉开他的手，对着嘴喷了几下。

他慢慢平复了呼吸，对我苦笑，"你看，我连自己都照顾不好。"

说罢，他头也不回地走了，只留给我一个背影。我无力地靠在墙上，浑浑噩噩。

宫宝走出来，蹲在我面前，问："为什么是他？"

为什么是他？我也不知道，我只知道，他疼我，我心疼他。

鸡丁太小，我对他更多的是内疚，可小舅不一样，他疼我，我跟他，很单纯地依赖他。

我失恋了，可我连表白都没有，更别说恋爱，这失恋像个笑话，但伤心是实实在在的。

我喜欢一个人，有很多感情，可是他不要，什么都让我束手无策，还有种可怕的想法渐渐滋生——他会像现在离开我一样永远离开我，我抓不住。

甚至连背影都抓不到。

9. 十六岁，真是可怕的年纪。

阿公做过 CT 检查后，医生说没什么大问题，嘱咐他要注意情绪，不要再大悲大喜。他赶我们回去上课，说在医院会好好照顾他。小舅去县里读书不方便，我和官宝轮流着往医院跑。星期五下午，我也没像以前那样在树下等他。

况且一直在学校和医院之间跑来跑去，忙得我没心思理清自己乱七八糟的心情。等晚上我回到家里，看到屋里还暗着，灯都没开，我推开门，喊着"小舅""小舅"。没人应，正要打开灯，手被按住。

"欢喜，别开！"

"小舅？"

"是我。"他拉着我的手，那手冷得像冰棍，散发着寒意。黑暗中，我看不到他的神情，小舅今天太反常。

"为什么不打开灯？"

"就想坐坐，别问了，陪陪我。"他拉着我，坐在我们一起写作业的椅子上，也就不说话，就是坐着。太安静了，我的心莫名生出一些恐慌，要说话又不敢说话。他的手在颤抖，是那种受到惊吓，或者突然遇上可怕事情的战栗，我用力回握，他抖得我心都疼了。

小舅终于开口了："欢喜，你怪我吗？说那样的话。"

我摇头，又想到他可能看不到，说："不会。"

我永远不会怪身边的少年，他的温和、善良，是我苦难后的第一抹阳光。

他笑了，倾过身，轻轻把我抱住，在我耳边说："抱抱我，欢喜。"

我觉得我的眼泪都快涌出来了，我伸手，也抱住他，内心充满着感动，他回应我了，虽然我不知道理由。那真的是一个很美好的夜晚，就算我怀中的少年那么冷，突然间变得这么莫名，可是我满心欢喜，什么都没察觉。

我们在黑暗中坐了很久，小舅才恢复情绪，准备去医院看看阿公，让宫宝回来休息一下。我刚从医院回来，就不再过去了，小舅背着书包，我们一起走到门口的流苏树下。

我站在树下，充满期待，"小舅，明天见。"

他摆摆手，冲我笑了笑，我也没想到，这是再见。

后来，我想，一个人离开，是不是都这样突然，妈妈是这样，小舅也是这样。

小舅的离开是毫无预兆的。

第二天早晨，我们到了医院。小舅不在，阿公还睡着，我问值班的护士。

"那个背挎包的男孩呀，他走了，对了，他给你们留了一封信。"

走了？这是什么意思，我打开信封，里面只有薄薄的一张纸。信纸有些发黄，字很潦草，不是小舅的笔迹，我大致地看了一下，难以置信地盯着信。宫宝拿过去，扫了一下，也愣住了，"这是小舅父母写的信，而且是好几年前的？"

是的，信是来自那个多年前抛弃奄奄一息的孩子的父母，抱着试一试的心态，想问一下当年他们的儿子还活着吗，而且看这纸发黄的颜色，可能是好几年前寄的，一个想法一闪而过——小舅是不是看了这封信，要去找他的亲生父母了？

我和宫宝面面相觑，怎么办？

阿公还病着，不能再受刺激，暂时还是不要告诉他，我站了起来，"我去学校看看。"

我坐车赶到小舅的学校，正是星期六，学校空荡荡的，我去了宿舍，没有人，想去找老师，还是没有人。出了学校，我没了目标。一个只有十六岁，身上没钱，又带着病的少年能去哪里？

迷迷糊糊，浑浑噩噩，我竟来到派出所。他们告诉我，不能备案。

"小妹妹，你舅舅消失了二十四小时了吗？去去去，小孩子跟家人闹别扭，离家出走，很快就会回来了。"

"他不是这样的人！"我告诉他们，小舅是个成熟稳重的人，他肯定是有预谋地计划离开，可是他这样子根本活不下去，他还只是个孩子，哮喘随时都会发作。

警员被我缠得没办法，最后说："那你二十四小时后再过来。"

二十四小时，他不知道哪里去了。

我浑身无力回到医院，宫宝用眼神问我，我摇头，阿公已经醒过来。

"怎么一整天没见到青涯？"阿公笑了笑，"今天星期六，他没回家吗？是不是还生我的气？"

他还惦记着他打的那一巴掌，他不知道，他养了十六年的儿子离家出走了。他笑着看我们，见我们神色都不对劲，问："怎么了，是出什么事了？"

"是不是青涯的哮喘又犯了？"阿公的情绪有些激动。

出了这样的事，不能不告诉，我再也忍不住，拿出那封信，一整天紧绷的神经终于崩溃，"阿公，小舅走了。"

我看到老人满眼的笑意一瞬间变成死灰一片，颤抖地问。

"你们哪里看到的这封信，我明明藏起来了。"

"这封信？"

阿公叹了一口气，又愤怒道："这封信是青涯父母寄过来的，好多年了，我一直藏着，就怕他看到，这种把刚出生的孩子丢掉的父母有必要相认吗？"

他说道，怒气像气球被戳破，苦笑道："可那毕竟是他父母……"

我也不知道小舅哪里看到的这封信，我摇头。

阿公又问："青涯看到这封信了？"

见我们点头，他颓废地倒在床上，"他走了？"

我再也说不下去了。

他坐了起来，开始穿衣服，不管不顾，喃喃自语："他肯定是怨我的，我知道，这孩子表面不说，其实一直想着他的父母，我却瞒着他，一直藏着这封信，是我不好。你妈走了，我太自私，一直想拉着他陪我，怕他见了父母，跟他们走了，青涯是该怨我的，可是他不该走的，他身上带着病，一个人怎么活下来？也不知道，有没有带药——"

阿公唠叨着，挣扎着站起来。他在跟我们说话，又不像是在跟我们对话，这场景有些可怕，我哭了起来，"阿公！"

"放心，我这就带他回来，我不该打他，他生气了，这孩子就是这样，一有委屈，就躲起来了，什么都不说，藏在心里，我去找他。我知道他在哪里，我跟他道歉，他有什么错，我不骂他了，十六岁，真是可怕的年纪，你妈这样，青涯可不能这样。"

"我一定要带他回来，"他颤巍巍地站了起来，不顾一切地要走，我哭着去拦他，他摆摆手，"十六岁——"

"阿公——"我尖叫起来。

阿公突然不动了，眼瞳睁得大大的，望着前方，捂着心口，整张脸都皱了起来，一声巨响，阿公摔在地上。

10. 他在我被养得柔软的心脏上狠狠地刺了一刀。

这一摔，他再也没有起来了。

他太害怕了，害怕小舅像妈妈一样，一去不复返。

恐惧让他情绪紧张，夺去了他老弱不再顽强的生命。

葬礼时，我接到一个电话，来自派出所，他问我，还要报案吗？

我说："不用了，他跟我没关系。"

我知道这跟小舅没有关系，可是我控制不住地恨他，他为什么这么残忍？一封信，一个巴掌，他就能抛下养他十六年的孤独老人。他明明知道，阿公一直把他当亲儿子一样养着，可他间接害死他，也带走我在这世上最后一个有血缘的亲人。

我想，如果谢青涯现在还站在我面前，我会指着他的鼻子，叫他滚。

我十六岁的初恋，随着阿公的去世一同埋葬。我冷静地处理葬礼的一切事情，不让任何人插手，包括宫宝。这是我的亲人，我的阿公，他对我那么好，五年来，不舍得骂我一句，打我一下，他那么偏心，三个小孩子里最疼我。

他给了我最柔软的保护，给了我最柔软的时光，然后在我被养得柔软的心脏上狠狠地刺了一刀，痛得我无法言语。我甚至失去了说话的能力，除了必要的事情，我不和任何人说话，我也不哭，我麻木地望着这个世界。

直到手里又被塞了一个冰冷的陶罐子。

这是第二次了。

邻居们劝我，说生老病死没办法，老人家去时没受苦就是福气。我不说话，宫宝跑前跑后，每天把只动过几口的饭菜端来又端回去。我还是不说话，他一开始和我说话，后来不逼我了，就抱着我，陪着我，我把头埋在他怀里，不管白天还是黑夜。

噩梦醒来，我在黑暗中睁大眼睛，小声问："鸡丁，你会离开我吗？"

我太害怕了，害怕身边的人一个接一个地走了。

可无论什么时候，他都会回答我："我不会离开你的，永远都不会。"

我抱着他，无声流泪。除了他，我谁都没有了。

阿公说的对，十六岁，太可怕了。容华姐与人私奔，她不明不白死在外面。谢青涯离家出走，阿公去世了。我恨十六岁，小时候，我什么都不能做，现在，我还是什么都不能做，眼睁睁地看着阿公倒在我面前，任我怎么喊，他都醒不过来。

我开始明白，有些事情，就是这样无能为力。

宫宝还是报了警，在葬礼结束后。我们依然去上学。我坐在单车后座上想，一个人的离开，活着的人会悲伤多久。生活其实没了谁谁谁，还不是照样过下去，事实简单得近乎残酷。我把头放在宫宝后背上，心里一阵无力。

可看到小舅再一次站在流苏树下时，我还是爆发了。他突然走了，又突然间回来了。

但是什么都变了，我从宫宝的单车后座跳了下来，奔到他面前。没错，是谢青涯，风尘仆仆，眼睛深深地陷下去，仿佛一夜过去，他变成了个苍老的少年。

我看着他，我曾经多喜欢多在意这个少年，像神一样仰望着，现在却嗤笑起来。

"你回来了？"

"外公死了。"

"你不是去找你父母，还回来做什么？"

"还是没找到，又回来了，想回来继续做阿公的儿子？"

"那封信真的那么重要？重要到你可以抛弃养你十六年的父

亲,重要到他病都没有好就走了? 他是骗了你,可是真的那么重要? "

"欢喜,不要再说了,小舅也不想这样! "宫宝过来,叫我闭嘴。

我也不知道我为什么要对我在意的人这么恶毒,我就这样面无表情,一句句指控丢向他。小舅站在我面前,他沉默,一句反驳都没有,就那样站着,像石化的雕塑。

"你说话呀! "我狠狠地推了他一下,宫宝拉住我,我被束缚手脚,尖叫着,"谢青涯,我恨你! 我恨你! 我再也不想见到你! "

"谢欢喜,你冷静点! "宫宝制住我,叫小舅去开门。我们进了屋,他还是不说话,就一动不动地跪在阿公的灵牌前,瘦弱的肩膀笔直地挺着,一直保持着那姿势一动不动。

我喘着气,像仇敌一样盯着谢青涯,"你就跪吧,跪多久,阿公也看不到。"

宫宝捂住我的嘴,悲痛地望着我,"求求你,别说了,那是小舅,我们的小舅! "

那是小舅,我一直梦想要嫁的小舅。我眼一酸,坐在地上,把头埋在双膝间,眼泪掉了下来。我不想伤害他,只是控制不住,是不是人都是这样怯懦的,承担不起的悲痛,就发泄在另外一个人身上? 我哭出声音,哭得昏天暗地,为什么我的最后一个亲人也走了……

"对不起,欢喜。"

有双手轻轻拍我的肩膀,多么熟悉的力道,第一次见面,他那么温柔地对我说:"欢喜,歇一歇,再哭会生病的。"我抬起头,甩开他的手,对上他惊愕受伤的眼睛,我知道,我伤害了他,可这也刺伤我的心。

小舅继续跪在外公的灵牌前,宫宝忙上忙下,最终我们一起坐着吃了顿晚餐,谁也没说话,也没人问小舅这几天到底去哪里了,又为什么会回来了。吃完饭,我昏昏沉沉去睡觉,在潜意识里,我怪罪着他，却还有些庆幸，他又回来了，这个家不至于那么清冷。

第二天，我突然从梦中惊醒，心跳得异常快。有什么事发生了，天还没亮，外面还很暗，但我却听到微不可闻的关门声。

有人离开了，我一个激灵去敲小舅的门。过了好久，鸡丁揉着睡眼打开门。

"小舅呢？"

一回头，我们都吓醒了，小舅不见了！

11. 那雪满丫枝的银白，仿佛是我年少的一场梦。

他们住同一个房间，另一张床上的被子叠得方方正正，东西都放得好好的。

他又走了，我拉开门，冲了出去。他一定没走远，刚才那声音肯定是他弄的。我疯了般向大道跑去，我是生他的气，但没想他走的。

隐隐看到一个小小的黑影，很熟悉的身影，直觉告诉我，那是小舅，"小舅！小舅！"

他刚回来，又要去哪里？

那人没回头，我继续向前跑，我使足了劲，正要追过去。

后面"啊"的一声惨叫，我回头看了一眼。宫宝摔倒在地上，捂着腿，鲜红的液体从他指间流了出来。我看看前方，那人过了马路，站在路边等车。我又往后看，一跺脚，回头向宫宝跑去，那血流得厉害。

我帮忙捂着，"怎么了？"

他捂着腿，紧紧地皱着眉，痛苦道："别管我，快去把小舅追回来！"

"快去，快去！"他继续催我。也不知道他怎么摔的，正好划上路边的石头，血汩汩地流，看得我眼角直跳。

我让他搭着我的肩，拉他起来，声音带着哭腔，"混蛋！我怎么可能丢下你？”

我辛辛苦苦把他从北方带回来，用尽心思养了五年，好不容易才把他养得白白胖胖精神点，可他这么随便一摔，就流了这么多血，看得我心都纠起来，心疼死了，我俯下身，"上来，我背你。"

他痛得龇牙咧嘴，哭笑不得地看着我，"你背不动的，我没事，我自己回去，你去找小舅。"

"我带你去看医生，那人不是小舅，就算是，他真想走，回去找他父母，我们也留不住。"

我一狠心，咬咬牙，让他靠着我，我搀扶着，带他去医院。

我回头看了一眼，那个青色的身影还站着，似乎在往这边看。耳边传来痛苦的呻吟，我走了几步，再回头，一辆车已经挡住身影。那辆车开走，那个人已经不见了。我搀扶着官宝吃力地往前走，不管那个人是不是小舅，我都错过了，我吃力地往前走。

"欢喜，小舅怎么又走了？"

"我哪知道？"

我只是觉得难过，可我不能这样丢下官宝。鸡丁，我宁愿自己流血流泪也不要让他受一点伤。还好只是血流得比较多，并没有那么严重，缝了七针，我看着伤口，等拆线了，就会多一只丑丑的毛毛虫。

我们互相搀扶地回家了，后来，邻居告诉我们，有人看到小舅跟人出海了，去做水手。溪镇临海，有个不大不小的港口，要么打渔为生，要么长年出海跟船。

"他还在上学，怎么可能跟人出海？"

邻居看了我一眼，"傻欢喜，你阿公去世了，你们三个都在读书，总要一个去工作，你阿公留下的钱再多，也有用完的时候。"

这个被我遗忘五年的金钱问题又跳出来，我傻了，脑中闪过的，是小舅最后受伤的眼神。我对他多残忍，可他永远只是默默承受，想的是我们，最后还是我又一次逼走他。

我直着脖子，昂起头，不让眼泪掉下来，"就算这样，我也不会原谅他的，永远都不原谅他！"

为什么一走了之，为什么不留下来共同面对？我把指甲陷进手心，妈妈帮我取错名字，一直都错了，我就是个灾难体，走到哪里，哪里就有灾难，我没了妈妈、外公，现在又赶走了小舅。

邻居说，小舅跟的是国际航船，一年也难得见到一次。

第一年、第二年、第三年……直到好多年，我们都没再见到他。他做到了，我说不想见到他，他就再也不让我见到。只是我们的账号会不固定汇来一些钱，从不同国家汇过来，证明那个流苏树下的少年，还活着，在世界的某个角落，某片汪洋大海。

我和宫宝继续读书，不知羞耻继续我们无忧的校园生活。

我想，我就是这样的人，小强一样的生命力，坚挺地活着。

妈妈走了，我活下来；阿公走了，我活下去；然后小舅走了，我还是能活下去。

只是小舅走后，我开始失眠，一到晚上，就睁着眼睛睡不着，像得了强迫症，明明很累，可就睡不着。

第二年，流苏树又满树银白时，我也上了高中。回到家，就整夜整夜徘徊在树下，想他到底去了哪里，为什么这样不辞而别，他一个人还带着病怎么受得了。

花季过了，我变得惊慌，觉得连它也失去。

那雪满丫枝的银白，仿佛是我年少的一场梦，惊艳了时光，却终究随风而去。

我的心里空空的，仿佛被咬了一块缺口。小舅不在了，我再也想象不出四月雪的繁华。

我像无可救药，去想小舅，因为这一次，我是真正失去他了。宫宝很害怕，他陪着我，跟着我形影不离，我走到哪里就跟到哪里。

我睡不着，他也陪我撑着，黑暗中，那双绿眼睛显得特别亮。

小时候猫儿般圆滚滚水灵灵的绿眸，现在依然漂亮得过分，像少女漫画的男主，不经意一闪而过的犀利尖锐，证明他也长大了，不过，眼眸流露出的担忧，还是没变，无论过去或现在，我们都只能依靠彼此。

我看着他，笃定道："总有一天，你也会离开我的。"

"不会的，我不会离开你。"

我笑笑，未来谁说得定。他扑过来，把我紧紧抱着，让人窒息的力道，似乎要证明什么。他也会害怕吧，世事这么无常。

我又说："鸡丁，咱们解除娃娃亲吧。"

他微微一愣，然后说："好。"

我也不知道这样做有什么意义，但我想给彼此一个机会。而宫宝，把我搂在怀里，低着头，他似乎有话说，但终究什么都没说。

请了村里有声望的老人做见证，我和宫宝解开了手上的红线。彼此手腕上都留下一条细细的痕，一个圆圆的圈。村里的人还帮我们补办了成年礼，这是溪镇的风格，就算我们家只有两个人。

成人宴的热闹对我来说更多的是嘲讽，有两个人都该在，却都不在了。

我一个人到海边，坐在小舅常坐的礁石上，看了一场日落。看着鲜红的太阳被一点一点地拖进海底，宛若临死亡前的挣扎形成一个美丽的画面，我突然明白小舅口中的"绝望的瑰丽"。我们都挣扎不过命运，可这反抗的痕迹会成为最动人的美丽，哪怕结局早已注定。

我们靠在一起，宫宝问："欢喜，你在等他吗？"

我摇头，指了指胸口，"我这里好像缺了一块。"不痛，却让我再也见不到别人的好。

宫宝似乎有些明白，又似乎不明白，把我的头压在他怀里，轻声说："欢喜，我会帮你补回来的。"

傻鸡丁，他不知道有些东西失去了就是永远失去。

我摇头失笑。

他望着我，绿眼睛一如既往地灵动清澈，"你不信？"

我没说话，他突然拉我起来，站在礁石上。幽蓝的天，无边的大海似乎都成了背景，整个天地只有我们两个对望，很渺小。风很大，吹得衣服猎猎作响，吹得我有些站不稳，他握住我的手，牢牢的，很用力，让我真实地感受到他与我的存在。

他说："欢喜，我长大了，可以保护你。"

我笑了，不管怎样，我还有他。那时候，我并未多想，不知道身边的少年并不是玩笑，彼时，我觉得他太小，却不知道，他是对着整个汪洋许下承诺。

这一年，我遗失了一个特殊的少年，割断了跟宫宝的世俗羁绊。我把红线放在抽屉的最底处，对自己说，小舅，我没束缚了。若有一天，我们再见，希望依旧美好得如我们初见时那片四月雪。

第三卷

一生所爱，白云之外

我在四月雪的天空，遇见了一个少年。有生之
年的幸运，就算之后，他不再出现。后来，我
明白，有生之年，我们会遇见很多人，比如沈
雪尺、乐乐、王墨……然后一人揭开一点命运
的面纱，露出最惨不忍睹的真相。

1. 也不知我们的再见是幸运，还是连根拔起的灾难。

六年后。

"欢喜！"

同行的郑芬兰指了指树下的宫宝，"我闪了，你的全职恋人来了。"

我失笑，摆摆手，向宫宝走去。时间过得真快，我大四了。

大一时，我新奇地进了大学校园，然后，很快就发现，就像大家所说的，被大学上了，要么躺着享受，要么反抗。新生军训、社团活动反抗折腾了几个月，我立刻叛入不如闭眼享受的阵营。我读的是中医，报这个专业，某天之骄子翻翻白眼。

"欢喜，你会饿死的。"

我瞄了一眼他的志愿表，谄媚道："鸡丁，你会养我的，对吧？"

建筑工程学，谁不知道现在房价涨得比盖房子还快。搞房地产的，更是各种富贵各种奢侈。这种潜力股，将来养一两只小米虫应当是绰绰有余的。宫宝上下打量了我一眼，懒懒道："你要是举个牌子，写上求包养，我会考虑的。"

"……"你看，当年多可爱多粉嫩的小正太现在变得各种坏。

宫宝学习好，长得好看，自然是万千宠爱于一身，老师捧着，女同学护着，也造就了他现在各种傲娇，嘚瑟起来我恨不得蹿上去给他一个栗暴。只是因为他不断蹿高，给他一个栗暴的技术难度不断增加，我也越来越少得手。

唉，真后悔给他喝那么多高钙牛奶，现在他走两步，我得跑三步。他停下来等我，慢悠悠道："真不容易，跑得跟蜗牛一样快。"

"……"真是自作孽，不可活！

填志愿时，我光注意志愿，没留神就让他和我报了同一所学校，我报的是本省的综合大学，成绩不上不下应当能够线，可宫宝不一样，那些把他当心肝捧着的老师可指望着他上个首都名校什么的，结果凤凰跟着我这只山鸡硬生生掉进雀巢。

别说他们心疼，我也觉得浪费，逼着他回去改志愿，他就是不肯，直着脖子不说话。后来录取书下来，换我直着脖子不说话。他坐在身边，语气淡淡道："欢喜，从小我们就在一起，要突然见不到你，我会不习惯的。"

"有什么不习惯的，借口！"

他沉默了好久，又说："我不想回北方。"

我的心一悸，北方，我们都曾在北方有个家，又都失去了。眼前波光粼粼，这是南方的海，偶尔咆哮，但大多时候很温柔，我把头靠在宫宝肩上："好啦，好啦，不管你上不上名校，将来都要养我的。"

他低头，轻轻地点头，笑了笑，露出洁白的牙齿。

所以，我们又在一起了。

一起上大学有各种好处，比如你起晚了，有人送早点，三餐安排妥当，还可以翻菜谱点菜。时间多得抓狂时，有人会帮你安排，充实生活诸类，所以整个宿舍都知道，我有一个比什么都好的"全职恋人"。

坏的是，因为身边的人太过优秀，饱受哥哥的指责（因为他身份证比我早出生一日，所以我就成了妹妹），我真担心哪天走着走着，会被他的疯狂追求者蒙布袋揍一顿。别说是同宿舍的好友，就算是见个面点头问好的同学，也不时把我逼到角落，像二十年没碰过汉子，一脸阴森恐怖地问："你占了你哥哥这么久，是该放手了吧？"

刚开始我三番五次表示绝无此事，我对宫宝绝对没有任何垂涎占有之意。

后来，我怒了，"凭什么我拼死拼活养了十几年的男神最后让你们坐享其成？有本事，跟谢宫宝表白去，没胆的，就别好我谢家的男色！"

把人气得一佛出世二佛升天后，我再悠悠走开。喜欢人还摆什么冷艳高贵，追人就得死皮赖脸。

我把这事讲给宫宝听，他不厚道地笑了，笑得差点把刚喝下的水喷出来。

我不乐意，用筷子敲敲他，"有什么好笑？认真点，有人喜欢，要珍惜，都是玻璃心。"

"那等玻璃心变成金钢钻我再考虑吧，"宫宝果然变得认真，一脸肃穆，"我得好好读书，将来还要养那个以为种几株薄荷就把自己当中医的谢某人！"

我脸一红，"什么跟什么呀——"

那个种几株薄荷就把自己当中医的谢某人就是我，可能是那几年跟小舅种药草养成的习惯，我没事就爱鼓捣些草药来种。不过学校这种地方，没条件，只好退而求其次，买了薄荷种在小盆子里。看着薄荷抽出绿芽，长出绿油油的颜色，心情也变得温和平淡了，这感觉，仿佛当年在身边的人还在。

我还是时常想起小舅，那个流苏树下的少年，他在哪里？他的船会不会在溪镇停靠？只是感觉慢慢淡了，时间真的很残酷，很多初恋最后都变了回忆，珍藏着也会褪色，变成一种说不出来的感觉。

大学的空余时间太多了，多得我总是有各种想法，我也想像歌中唱的那样，"五月的晴天闪了电，有生之年狭路相逢"，来一场终不能幸免的爱。

想是这样想，但我看着薄荷圆圆的叶子，又感觉谢欢喜的情动早被束缚在这抹绿色里，落地生根，却又不知情在何处。

那个人还在，不过不再与我相见。

日子也就这样过去，大学三年，我和其他人没什么两样，上课逃课，期末再恶补争取一下奖学金，我以为大学会这样平淡下去，直到我遇见了王惜乐。

也不知我们的再见是幸运，还是连根拔起的灾难。

2. 那种恐惧本能地刻在心底，想起来就害怕。

我再次见到她，视觉冲击就是这姑娘好美，有一瞬间的惊艳。

那天，我到宿舍楼下的草坪，找了个角落挖土，准备给薄荷添些土，正挖得起劲，听到不远处的角落有些推拉声。

回头，就看到那一个大男人挡住一个女孩子的去路，不知道在说什么，那女孩几次想离开，都没挣脱开，最后被惹火了，扬起手，骂了句"你这个神经病"，可惜在半空就被抓住，那猥琐男竟靠了过去——

光天化日之下，竟如此不要脸！

"流氓！"

等我反应过来时，不大不小的盆已经砸到男人的后脑勺，他一声不吭地倒了下来。我看着他，又看看自己英雄救美的手。太暴力了，果然在我萝莉的外表下，始终是一颗纯爷们的心。那女孩被吓得小脸煞白煞白的，两只小鹿一样的眼睛水汽荡漾。

"你没事吧？"

她摇摇头，跟我道了谢，看着还不动的男人，惊魂未定，"他怎么了？"

"不知道，"我看了看盆底，没有血迹，"暂时晕了，应当不会怎么样，这种人活该！"

女孩小心翼翼避开脚下的男人，"其实他不是坏人，就是老缠着我，太讨厌了！"

"对这种人不用客气的，趁他没醒过来，咱们走吧。"

"他没事吗？"女孩又不确定地问了一句。

127

　　我点点头，其实我也不确定，但不管怎样，打人是不对的。趁他没认出我来，赶紧走，我可不想赔医药费。女孩子还有些担心，真是个好心的姑娘，被欺负了还担心，我催她，"走吧，走吧！"

　　再纯爷们也斗不过流氓，没走几步，后面传来低低的笑声，有些耳熟。

　　"是你吗？小乞妹妹——"

　　我吓得一下子蹦了起来，手中的盆掉了下去，摔得四分五裂。没错的，李昭扬！我认得这可怕的声音，那个小痞子大坏蛋李昭扬，几年不见，他都会耍流氓了，他怎么在这里？

　　背后传来他的脚步声，还有低低的抱怨声，"你还是这么狠。"一个激灵，我也顾不得身边的女孩了，吓得拔腿就跑。

　　我跑回宿舍，迅速关上门，堵着门不放。

　　正在上网的舍友郑芬兰抬头看我，"怎么了，见鬼了！"

　　我点头，"真是见鬼了！"

　　接下来好几天，我都疑神疑鬼，真怕走到路上，突然蹦出一个李昭扬，对我笑眯眯一句"小乞妹妹，我来收医药费"，一想到这场景，我的粗神经忍不住要抽一下，连天天忙着设计图的宫宝都有所察觉。

　　"欢喜，你有什么事？"

　　"没有，最近恐怖片看多了，神经紧张。"

　　我没告诉鸡丁，我想，他也不会乐意见到李昭扬，虽然李昭扬最后帮了我们，可是在我们流浪的几个月里，他真是一个恶魔般的存在。留给我们的坏印象实在太深刻了，那种恐惧本能地刻在心底，想起来就害怕。

　　连续惊魂了几天，始终没见到人，我松懈了。也对，学校这么大，哪能说见就见。我还偷偷回到案发现场，去看看我种的薄荷还在不在，然后忧伤地发现，都不见了。

　　买了盆新薄荷，我照常上课，和宫宝一起吃饭。我们一般约在学校主干道旁边的文学院，正等着，后背被人拍了下，我哆嗦着回头，对上一双惊喜的眼睛。

"真的是你，我找了你好几天了！"

是那天的女孩，背着可爱的小背包，一脸兴奋，"我还没跟你道谢，你就不见了，你跑得太快了，我追不上！"

当然，我在逃命，你哪追得上，我摆摆手，"那人没再缠你吧？"

"可能被你打怕了，没再缠着我，这都要谢谢你！"

"没什么，别客气，顺手的事。"

"不行，"她拉着我的手不放，眼睛睁得圆圆的，全是真挚，"我一定要请你吃饭当道谢，先告诉我，你叫什么名字，哪个系的，电话是多少？免得又跑了。"

真是个可爱的姑娘，请人吃饭弄得跟查户口似的，我失笑。

"我叫谢欢喜，中医系的，你呢？"

"我叫王惜乐，朋友都叫我乐乐。"

乐乐，真是人如其名，很欢乐，她又拿了手机，问了号码，正输着名字。

宫宝走了过来，随手扯我的连衣帽，"走吧。"

自从他长得比我高之后，就对我的身高百般欺凌，动不动就把我拖着走，我被动着往前走。

"乐乐，我先走了。"

"好，等我电话——"王惜乐抬头，像石化一样不动了，那双本来就大的眼睛瞪得更大了，呆呆地望向我身边的宫宝，蓦地大喊一声，"站住！"

我一个激灵，幽幽望向谢宫宝，你对人家小女孩做了什么了？

他很无辜地望着我。

王惜乐三步作两步跑过来，直勾勾地盯着宫宝，"是你？真的是你！"

声音充满了欣喜，甚至还在原地蹦跳了几下，好比久旱逢甘霖，他乡遇故知。只是我们两人十分茫然，不知道她乐个啥。

"我啊，那个，暑假，在溪镇的海边，你们救了我！"她激动得语无伦次，我瞪大眼睛，她点点头。

我难以置信道："你——你——你——"

王惜乐很俏皮地指着自己："就是我，就是我！"

"没想到你还能认出来！"

"没想到还能再见。"

真难为，她还能认出来，宫宝上大学之后，那双绿眼睛太引人注意了，所以就去配了有色的隐形眼镜，除了比较熟悉的几个朋友，很少人知道他是混血儿。而且他现在一般都戴着隐形眼镜，眸色是黑色的，没想到这么多年了，她还能认出来。

我看着眼前的女孩，水汪汪的大眼睛，一头乌黑的披肩长发，穿着水洗蓝牛仔，白色纯绵 T 恤，中央绣着一只憨态可掬的维尼熊，毛绒娃娃一样娇憨可爱，俏丽动人，一点也无法让人同那个狼狈的落水丫头联系起来。

我戳戳身边的宫宝，"那个，记得吗？你在海边救的那个落水女孩！"

宫宝看了她一眼，淡淡道："哦，你好。"

态度真冷淡，王惜乐却毫不在乎，开心地望着他，"没想到我们竟然上同一个大学，我叫王惜乐，你呢？"

"谢宫宝。"

"那天你就走了，我还没好好谢谢你，"王惜乐注意了什么，歪着头，"咦，你的眼睛？我记得是绿色的啊。"

"我戴了隐形眼镜。"

"好可惜——"

还没说完，声音被打断，官宝无波无澜道："不好意思，我们要去吃饭了，先走了！"说罢，不由分说，又把我拖走。

王惜乐愣在原地，好久才反应过来，冲我举起手机，示意再联系。我点点头，观察身边的鸡丁，他到底还小，心智未开，不然，这么个大美女在面前，这么多年再见面，没有一点惊艳与欣喜，竟只知道吃饭。

我咧嘴笑了，逗他："哎，现在是不是后悔当时没给她做人工呼吸？"

他突然站定，低头，直直地盯着我。又是这种直白的眼神，明明戴着隐形眼镜的眼瞳，可似乎还透着一点绿，绿莹莹的。这眼神太有侵略性了，一点都不可爱，我的脸一阵发烫，没话找话。

"你不觉得她长得很可爱吗？"

"不觉得，"官宝摇摇头，"精致得跟工艺品似的，容易碎。"

3. 我第一次见到他，是一种父字辈的惊艳。

我以为王惜乐说请我们吃饭，只是到学校附近找个饭馆，意思一下就好了，没想到她这么隆重，打了好几次的电话，和我约了时间，还郑重嘱咐一定要带上官宝。

等到约定的那天，我们跟着她走，她带我出去，七转八转，竟转到学校附近的一幢小洋房。我们学校在郊区，当年报志愿时，就是被四个字"依山傍海"给忽悠了，结果第一天报到一看——依山，好大一座小山丘；傍海，好大一片滩涂。可这套房不一样，真正依山傍海，海景小别墅，就建在沙滩的不远处，隐在绿荫中，不时可以看见几只白色的海鸟飞过。

房子只有三层，不是特别豪华大气的那种，但从外面看，精致中还带着温馨。

宽敞的院子里种了许多植物，一株鲜艳的三角梅探出墙头，郁郁葱葱的葡萄架把夏天的闷热去了许多，下面是一套木雕桌椅，桌面放着一整套的功夫茶用具，有个穿着蓝色衬衫的男人正背对着我们忙着什么。

不是请我们吃饭吗，我不解，"这是？"

"这是我家，"王惜乐边开门，边解释道，"你们救了我的命，当然要郑重感谢。"

她冲里面喊了一声"爸爸"，那人回头，嘴角挂着优雅的笑。

那是我第一次见到王墨，是一种父字辈的惊艳。

我从没见过有人能把普通的工人蓝穿出俊雅清朗的气质，不是说这老头有多帅，而是他身上带着一种迷人的风度。后来，我与他熟识了，脑中闪过一个词语，矜贵。况且他的笑容，那么温暖的笑容，像父亲一样的笑容。

他笑眯眯走过来，帮王惜乐拿了包包，和蔼地望着我，"你一定是欢喜了？"

"叔叔好！

他点点头，又望向宫宝，"小伙子就是宫宝？"

"王教授，您好，我叫谢宫宝。"

宫宝难得这么恭敬，我不解地望向他，他解释："这是咱们学校人文学院的国学教授，王墨王教授。"

原来我们学校赫赫有名的国学教授王墨竟然是他，我有些不好意思，改口道："王教授。"

他摆摆手，笑道："不要这么拘谨，你们都是乐乐的同学，叫我叔叔就好了。"

乐乐在一旁调皮地吐舌头，"是呀，欢喜，不用这么客气，你们又不是爸爸的学生。"

王墨引着我们到那木雕桌椅坐下泡茶，侃侃而谈："本来你们年轻人吃饭，老头子是不该插一脚的，可乐乐说，那年救她的竟然是同校同学，我就叫她带你们来家里。"

"乐乐从小就皮，叫她不要走太远，她还不听，那天要不是你，还真不知道出什么事，"王墨感激地望着宫宝，把女儿叫到身边，说，"来，给宫宝敬茶！"

王惜乐郑重地接过来，双手捧着茶，"宫宝，谢谢你的救命之恩！"

宫宝手忙脚乱，接也不是，不接也不是，"王教授，不用这么客气——"

"不行，这茶一定要喝，以茶代酒。"王墨笑着坚持。

乐乐端庄地捧着杯，黑亮的眸子水灵灵地看着宫宝，声音带着几分撒娇，"快接，我手酸。"

这场景怎么看都像刚过门的小媳妇低眉顺眼给人敬茶，我扑哧忍不住笑了，宫宝瞪了我一眼，接过茶一饮而尽。

王墨也给我倒了一杯茶，笑吟吟道："听说你们是兄妹？"

见我点头，王墨感叹道："能做兄妹的都是前世修来的缘分，那年，我隔着远没看到你们，没想到今天我们会坐在这里一起喝茶，这也是一种缘分。"

乐乐坐在一边狂点头，"对呀，对呀，我和宫宝能再见，就是命中注定的缘分！"

"好了，知道你们有缘。"

王墨又问了我们大几、读的什么专业，小聊了几句，就很风趣地把空间让给我们，"我去做饭了，再不走，乐乐就要赶人了。"

"我哪有！"王惜乐可爱地嘟起嘴，无意识地撒娇。

我和宫宝相视一笑，都看到彼此眼中的苦涩，这大概是有父亲的孩子，有一个亲昵的小名，可以随时随地地撒娇。这种被宠溺的幸福，我从来就没感受过，不知道宫宝的爸爸以前是不是这样的，

133

他还记得过去的事吗？

或许，王惜乐家的气氛太好了，那顿饭吃得也很和睦。王墨是个很善谈很博学的人，风度翩翩又进退有度，特别是对女儿的体贴关怀，让我很羡慕。吃完饭，王惜乐说有礼物给她的救命恩人，硬拉着宫宝上楼。

宫宝一步三回头被拉走了，王墨招呼我到葡萄架下喝茶。

"你们兄妹感情很好。"

"我们一起长大，跟连体婴差不多。"

"我听乐乐说，你们不是亲兄妹？"

"宫宝是我家收养的孩子。"

见我疑惑，王墨笑道："不要多虑，我家乐乐也是收养的，所以，看到你们这样好的感情，很是羡慕，有个哥哥或妹妹在一起，是很幸运的事。"

乐乐竟也是收养的？可他对她那么好，好得让人眼红。

王墨似乎看透我的意思，抬头看了楼上一眼，"父母对孩子再好，有些感情还是代替不了，比如能陪她成长分享小秘密的小姐妹，这也是你们这一代的缺失，不过乐乐很幸运碰到你们——"

"不，惜乐最幸运的是碰到王叔叔您。"我肃然，激动道。遇上这样全心全意爱护女儿的父亲不是最大的幸运是什么。

王墨讶异地看着我，眼神很温柔带着几分慈爱。

我眼一热，有些不好意思地别过脸，"您是我见过的最好的父亲。"

王墨微微一笑，轻轻拍我的肩膀："傻孩子，每个人的父亲都是最好的。"

不，也有不一样的，比如那个把奋不顾身与他私奔的女孩扔在旅馆，从来没有出现的男人，就不是这样。这么多年，我都当他死了，可今天看到王墨，我想起这个人，他在哪里，他有自己的孩子吗？

或许看到我情绪有些低落，王墨把话题转到其他，他泡得一手好茶，动作行云流水，茶香飘散出来，是我熟识的味道，铁观音。我看着面前的男人，他真是位温柔的长辈。

容华姐对我很好的，但那时我太小，还不懂体会她的用心和无奈。阿公对我们也很好，但夹杂着内疚和不安。但因为妈妈，他总是心事重重，以前经常坐着发一下午的呆，在收音机的咿呀声中，黯然神伤。

我没见过这样的长辈，和煦如风，像朋友一样轻松自然，带来如沐春风的舒适感。等乐乐和宫宝两个下来，我们已经相谈甚欢，颇有忘年交的感觉，这大概就是投缘吧。

宫宝的手机上多挂了个装饰，我一看乐了，"宫保鸡丁！"

那是个小巧的仿真宫保鸡丁，做得栩栩如生。

乐乐嚷嚷着："欢喜你不要笑嘛，我找了很久，才找到的。"

我看着宫宝，忍不住逗他："听到没有，一直挂着，不挂个三百六十五天，就吃了它。"

王惜乐哭笑不得，扑过来打我，"欢喜，你真是坏死了。"

天色也晚了，王墨送我们离开，特别嘱咐我们："乐乐没兄妹，以后你们就是兄弟姐妹了，要经常过来玩，好不好，欢喜？"

我重重点头，不是客套，而是真的很喜欢这个家。

回去的路上，我把玩着宫宝手中的宫保鸡丁，问："鸡丁，你还记得你爸爸吗？"

他抬起头，想了想，慢慢道："不大记得，他很少回家，难得回来一次，总是把我叫到面前，检查功课……很严肃，不过好像蛮帅的人，经常穿着长风衣，说话很难懂，各种语言夹杂在一起，英语、汉语……语速还很快……人挺专制的，不可以反驳他，但他好像背过我……"

被爸爸背是什么感觉？每个人都有关于自己父亲的记忆，唯有我一片空白。

宫宝说着说着，蓦地停下来，静静地看着我。眸子明澈如水，里面全是满满的心疼和怜惜。他知道我在想什么，他心疼我。

只是被这么温柔地看着——何况是一个这么好看的人，他长大了，五官越发俊美帅气，眼睛也越来越深邃动人——我脸有些烫，不知为何别过脸。

他蹲下身："上来，我背你。"

"神经啊，我很重的，而且干吗要你背！"

"因为你一副需要人背需要安慰的样子！"

"我哪有？"

"叫你上来就上来，不然我抱你了？"

他作势要抱我，我直接扑上去，抱住他的脖子。

"重不重？"

"跟猪一样。"

"……"我双手放在他脖子上，作势掐他，"叫你骂我，重死你，重死你！"

宫宝低低地笑了，我趴在他后背上，能感到胸腔的振动，很有力量。

我把头靠在他肩上，依赖的姿势，虽然有些硬，但是很温暖，很宽阔，我不掐他了，说："鸡丁，再讲讲你爸爸吧……"

他继续说，我听着，把脸贴在他后背上，真暖和啊。我看着不远处的海岸线，潮来潮去，渐渐有些睡意，蒙眬中听到他叫我的名字。

"欢喜。"

"啊？"

"你还有我。"

4. 如茉莉般清芳的女孩微微倾身，在他脸边落下一个吻。

对啊，我还有他，不知道为什么，感觉瞬间被幸福秒杀了！

我把头埋在鸡丁肩膀上，路好像很长，真希望这样走下去，我的鸡丁，永远属于我。

生活变得更加美好灿烂起来，遇见李昭扬的事被我扔得远远的，而他也再没出现。

没多久，我和乐乐由朋友变成闺密，二人组变成三人行，她不时邀请我们到她家坐坐，我也厚着脸皮往她家跑，和王墨从王教授变成王叔叔，最后自然而然称呼他"叔叔"。倒是谢宫宝始终不冷不热，还不时泼来一盆冷水。

就好比，大家一起吃饭，宫宝难得主动开口："惜乐，你现在会游泳吗？"

乐乐摇头，宫宝又说："你应当去学的，不是每次掉水，都有人救。"

乐乐用力点头，满怀期待地望向他。

他终于开口："叫欢喜教你吧！"

"……"

何止是失望，我敢发誓，我看到乐乐的玻璃心碎了一地。笨蛋，她是希望你教她。不过，有必要失望成那样吗，姐姐技术也很不错的，我热心提议："乐乐，我家就在海边，要不，你有空到我家度假，我教你游泳？"

"这样好吗？"乐乐的眼睛又亮了，明明问我，却望向宫宝。

"谢欢喜，你到底还要多笨蛋？"宫宝淡淡看了我一眼，凉凉道，"让一个初学者到海边学游泳，这不是增加难度系数吗？还是先到游泳池练练基本功吧。"

"……"

去海边的计划泡汤了，但乐乐却坚定了要学游泳的信念，没课就拉着我到游泳池扑腾，扑腾累了，就坐在池边拍得水花乱溅，悠然地聊天，有一句没一句。

"欢喜，宫宝喜欢什么样的女孩？"

我歪着头，想了半天，"宫宝，他心智未开，还不到喜欢女孩的时候。"

"怎么可能？"

"真的！他就是个小屁孩。"

乐乐摇头，长腿一晃一晃，"我不信。"

我一个激灵，"乐乐，你不会是喜欢他吧？"

"才没有呢！"她脸一红，扑地钻进水里。

我愣在原地，周边的空气怎么粉红粉红的？我挥挥手，没眼光，喜欢一个小面瘫，就是找虐，心灵材质不是钢化玻璃还敢撞上去！

不过这种随时随地的浪漫好像越来越多了，每当王惜乐和宫宝走在一起，对上那郎才女貌的画面，我都会自动脑补，多么天造地设的一对啊，四周都是暧昧的粉红色泡泡，然后猛然出现一只邪恶的小恶魔，拍着黑色的肉翅，拿着叉子，一个一个把泡泡戳破，发出阴森森的笑容。

"哈哈——"我不自觉笑了，身边的两人诡异地望向我。我迅速低下头，完了，我在想什么，我竟然把自己代入成那只小恶魔，鸡丁是我弟弟呀，现在有个大美女对他有好感，这不是很开心的事吗？

是的，应当很开心，我继续笑。

一旁的宫宝皱着眉，"谢欢喜，你怎么笑得这么扭曲？"

"扭曲？你懂个毛球，我在练习笑肌十八式！"

"那这一式是不是叫强颜欢笑？"

"……"

我不笑了，他说中了，我真的有些强颜欢笑，一想到鸡丁要变成别人的菜，我就伤心得要死。鸡丁，我从小看到大的，凭什么为他人做嫁衣？我舍不得，他们说的对，我兄控了，就算这个人是我的好朋友王惜乐。

图书馆很安静，可是我听到我的心不安分地叫嚣着——她在抢我的东西，她在抢我的男人，我兀地站了起来。

"太闷了，我去透透气。"

"欢喜——"宫宝站了起来，呼声引得其他同学不满地望向他。

我摇头，示意没事，独自到楼下的草坪走走，走了一圈又一圈，把乱七八糟的思绪扔出去，又一点一点捡回来，一一理平。

对的，我这种心态是正常的，就好比做母亲的，突然儿子要把爱给其他女人，也会嫉妒的，这很正常！我对宫宝没有其他想法，就是一时接受不了。

对，就是这样！我握紧拳头，心里豪气干云。所以呢，我弟弟有人喜欢，应当为他高兴，更庆幸的是，弟妹是我认识的一个很好的女孩，长得标志又可爱，我应当祝福的。

我做好心理建设，回到图书馆，才发现时间很晚了，快要关馆了。

逆着人流，我上了三楼的工程图书库，鸡丁肯定会等我的。学校图书馆设计得挺合理，左边是书柜，右边是排成行的桌椅，这样也方便大家找书。温习的人都快走完了，我穿过一个又一个的书柜，正要走过去。

"我回来——"

声音生生止住了，我脑中一片空白，然后开始循环播放刚才的画面。

那是很美好的画面，夜风轻轻吹起白色的窗帘，宫宝拿着书倚在窗边，眉眼专注，如茉莉般清芳的女孩微微倾身，在他脸边落下一个吻，很轻，很轻，只是一瞬，蜻蜓掠过水面都没这么轻柔，带着无限的羞涩和爱意。

我举起的手放下来，无意识地去抠一排排的书，一股恨意涌上心头。他们怎么能做这种事！一个是我弟弟，一个是我闺密，叛徒！不要脸的叛徒！特别是宫宝，你竟然一动不动，很享受，很甜蜜吧！

眼前一片漆黑，眼睛被手遮住，后面传来低低的笑声。

"小乞妹妹，偷窥可是不道德的。"

李昭扬！

我一哆嗦，把手扒开，果然是李昭扬。他就站在我身后，已长成青年的模样，高大俊朗，穿着水磨牛仔裤，黑色V领衫，比模特还合身优雅帅气，唯有挂在唇角的那抹痞意还能看出年少的模样，浑身散发着玩世不恭的邪气。

我继续哆嗦，不知道是吓的还是怎么的，"你怎么在这里？"

"什么语气，你应当这样说，原来你也在这里。"

真是多年未见，刮目相看啊，竟然走起文艺腔了。

李昭扬冲我眨眨眼睛，微微一笑，伸出手，一把我抱住，"来，小乞妹妹，为了庆祝咱们的重逢，给爷一个爱的抱抱！"

去你的爱的抱抱，这人的厚脸皮真是随着时间的推移与日俱增。我奋力挣扎，可他长手长脚一身蛮力就是不放，靠着我的耳朵，温热的气息钻进耳洞。

"小乞妹妹，你看，这就是缘分，隔了大半个中国，咱们又见面了。见到你好好的，我真开心——"

"谁开心！我一点不开心！"

"啊"的一声惊呼，李昭扬手一松，捂着脸，倒在地上。

我回头，已被拉到宫宝身边。他脸色铁青地站在后面，挥出的拳头还没松开，居高临下地瞪着倒在地上的男人，眼神凌厉得几乎要冒出火来。

李昭扬放开捂脸的手，坐在地上，被打了，他并没有不开心，反而兴奋地望着宫宝，"嘿，小洋鬼子，我们又见面了！"

他扶着书柜站了起来，昔日一大一小的男孩，如今都是差不多高大，势均力敌对视着。宫宝的眼神尽是赤裸的鄙夷和轻视，被打了一拳的李昭扬也不见狼狈，继续笑着，挑挑眉，手就要摸过来，"不错，眼神依然那么美——"

"别碰我！"宫宝不客气甩开，又上前一步，一字一顿，"包括谢欢喜，都别碰！"

"哟！是吗？"李昭扬唇角的笑意更浓了，饶有兴致地打量着他，又问，"咦，你的眼睛怎么回事？我记得是——"

他顿了一下，又想到什么，自言自语："也对，那么美的小眼神儿，让爷一个人看就好了。"

这人几年不见，还是不犯贱不舒服的德行，以前的鸡丁可以忍让，现在的宫宝却也不是任人揉捏。

"疯子！"

话音刚落，拳头又要呼啸而出，我正要阻止，过道上却传来老师的叫声。

"同学，关馆时间到了！"

"别再让我见到你！"宫宝愤愤放下拳头，用力拉起我就走。

乐乐就站在一边，目瞪口呆地望着我们。

宫宝口气冷硬扔下一句："欢喜被吓到了，我们先回去了。"

乐乐瞪大眼睛，叫着："宫宝——"

我回头，看到乐乐失望无助地站在原地，一旁的李昭扬抱着胸看得津津有味。

5. 你是谢欢喜，是这样一辈子靠在一起的人。

被拉着往前走了好长一段路，我终于反应过来，用力甩开他的手。

这还是自从我们订过娃娃亲之后，我第一次甩开他的手。

宫宝回头，我不动，站在原地瞪他，他也看我，半晌才走过来，看起来心情也不好。

"你怎么了？"

"哼！"

"谢欢喜！"

别过脸，我现在一点都不想看到他，做了那种事，还能这么理直气壮，还敢磨牙。要把牙齿磨得锋利一点再把他剁成鸡丁的人该是我吧，我不理他，他弯下腰，过来摸我脑袋，放软语气。

"怎么了，欢喜，被吓到了？"

我偏过头，怒视他，"别碰我！"

"你——"宫宝的眼睛都快冒出火了，他在生气，生什么气？

我继续瞪他，"我看到了！"

"你……看到什么？"宫宝顿了一下，问我，突然想到什么，刚才还火山爆发的脸瞬间变得和颜悦色，嘴角慢慢勾起一抹笑，向我走来，一步一步地靠近我，逗小猫般低低叫我，"欢喜，欢喜。"

声音甜得仿若加了蜜，哼，这种人就是这样，一身花粉，招蜂引蝶。

他叫了半天见我不应，索性走了过来，用力把我搂在怀里，继续在我耳边叫我名字，呢喃的，温柔的，还有点不自觉的撒娇，"欢喜，欢喜……"

我奋力挣扎，比刚才更用力，"走开！"

他还用脸蹭我的脸，真讨厌，我用力一推他，猛擦脸："滚开，别用你被其他女人亲过的地方碰我！"

宫宝也不生气，直直望着我，肯定道："你吃醋了！"

我冷笑，指着自己，"我吃醋？我吃我弟弟的醋？别搞笑了——"

脑中一个惊雷，就像五月的闪电劈开初夏，又像一辆失控的火车，轰隆隆轰隆隆呼啸而过，明明是黑夜，我却看到一片白亮，把什么都照得原形毕露。我闭嘴不说了，低着头要走，他抓住我的手臂，盯着我的眼睛。

"我不是你弟弟。"

"鸡丁，很晚了，我要回宿舍了。"我小声说，抬头恳求他。

他却不放过我，继续抓着我的手，那么用力，带着一股破罐子破摔的决心，"谢欢喜，你看着我，我不是你弟弟——"

"我不听，我不听，你就是我弟弟，"我摇头，捂住耳朵，"鸡丁，学生会开始查房——唔——"

唇一重，我被用力往后一推，后背撞上墙壁，高大的身影压过来。沦陷前，我看到昏黄的灯光下，那交错的影子，重叠在一起。不知从什么时候开始，乱了。

滚烫的触感还带着颤抖，引发灵魂深处的战栗，我闭上眼睛，黑暗中，有双手把我拉入深渊，可这是不对的吧……

"鸡丁——唔——"

我用力拍他的后背，可他不管不顾，只是紧紧地抱着我，亲我，那么用力，紧得我快喘不过气，溺水的窒息感，掉入深渊的绝望中还夹杂着一种不管不顾的快感，回不去了，再也回不去了。

小时候的画面一闪而过，最后竟定格，他亲我额头，那么认真，"亲亲，就不痛了"，他那时多可爱，现在这么粗暴凶狠。

他长大了，是个大人，连……强吻都会了，我的小鸡丁……学坏了。

也不知道过了多久，他放开我，捧着我的脸，一点一点吻我的脸，动作很温柔很轻，跟我们从小到大一样亲昵。

我瞪他，用力瞪他。他竟笑吟吟地又亲了一下我的鼻尖，满眼温柔，动情地说："欢喜，你真好。"

"浑蛋！"想也没想，我抬手，狠狠给了他一巴掌。他没躲，就那样任它落下来，只是静静地望着我，逼着我去直视那个问题，就在一秒前，我们接吻了。

"鸡丁，我们是姐弟。"

"姐弟会做这种事？"他笑，又在我嘴上快速地亲了一下。

还真是一回生二回熟，得了便宜还卖乖，我推开他的脸，"死开！"

"不要！"宫宝把头埋在我肩窝里，撒娇道，"你知道，我离不开你。"

"滚，谁离开谁活不下去。"

"是活得下去，"鸡丁点头，望着我，认真道，"只是人生再无欢喜。"

那眼神太分明，认真得让我心疼。只是人生再无欢喜，这世界，谁离开谁都活得下去，只是不一样了，我想象不出，没有鸡丁的日子，就像宫保鸡丁只余一盆红通通的辣椒，香气犹存，却辣得让人眼泪直掉。

我滑落，坐在草坪上抓头发，"怎么办？"

我承认，最初我是垂涎过他的美色，但后来，我一直把他当弟弟的，就算我们订过娃娃亲，可我也没把这当回事。现在，我和我弟弟接吻了，还是尺度很大的亲吻，刚才那个蜻蜓点水的吻算什么，我们的吻都可以直接打上马赛克弄个十八禁的标志，等等，乐乐？我被亲得晕乎乎的脑袋清醒了。

"我看到她亲你了！"

"我在看书，她突然过来，我没注意，一时躲不过，"宫宝举起手，"真的，我没骗你。"

"她喜欢你！"

“我又不喜欢她。”

“那么美丽性格又好的女孩你不喜欢？我不信！”

“再好也不是谢欢喜！”

“哄我！”

最后一句已是有气无力，我低头，嘴角却贱贱地勾起来，还有一丝小小的庆幸。我真是变态，对自己的弟弟竟有种忐忑中带着开心还夹杂着几分甜蜜幸福的纠结心态。他坐到我身边，手搭在我肩上，半抱着我。

“你是谢欢喜，不是姐姐，也不是女朋友，你就是谢欢喜，是这样一辈子靠在一起的人。”

我不说话了，也不纠结了，像小时候，我们静静靠在一起，我们大概就是这样的关系，不是亲人，不是情人，但像亲人一样相依，像情人一样相亲。所以刚才他吻我的刹那，除了第一秒那电流般的震惊外，就剩下那么自然的亲密。

我甚至没有真正生他的气，或者说，我根本不会生他的气。小时候，他甩脸色，是我去道歉，现在，他做什么，我都觉得理所当然，只是一直以来，我都把他当弟弟，怎么办，我把头埋在双膝上。

过了许久，宫宝轻轻捧起我的脸，眼神有些踟蹰，小心翼翼地问：“欢喜，和我接吻，你就那么难过？”

傻瓜！不是这个问题好不好，我发愣。他更紧张，仿佛刚才的强势和霸道是另外一个人，睁着乌溜溜的眼睛，急急道：“我太生气了，看到那个浑蛋，他竟那样对你——”

“他是他，跟我们有什么关系？”

“有关系，他竟抱你，他凭什么抱你？”

“……”

我沉默，我在担心我们的姐弟关系，而他，完全是一个男人的身份在实施占有欲，我看着他，灯下的男孩，是什么时候长成一个敢把人压在墙上肆意亲吻的男人的？可他现在的表情又是我熟悉的，他语气温柔，带着一丝讨好，战战兢兢地追问——

"欢喜，我是不是做错事了？"

"欢喜，你是不是不开心？"

"欢喜，我好怕，你会不会又忽然不见了——"

我猛然想起那一次我丢掉他独自跑了，急忙道："胡说，我怎么会不见的。"

"可你不开心！"

"也不是。"我不知道怎么跟他说，一直以来，我都对自己说，鸡丁是亲人，现在捅破这张纸，太过突然，我一时反应过不来。

鸡丁看着我，眼圈慢慢红了，"你嫌弃我？"

"你是我弟弟。"

"我不是你弟弟，"宫宝低吼一声，又扑过来，"我不要做你弟弟，我也不是你弟弟！"

他像要证明似的，又扑过来，啃了我一脸口水，我手脚并用才把这只小野兽推开，还得把握力度，推远了，就用那种很受伤很受伤的眼神看我，离近了，又太危险，累得我最后举手投降，"好，我不生气！"

宫宝的眼睛又亮了，我摸摸额头，"鸡丁，我是谁？"

"你是谢欢喜。"

好吧，我就是谢欢喜，他就是鸡丁，就是这样，我想了想，"你得给我时间适应一下。"

他点点头，像只大型忠犬似的靠着我，我心里又暖暖的，被拉着手，回宿舍。一路上宫宝的眼睛亮晶晶盯着我，我被看得发热。

"干吗？"

"欢喜，你要对我负责，我可是第一次。"

"……"

小浑球！什么时候学会这样一本正经地耍流氓了，不对，刚才那让人脸红心跳中腿软头晕的吻技可不像第一次，难道他已经聪明得可以无师自通一个吻就把我搞定了？我怒了，扑上去。

　　"宫宝，你给我说清楚，你到底在哪里学的这些东西，我们天天在一起，你还变得这么坏，你是不是买口袋书，看小黄文，上了什么不健康的网站——"

　　"你说呢？"他笑着把我抱起来，轻松地转了一个又一个圈。

　　我搂着他，好在是深夜，没多少人，不然我的尖叫不知道要吓死多少人。

　　到了宿舍区，我叫他送到大门就好了，走了几步，看他还在等，见我回头，就招下手，我再走几步，他又招手，我乐此不疲，还有种小满足。这大概就是被男朋友送的感觉吧，又觉得那门边的大男孩特别可爱，招招手，招招手，真像招财猫。

　　到了楼下，我躲到栏杆后，看那个门边的身影，怎么还不走？还不走，会不会看到我，故意不走。直到后背被人拍了一下，我跳了起来，是宿舍管理员。

　　"这么晚了，做什么？"

　　"看到那个人没有，我男朋友，躲猫猫呢！"

　　没等她反应过来，我蹦跳上了楼，后面传来她的嚷嚷。

　　"现在的大学生呀，越来越不像话。"

　　回到宿舍，我窜进被窝，精神亢奋，一会儿脑中全是伦理道德，觉得这是不可以的，一会儿捂着嘴巴偷笑，不管怎样，初吻是很美好的。

　　我打开手机，给鸡丁发短信——那乐乐怎么办？

　　他很快就回了——我会告诉她，我有喜欢的人。

　　喜欢的人，嘿嘿，他喜欢的人是我，我心里说不出地甜蜜，快速打出一段话，又删删减减，最后看了看，存起来，发了另外一条。

鸡丁，晚安。

欢喜，晚安。

安。

安。

我抱着手机偷偷地笑了，存稿箱里存着一条未发出去的短信。我想，再等等，等我们细水长流一步一步慢慢来，再跟他说。可我没想到，那条短信，自始至终没有发出去，直到最后，和我的手机一同被丢弃，十一个字——

鸡丁，要不要和欢喜在一起？

6. 我仿佛看到自己幻想出的爱情，刹那倾城破灭。

我是笑着醒来的，早上顶着鸡窝头。

上铺的郑芬兰鄙夷地瞪了我一眼，"你笑了一晚上，整整一晚410都充斥着你猥琐的笑声！"

"三千美男，尽在我手，而我弱水三千，只取一瓢饮。"

"你疯了吗？"

我确实是疯了，尤其在看到楼下那个拿着早点等我的小哥哥时。

唉，以前怎么没发现，我的小鸡丁这么俊美帅气呢，站在那儿，好多女孩偷偷在看他，眼都不眨的。

试了三套衣服，换了几个发型，我问三个舍友。

"我美吗？"

"滚滚滚！"

恋爱的人不跟你们一般见识，其实今天早上没课，以往宫宝要拉我去吃早餐，我不知道要多深恶痛绝，可是这一天，是多么不同，连他偷偷伸手来拉我的爪子都变得异常美妙，说不出的好。

"会不会太明目张胆了，还是含蓄点比较好。"

宫宝低头冲我很温柔地笑了，我一愣，果断地同手同脚。

恋爱果然让大家都变成傻瓜，甜蜜的傻瓜，跟偷吃糖一样。然而，下一个转角，我看到站在路旁的乐乐，笑容凝住了，像偷吃了别人的糖。

王惜乐站在一辆轿车旁，正同一个女人说着什么。手一紧，宫宝低头冲我笑了笑，拉我走过去。我释然，喜欢这种事，要两情相悦才好嘛。

"乐乐——"

王惜乐回头，看到我们紧握的手，明媚的笑容一滞，"欢喜、宫宝，你们——"

我正要点头，就感到手中的手被生生抽离，宫宝举起刚才还紧握的手，自然地打招呼："乐乐，早啊！"

他从来不叫她乐乐的，都是"惜乐""惜乐"很规矩地叫。我抬头看他，他没看我，仍继续地看着前方，视线落在王惜乐旁边的女人身上，我呆住了。

沈雪尺！

宫宝的后妈！她怎么会出现在这里？

这么多年没见，但是沈雪尺没错，身上还穿着标志性的旗袍。我忘不了，她坐在那宫殿般的家里，一身紫色碎花旗袍，抱着那只叫笑笑的猫，如同中世纪的油画，明艳动人。那个人影渐渐同站在车旁的人重叠，绽放着亲切的微笑向我们走来。

"你们是乐乐的同学？"

"妈，这是我最好的朋友，谢欢喜，"王惜乐跑过来，亲昵地拉着我的手，"欢喜，这是我妈！"

妈？她竟然叫沈雪尺妈妈！

我木木地看着面前的女人，没错的，是沈雪尺。岁月并没有在她脸上留下多少痕迹，依然那么动人，眼睛带着母性的柔光，似乎変得更加温和了。

王惜乐扯扯我的手，"欢喜，欢喜！"

"啊，"我惊醒，笑了笑，"乐乐你妈妈太年轻太漂亮了，我都看得失神了，阿姨好。"

"当然，我妈是个大美人。"

"你这孩子，"沈雪尺宠溺地看着乐乐，笑着问我，"你叫欢喜，名字真别致。"

她看起来并没有认出我们，我们只见过几面，况且，又过去了这么多年，我们又都长大了，何况宫宝又戴了隐形眼镜，遮住了标志性的眸色。

王惜乐又指了指鸡丁，"这是欢喜的哥哥，就是我跟你说的，宫宝——"

"宫薄？"沈雪尺诧异叫了起来，脸色一瞬间变得极不自然，眼中闪过一丝狠厉和恐惧，不过很快恢复如常，不着痕迹地打量着宫宝，掩饰道，"你们兄妹俩的名字都挺有意思的，是哪两个字？"

"皇宫的宫，宝贝的宝，大概是把我当宝贝的意思，"宫宝侃侃道，甚至还云淡风轻开了玩笑，"没想到弄巧成拙，反成了一道菜名。"

"啊？"

"就是宫保鸡丁！"王惜乐笑嘻嘻道，拉着沈雪尺摇晃着，"妈，就是宫宝救了我！"

"也是个好孩子，"她冲宫宝笑了笑，"不知为什么，看你们两个，总觉得眼熟得很，好像在哪里见过。"

宫宝微笑道："或许，这是缘分。"

与我的惊慌失措相比，宫宝表现得礼貌矜持，但唇角挂着的那抹笑又让人不失好感，不但王惜乐看得失了神，我看得出沈雪尺对这后生很喜欢，邀请我们一定要到家里吃饭，当作道谢。

150

这样进退有度的鸡丁，是陌生又熟悉的。我似乎看到他藏在隐形眼镜上的那抹绿，森森然野兽般的绿意。明明只是入秋，我却惊出了一身冷汗。他肯定认出沈雪尺了，只是他在想什么？

鸡丁，最让我心底发寒的是他生生抽开的手，那么果断，毫不犹豫，一瞬间把我们昨天晚上才建立起来的新关系，化为乌有。

我仿佛看到自己幻想出的爱情，刹那倾城破灭。

我太了解他了，我忘不了，他更忘不了，何况就是这个女人，让他的人生完全偏离原来的轨道，如果不是她，他的爱情还属不属于我……脑子乱成一团，可直觉告诉我，我平静的生活要结束了。

等沈雪尺开车走了，宫宝随口问："乐乐，怎么以前到你家都没见过你妈妈？"

"我妈在 B 城有自己的事业，要出差，经常不在家，不过她对我很好，一回来就看我……"

我和宫宝对视，B 城就是我们当初待的那座城市。

九月的天，南方还残留着几分夏日的热气，可我觉得一股寒意，直逼骨髓。无形之中像有双手，轻轻一拨，让我们又遇见了。十二年了，那燃烧的火光又在我的眼瞳里亮了起来，那场火，还有容华姐的离世，真的是意外吗？鸡丁的父亲怎么死得那么突然又刚好？

我不敢想象，我看着宫宝。他正同王惜乐说着什么，不时发出阵阵的笑声。这是我们认识这么久，他第一次这么热情甚至是殷勤，"乐乐""乐乐"地叫。我看着王惜乐美丽的眸子散发着水亮的光芒，开心的，雀跃的。

我想，她一定是真的很喜欢身边的男子，不然，不会放下矜持去吻他，她虽长得很动人，有很多人追，可并不骄纵任性，还很含蓄和腼腆。就是现在，别看她谈笑风生的样子，可是右手的小拇指微微蜷缩着，她一紧张就这样。

她很紧张身边的男子，可是宫宝，我清楚，他突然亲近，绝对不会是喜欢。

一起吃了早餐，我们都去上课。上午的课结束后，我们没有一起去吃饭。我在文学院等了一个小时，然后在食堂看到吃完饭正一起走出来的他们。我躲在栏杆后面，直到完全看不到他们才离开。

晚饭时，我没再等，一个人吃了。晚上还有两节选修课，下课后都九点多了，同学三三两两走了，我放慢速度，一个人回去。宫宝站在路灯下等我，我的课程表他也抄了一份，甚至，他比我还熟悉今天有什么课。

他真的是很好的弟弟，可我心里还空荡荡的，很失落，不知道为什么。

我沉默地跟着他走，直到听到他问："欢喜，你在想什么？"

"你呢？你又在想什么？"

"我在想的，就是你在想的。"

这猜谜般的对白，偏偏我又听得懂。我知道，他要接近王惜乐，想通过她，了解沈雪尺为什么会出现在这里，她曾经是宫胜南的妻子，又怎么嫁给了乐乐爸爸，还有宫家又怎么样了，很多很多，都需要王惜乐……

到了人多的时候，宫宝放开我的手。我心一揪，又是这样。

他不安地看着我，"欢喜，你不要介意。"

介意什么？介意你和王惜乐要暧昧甚至谈情说爱，还是我们地下情人般见不得光的关系？我抬头，给他一个自然的笑，"我才不会介意，我跟你牵了十几年的手，就像右手牵左手，早就没感觉了，只是……乐乐是个好女孩，你不要伤害她。"

"傻瓜，"鸡丁摸摸我的头发，"我只怕伤到你。"

我向宿舍走去，忍不住回头，问："宫宝，一定要这样做吗？"

他没回答，只是眼神悲伤地望着我。那眼神让我难过得让我心碎，沈雪尺让他一无所有，而我却连让他去追寻真相的权力都不给。

那只是演戏，我安慰自己，笑了笑，"没什么，就当我没问过。"

而后，我做了个遮眼的手势，这是我们的约定，"鸡丁，你还有我。"

隔着不长不短的距离，他也把手掌放在眼前，然后，双臂环成圈，是搂抱的姿势，怀中却是空荡的空气。我眼一酸，他谁都没有，除了我，如果我不心疼他，就没人心疼他了。就这样吧，我会一直站在你身边，无论对错，就算我心里并不情愿。

在这个平凡无奇的晚上，我们平静地达成共识，我们都太过了解彼此了，甚至不需要过多的言语。至于昨天的那个吻，被我们有意或无意地忽略。我想，也好，还当他是弟弟，却不知道，再牢固的关系，就像右手牵左手，平时没有感觉，可砍下去会痛。

7. 十二年的感情，从南到北，注定的缘分。

宫宝很快和乐乐成双成对在我面前蹦跶，也不时往乐乐家跑。

虽然还没正式确定男女朋友关系，但两人的关系突飞猛进。也不知道为什么，明明是两个小孩玩暧昧，我这个家长却总是充当着电灯泡，照得他们一马平川。看着他们看似甜甜蜜蜜的样子，我却彷徨不安，因为深知底下的暗涌汹流。

王惜乐是个很单纯的女孩，她无条件地相信我，就算送宫宝一个小礼物，也要拉着我走好几条街，把他的喜好兴趣生活习性刨根问底打探清楚。

"我第一次见到宫宝，虽然当时迷迷糊糊的，可是看到那绿色的眸子，一瞬间的惊艳，怎么都忘不了，欢喜，这么特别的眼睛，他为什么要遮起来？"

"太招人了，影响学习。"

"可好想再看看，他什么时候会摘掉隐形眼镜？"

"睡觉呀,小笨蛋!"我翻了个白眼,"你这么感兴趣,我都可以写一本关于宫宝的攻略给你了。"

"真的吗?那你什么时候动笔?"她瞪大眼睛,小脸写满期待。

我无语,"你还当真了?"

"你逗我?"王惜乐跺脚,脸颊气得鼓起来,"我喜欢他,当然想了解他的一切。"

"包括他睡觉会咬牙?吃饭不洗手?喜欢咬手指……还有好多呢,喂,你怎么跑了?"

"讨厌!欢喜,你真是坏死了!"

她跑开,没一会儿,一个甜筒递到我面前,抬头,是她明艳的笑容。

我们走在学生街,我用手肘碰了碰她,"乐乐,你就这么喜欢他?"

"嗯!"

她重重点头,露出一个大大的笑容,毫无杂质,单纯的,快乐的。

我一时恍惚,罪恶感涌上来,随意扔下一句:"他又没什么好的。"

"他对我很好。"

又是一脸傻兮兮的甜蜜样,我用力咬甜筒,满口苦涩。他对我很好,他确实对你很好,可你知不知道这好是有目的的,包括我,被你当闺密的谢欢喜,也是有目的的,还有,你的准男友和你的闺密不是单纯的姐弟。

"那是什么?欢喜,我们去看看!"

是卖情侣装、亲子装的店,王惜乐兴奋地挑了半天,最后买了一件男装和两件女装,上面画着她喜欢的维尼熊。

"干吗买两件?"

"一件你的,一件我的,"乐乐在我身上比画,理所当然道,"和

154

宫宝穿是情侣，和你穿就是姐妹，嘿嘿，我很聪明吧！"

"那三个人呢？"

"一家人啊！"

"笨蛋，你们还什么都不是！"我没来由地生出一股怒气，向外走去。

后面传来王惜乐焦急的叫声，"欢喜，欢喜，你怎么了？"

她追上我，大眼睛写满不解。王惜乐有双很干净的眼睛，很纯很纯的黑，又水汪汪的，像漫画一样，黑眼瞳占了大半眼睛，小动物样湿润润的，看着你，让人心都软了。为什么偏偏喜欢宫宝？她越好，我就越纠结。

理智告诉我，不能再这样下去，会伤到她，可是我心里的阴暗面，却叫嚣着。我嫉妒甚至怨恨这个女孩，她抢我的人。每当看他们手牵手，我指甲陷入手心，脸上却摆出一个开心的笑。

"乐乐，你先回去，我想去其他地方散散心。"我逃似的离开王惜乐，漫无目的地走在街上。来来往往的很多是三五成群的女大学生，开心打闹着。没有一个像我一样，有心机地接近一个人，我打电话给宫宝。

"鸡丁，我们会不会做错了？"

他沉默，手机里传来他平稳的呼吸声。世界仿佛静了，静得只有我们两人的呼吸声。可各种想法涌入我的脑子，乱得我几乎要挂掉电话，说一句"当我什么都没说"，我怎么能这么残忍，要他停下来，他宫殿般的家，还有他的父亲，可是乐乐……

"鸡丁，乐乐是个好女孩——"

"欢喜，除了你，我谁也不在乎。"

"嘟……嘟……"

我挂了手机，摇头失笑，心里有些酸涩，依旧堵得发慌，但微微松了一口气。什么错不错，这事就是个错误，可我们都收不了手。

155

原来我打给鸡丁，不过是想听下他的声音，确定一下他还属不属于我，我真是个假惺惺的小人。你看，我心安了，我真正在乎的不是会不会伤到王惜乐，而是鸡丁对她太好了，好得我受不了，我还拿乐乐当什么借口，其实我就是个自私自利的小人。

鸡丁再打电话过来，我按断，直接关机了，然后，找了个我们常去的店，坐着等着。

鬼知道我在想什么，我想他担心，想他像电视剧的男主角不安忐忑地跑过来，我想证明，他是在乎我的。从小到大，我已经习惯他身边只有我一个人，他的视线围着我转。现在，不管是出于何种目的，他偏离我，我都不喜欢。我玩着手机，想着里面的那条短信，鸡丁，要不要和欢喜在一起，它什么时候能发出去。

宫宝没来，倒是有人坐到我面前，李昭扬，还是一张笑脸，"小乞妹妹，我们又见了。"

那次在图书馆见过后，我问过乐乐，原来李昭扬也是这所学校的，还挺有名气的，在学校读研究生，在外面还开了家公司，据说是个很有能力背景神秘的人。想不到当年的乞丐头子再见成了重点大学的学生，他穿着件 V 领薄衫，笑得很随性，这么看，还真有点雅痞的感觉。

可我不想见他，尤其是这个时候，我掏出钱包，"二千四百八十三是吧？现金不够，可以刷卡吗？还是你留个银行账号，我转给你？"

李昭扬笑得更开心了："何必这么生疏，这两张火车票就当咱们青梅竹马，两小无猜的定情信物！"

"谁跟你青梅竹马，两小无猜，是两看生厌！"我义正词严地纠正他。

他撩起微长的留海，露出那条伤疤，"你看，爱的记号，就是它，日日夜夜提醒着我，曾经有个小乞妹妹，爱我如斯。所以那天我听到你的声音，一下子就认出来了。"

"……"没想到，打你一次还让你惦记上我，我忍不住吐槽，"李昭扬，你真是朵奇葩！

"真的吗？谢谢夸奖了哦！"他眯眯地笑了，还抛了个媚眼。

变态啊！我气结，用力瞪他。

他继续笑道："好了，终于精神点了，刚才绷着张万念俱灰欲求不满的小脸，看了还真不习惯。"

我脸一红，"你才欲求不满！"

"我不但欲求不满，还寂寞空虚冷呢，小乞妹妹，行行好，施舍点爱给我吧？"

"滚！"

"我不滚，滚了谁来安慰你。"

这人真是百毒不侵，我气结，"你的丐帮呢？"

"哟，你终于对我感兴趣了，"李昭扬一副受宠若惊的样子，嬉皮笑脸，"我哪能老当乞丐头子，那是以前无聊玩着呢，只是副业。其实，我是祖国的花朵，爸爸妈妈的好孩子，老师的好学生……"

他滔滔不绝讲了一堆自己有多阳光向上奋发图强的话，对于自己的励志史关键处却只字不提，只解释自己是"乞丐身子皇帝命，是虫就是虫中王，变龙也是龙中龙"，末了反复强调："真的，我不是流氓！"

不是流氓再见就看到你在调戏人？不是流氓能见人就扑过来？我忍不住在心里翻白眼鄙视他。

"你喜欢王惜乐？"

"没啊，我喜欢你！"

"滚！"

"真的，那小丫头就是长得好，平时逗逗，最多就是个露水姻缘，哪像咱们，十二年的感情，从南到北，注定的缘分。"

"那你喜欢我什么？"

"我就喜欢你张牙舞爪对我又爱又恨的小样。"

我磨牙，"我对你又爱又恨？"

"对，就是这傲娇的小模样，特别是你对我说那个字时，爷看了心肝直颤，最受不了！"

我奇了，"哪个字？"

他特娇羞地抛了个媚眼，"滚啦。"

"滚！"

这次他不滚，我自己走了，真受不了这个说话都带波浪号的变态。李昭扬跟上，"欢喜，要回学校了？我送你嘛。"

不用你送，我刚想说，就听到上空传来阴恻恻的一句："不用你送！"

宫宝！他脸色并不好，额头上还带着汗，微微喘着气。我心一悸，为自己的任性感到愧疚，找不到我，他一定很焦急。他面色不善地看着李昭扬，李昭扬却很开心，丝毫不吝啬他无耻的笑容。

"嘿，小洋鬼子，好久不见！"

"再也不见！"宫宝不客气地说完，拉起我，"欢喜，我们走。"

李昭扬也不生气，双手插着口袋，跟着我们，一边走一边笑嘻嘻地说："欢喜，不开心就来找昭扬哥哥，像朝阳一样温暖的昭扬哥哥就在经贸研究院，不用担心找不到，爷才刚开始读研，还可以当你三年的学长——"

"那么，学长，"宫宝停下来，咬牙切齿，"我们知道了，现在，你可以滚了吗？"

"这什么语气，难道没人告诉你们吗？"李昭扬停下来，笑眯眯指着我，"学妹是属于学长的！"

宫宝的脸更黑了，李昭扬又指了指他，"必要时，学弟你也是属于我的。"

这一次宫宝没有忍住，拳头挥了过去。

李昭扬灵巧一躲，顺手包住他的拳头，靠在他的耳边轻轻道："学长再告诉你一件事，男人除了用拳头保护人，更重要的是，不能让她一个人很无助地走在街头，如果做不到，那就是浑蛋！"

"听到了吗？我亲爱的小洋鬼子！"

8. 我们之间，更多的是亲人般的相濡以沫。

回去的路上，谁也没说话。不知何时起，我们之间的沉默越来越多。也不知从什么时候起，我们的顺序变成他拉着我。从前，我拉着他，走在前头；现在，他拉着我，带着我，这个小子真的长大了。

我不时偷偷看鸡丁的脸，看起来很平常没什么两样，只是脸绷得紧紧的，唇抿成一条线，是成人的线条，沉默时便显得深刻凌厉起来。此刻他半垂着眼睑不知道在想什么，偶尔看我一眼，各种情绪在眼眸里翻涌。这个人，突然间有些陌生了。

我小弧度地晃了晃他的手，我知道，他不开心。从小，他不开心，就不说话。而且，他受挫了，他刚才竟没有反驳李昭扬的话，他在想什么？我又开始恨自己，为什么总是这么任性？

我轻轻叫他："鸡丁？"

官宝停下来，揉揉我的头发，用很轻柔的语气说："对不起，欢喜。"

我眼一酸，红着眼睛看他，为什么要道歉？这么温柔做什么。

他看着我，那些翻滚的情绪终于被温柔压倒，慢慢说："是我不好，才刚跟你表白，又要和别人在一起，还要你装作什么都不知道来配我，他说的对，是我太浑蛋，从头到尾没考虑过你的感受。"

"不是的，鸡丁，这是没办法的办法——"

"听我说，欢喜，那天，我看到沈雪尺，想起小时候那样对我，我就恨她，这样的坏女人凭什么又组建了家庭，还这么幸福。如果我没再见她，也就这样平淡地过我的生活，可是偏偏又让我遇见了，我不甘心，我想毁了她，哪怕用最低劣的手段，用伤害她女儿来报复也在所不惜。"

"你——"

"你没想到我这么坏吧，欢喜，其实，我就是这样的人，我才不管其他人，我只在乎你。这么多年来，只有你对我好，只有你对我来说才是最重要的，"宫宝嘴角扬起一抹苦笑，"这几天，我一直在查她有没有没什么问题，却什么都没发现。我爸爸去世，她那么年轻再嫁也是正常，没什么不合理的。欢喜，我想通了，我不能因为仇恨，破坏我们之间的感情，况且要不是她，我还不能遇见你，我回去就和乐乐说清楚，趁一切还没开始。"

"真的？"

"我什么时候骗过你！"

宫宝冲我笑了笑，我也咧嘴笑了。

我熟识的鸡丁又回来了，那些属于我们的小甜蜜没有变质。

回到宿舍，上铺的郑芬兰告诉我，乐乐来找过我。

"还有，这个，她说送给你的！"

是那件情侣衫或者说姐妹衫，我把衣服蒙在脸上，闻着新衣服特有的味道。

我打开手机，除了宫宝的，乐乐也给我打了几通电话，还有一条短信："欢喜，你怎么了？"

我想了半天，不知道说什么，问宫宝，乐乐怎么办？他很快就回我了："先冷几天，找个时机我会跟她说的，放心，我不会伤害她的"。

可是她那么喜欢他，这几天笑得那么开心。我翻了个身，我问自己，你喜欢他吗？你忘了小舅了吗？小舅！

我跑去看新种的薄荷，薄荷已经抽出小小的绿叶，这种清新粉嫩的颜色是我喜欢的。我问它，你爱鸡丁吗？那小舅怎么办？

爱，什么是爱？我动过心的男人，都夹杂着太多的亲情，我们更多的是相濡以沫，而不是情人间的耳鬓厮磨。可这真的是爱情吗？书上描写的那种轰轰烈烈惊天泣地的感觉是没有的，只是照镜子时，我会不自觉去摸嘴唇，然后，有种莫名的小甜蜜。我接吻了，和鸡丁，他的唇软软的，甜甜的……

打住！我在想什么，变态啊！

对着一盆薄荷，我竟脸红了！

连续几天，都没见到王惜乐，我有些紧张了，问宫宝。他说，他含蓄表达了，暂时不想交女友，以学业为重。真是没技术含量的借口，我琢磨了半天，决定去她家一趟，反正王家我们现在熟悉得很，而且王叔叔真是一个睿智幽默的长辈，我们关系一直很好。

我没叫上宫宝，估计乐乐现在也不乐意见到他，这忽冷忽热的浑蛋。

怪的是，我连续按了门铃，都没人过来开门，可是别墅的大门明明是开着的。我正犹豫着要不要走，里面传来一声怒吼，还是女人凄厉的吼叫声。

"背叛？你竟说我背叛你？"是沈雪尺，还夹杂着压仰的哭腔。

另一个声音压过她，是王叔叔，"当年我告诉你不要这样做，你偏偏不听，现在又来怪我！"

"你好意思说，要不是你一点用都没有，我会那样被人欺凌？"

"都过去了，不要提！"

"说到痛处，你就不要提，王墨，有你这样做男人的吗？"

接下来的话，我听不清楚，只有沈雪尺歇斯底里的哭声和王叔叔长吁短叹的安慰声清晰入耳。过了一会儿，他们似乎平静了下来，兀地沈雪尺又是一声质问。

"你竟然留着这个狐狸精的照片？你是不是后悔回来了？"

"只是一张照片，用不着大惊小怪——"

"只是一张照片？王墨，你可真无耻！"

"滚，给我滚出去！"

一阵噼里啪啦砸东西的声音，有张照片从窗户被扔了出来，轻飘飘落到门的另一边，正面着地，露出发黄的封底，看来有些岁月了。

我盯着那张照片，貌似来得不是时候，看不出温和文雅的王叔叔也会吼人，而且还是关于什么背叛的事。

识相点我该走的，他们在处理自己的家事，而且不是什么光彩的事，可是脚却像灌了铅重得抬不起来。那张照片，仿佛有种可怕的魔力，又像藏着一个可怕的秘密，冥冥之中，吸引着我，脑中有一个声音叫我，去捡，去捡，就能知道，你一直想知道的。

我蹲下身，手穿过铁门，快碰了，快碰了，拈起一角——

照片被抽了回去，我抬起头，看到王墨手疾眼快把照片放进了口袋，冲我笑了笑，"欢喜来了？"

我尴尬地点头，感觉像做贼一样。

他打开门，"进来吧。"

毕竟人家夫妻刚吵了一场，我有些犹豫，"王叔叔，乐乐在吗？"

"小丫头出去了。"

"那，那我还是改天再来。"

"也可以陪我这个老头喝喝茶，还是嫌无聊？"

"怎么会？"

我要再推辞，倒让他看出我听了很多不该听的，索性进去，照样坐在葡萄架下。

天气越来越冷，葡萄叶开始陆陆续续地掉落，露出光秃秃的藤枝，显出几分凄冷和颓败。

倒是王墨，依然慢悠悠地泡茶，那气度优雅不变，不过眉间有几分掩饰不住的疲惫和愁容。

"刚才让你见笑了。"

"啊？"我抓抓头发，原来他都知道，我尴尬地低头猛喝茶，才支吾出一句，"阿姨好像生气了，没事吧？"

王叔叔摇摇头，抬头看了一眼楼上，眼神有些哀伤，"也不是一两次了，不在身边，天天念着想着，可要是回来了，又没有一天安生的。"说到这，王墨又莫名其妙加了句，"人啊不要做亏心事，不然一辈子都不会心安的。"

我抓抓脑袋，不知道怎么回他，想了半天，只好说："人总有犯错的。"

他看了我一眼，是长辈看晚辈的眼神，温和而慈爱，"欢喜，你真是个孩子。"

我笑，我是个孩子吗？当那场火灾发生后，我和鸡丁靠着行乞活下来，给人跪下来时，怎么没人说，你是个孩子。那些事我都没忘，我只是已经习惯微笑，我不想让阿公伤心，我不想让人家笑我是没爹没娘的人，我不需要同情，因为我说过，我要过得很好，带着鸡丁，过得不比任何人差。

我抬头，看着他，"没什么会过不去的。"

"有些事情是时间再久也过不去的，"他苦笑了一下，看着我，似乎又不在看我，或许是太累，想找个人倾诉一下，摸摸紧锁的眉头，陷入回忆，"我年轻时，荒唐过——"

"你想象不到的荒唐，"王墨冲我摇头，"我要全部讲起来，你肯定要指着鼻子骂我的。"

"我和你阿姨大学就认识了，你看她现在就知道了，她当时是很夺目的那种女孩，不知道迷倒了多少届的学子，可只有我，能入她的眼。我们那年代，没你们现在这么浮躁，毕业就要肩负房子车子工作，两个人相爱很单纯，就是要在一起。"

他说到这儿，嘴角挂着笑，很幸福的那种，连我也能感染到那种单纯的幸福。可是一个画面忽然从我脑海中一闪而过，是沈雪尺抱着那只猫坐在宫家，他们大学就在一起，为什么沈雪尺又嫁给了宫胜南？

我假装随意问："那你们感情一直都这么好？"

"没有，我们结婚后，后来因为一些事，我们吵得很厉害，"王墨眼中闪过一丝痛苦，"那段时间我很消沉，怨世，就想到一个没人认识我的地方藏起来。我在那里开了个学习班，教国学，不比现在，那时国学不被重视，学生并不多，也算悠闲，可时间越多，我就越不知道怎么办。"

"欢喜，你明白吗？就是时间多得让你非得做点事来证明自己的存在，"讲到这，王墨抬头，看着远方，"也是这么一片海，很宁静的地方，那么美，叫溪镇，我却——"

"溪镇？"我的心跳了一下，一种不祥的预感极快地蔓延，我胡乱喝了口茶，"后来出了什么事？"

"我，我……"他有些开不了口，目光看着远方，有些游离，"我竟和自己的学生私奔了，我真是个禽兽，她还未成年，十六岁，她那么信任我。"

"然后，你是不是把她扔了？是不是这样？"我猛地站了起来，大声质问，手碰到桌角的茶杯。一声脆响，白玉般的茶杯四分五裂。

这也惊醒了陷在回忆中的男人，他奇怪看了我一眼，"欢喜，你怎么了？"

"我——"我说不出来，嗓子眼堵得难受，各种信息涌入我脑中，乱得很，可有什么越来越明朗，呼之欲出，差点就可以连成一条线，通向可怕的事实。我望着面前的男人，继续问，"后面，后面发生了什么事？"

他并不回答我，反而担忧地望向我，"欢喜，你怎么了，脸色这么难看？"

我想我现在的脸色一定很可怕，我看着面前的男人，却从心底里生出一点恐惧。人是多可怕的生物，这个男人，我多崇拜他，我甚至幻想过如果我有父亲，最完美的莫过他这样，温文儒雅，气质清淡，可是事实真的如此吗？

我看着他，再问一次："王叔叔，后面你们怎么了？"

他明显不愿意回答这个问题，"后来——"

"王墨！王墨！"楼上传来沈雪尺的叫声。

王墨冲我歉意地笑了笑。刚才融洽的气氛也消散无踪，我顺势告辞，头重脚轻地离开了，脑子却很清醒理智，心不断往下沉。容华姐鲜少跟我讲她的事，但有时也会提到一些，再加上我后来回到谢家，镇上的流言蜚语也听了不少。

她跟人私奔时十六岁，跟一个来镇上开学习班的外地老师。那个老师很年轻，结过婚，有妇之夫，才华洋溢。

"我竟和自己的学生私奔了，我真是个禽兽，她还未成年，十六岁，她那么信任我""也是这么一片海，很宁静的地方，那么美，叫溪镇"。

溪镇，是我老家的名字……

或许只是巧合，但我不相信世间有这么多巧和，我不敢想象，如果王墨是谢容华当年私奔的老师，那他不就是我的……

不，我的爸爸早死了！

早在他把容华姐扔在小旅馆里，他就死了！

我生来就没有父亲，以后也不会有！

9. 很多事情，不是过去了，就会忘。

我浑浑噩噩地回到学校，一头扎进被窝，告诉自己，睡一觉，睡一觉醒来后就什么事情都没有了。

可无论我睁眼、闭眼，眼前都是一片火光以及容华姐的照片被镶在那小小冰冷的陶瓷罐上的画面。那个陶瓷罐子，我总是背在后背，或者挂在怀里，晚上，和鸡丁抱着它一起睡。明明用布包得严严实实，可它总是那么冷，一直冷到我心底。我想，另一个世界一定很冷，但妈妈永远那样笑着，温柔恬静，永远定格在了二十七岁。

不，我猛地坐起来，掀开被子，向外走去，却撞上了正开门进来的舍友。

"欢喜，这么晚，你去哪里？要查房了！"

我没回答，直接向男生宿舍区走去，问了好几个同学，才找到李昭扬的宿舍。

穿过男生宿舍的走廊，不时撞上几个光着膀子的男同学，还有此起彼伏的口哨声。

"小妹妹，找谁呢？"

"这么晚，脸色这么难看，难不成被甩了？"

我没理会，直接到302，在门口停了下来，"李昭扬！李昭扬！"

有人探出头，"昭扬，找你呢，咦，这位妹妹以前怎么没见过，是新女友？"

"叫什么叫！"李昭扬拖拖拉拉地出来了，他貌似刚洗完澡，赤裸着上半身，身上还挂着几滴水珠，边擦着湿湿的头发，边走过来，"谁找我？"

我往前进了一步，"李昭扬。"

"小乞妹妹？"他看到我，眼里明显有些诧异，随即嘴角勾起一抹坏笑，"这么晚了，你来找我寻开心？"

"你能跟我出来一下吗？"我没心情跟他玩笑。

他一愣，把头上的毛巾一甩，"等我一下。"

宿舍里传来几声怪笑，有人挤眉弄眼。

"昭扬，我看晚上不要给你留门喽！"

"哎呀，春宵一刻值千金。"

"春你妹，我警告你们，嘴巴放干净点，眼睛擦亮点，这是我妹妹！"说着他走出来，身上套了件针织衫，手上挂着件黑风衣，走出来，"走吧，别理这帮乱发情的禽兽。"

我点头，跟他下楼。出了宿舍区，无意识在草地上逛，背后一重，那件风衣已经挂在我肩上，李昭扬淡然道："穿上，温差大，别冷着了。"

我没拒绝，抬头看着他。这个人可信吗？可是除了他，我不知道还能找谁。我抓着风衣，控制不住地颤抖，不是冷，是害怕。他皱眉，手伸过来，作势要把我拉进他怀里，我站定，甩开他。他没动了，轻声问："出什么事了？和小洋鬼子吵架了？"

我摇头，咬着唇还是控制不住地颤抖。

他把我带到一旁的长椅，"待在这儿，等我回来。"

我点头，没多久，他回来了，扔给我一杯奶茶，热的，自个儿走到不远处，掏了根烟，利落点上，说："想好了，再叫我。"说完，真的没再和我说一句话。

等到手心的奶茶从滚烫到温热，我终于下定决心，走到他面前，望着他，认真问："李昭扬，你能帮我一件事吗？"

"什么事？"

"一张照片……拿一张照片。"

李昭扬感兴趣地挑眉，我握着手中的奶茶，慢慢地开口说。我想，我一定语无伦次，除了几次巧合般的联系之外，他们并无关系，而且事情都过去这么多年了。李昭扬的脸色也从云淡风轻变得凝重，等我说完，他扔掉手中早已熄掉的烟。

"你确定要查吗？有些事情不知道比知道好。"

"要查！就算不是，我也要查清楚！"我咬牙切齿，恨恨道。

他不再说什么了，摸摸我的脑袋，"那小洋鬼子？"

"先不要告诉他，等调查清楚再说，你想不到吧？王墨现在的妻子，沈雪尺，就是他的后妈！"

他瞪大眼睛，"你们真是——"

"很诡异，是吧？"我冷笑，"这么小的地方，竟然全让我们撞上，你说，从南到北，十二年未见，可是我们还遇上，还真是孽缘！"

"也有好的嘛，比如我。"他指了指自己。

"你也不是什么好东西！"我冷笑。

不知道为什么，我很害怕李昭扬，可是要跟他面对面，那种恐惧又不见了，反而一直掩藏的恶毒都发泄到他身上了。

他也不生气，继续笑着，"这世上没有好与坏，只有强与弱，你强，道理就在你这边。做什么好人，现在女孩子就喜欢坏东西，男人不坏，女人不爱。"

"……"

"好啦，我送你回去，这几天别想七想八的，一有消息，我会跟你说。"

我点头，低着头，一路上他断断续续地问我，分开后，过得怎么样。

到了宿舍，我要把风衣脱了还给他。

他止住我，摆摆手，笑嘻嘻道："就让它暂时代替我抱着小乞妹妹入眠，"还靠过来，"做个好梦哟！"

气得我转身就走。

"小乞妹妹——"

我回头，看到他站在路灯下，是那晚宫宝站的一样的位置，语气难得正经。

"你有没有想过，过去了也就过去了，再追究也没用。"

"李昭扬，你还记得我们第一次是怎么遇见的吗？"

他一愣，沉默了。

我抬起头，"过去的，我永远也忘不了！"

不是过去了，就会忘了，那段记忆，我不能忘！

10. 不是我们以不同的身份再遇见，就可以各自安生。

接连几天，我都在等李昭扬的消息。

我还是没告诉宫宝，我也在等一个可能，或者只是巧合，王墨和我没有任何关系，只是那么巧，他说的那些地方和我知道的都重合了。

之所以找李昭扬帮忙，是因为我听说过他不是普通人，一个乞丐头子变成重点大学学生，没这么简单。学校甚至传言，李昭扬这人路子很广，三教九流的都认识，是个很有背景的人。不，这些都是听说，是流言，无人考证。有人甚至说，李昭扬这人做人高调，行事低调，他想让你知道就会知道，不让你知道的你最好不要知道。

我没兴趣，我只要那张照片，不管是用什么手段。

或许那照片上的，完全只是另外一个人，一切不过是我乱想，都是因为从小我跟着容华姐做神棍，所以现在也疑神疑鬼的。其实王墨是个很好的人，我应当相信的，再说这世上哪有这么凑巧的事，又不是电视剧，我的人生又没被狗血泼过。对，应当是这样的。

所以，李昭扬约我再见面时，我尽量带着笑，假装平静地问他："怎么样？"

那是一个阴天的下午，乌压压的云在头上凝聚了一整天，凝结成巨大的云层，真担心天会掉下来。

我匆匆赶过来，李昭扬已经在那坐了很久，因为我看到烟灰缸里一堆烟蒂，他的脸色并不好，像今天的天气，黑沉沉的。

店里没什么人，像被清场了，只有我们两个人。

李昭扬又点燃了一根烟，叫我："小乞妹妹。"

"我找几个朋友，叫他们趁王墨不在家时，去找你说的那张照片，结果把房子都翻遍了，也没找到——"

"哦。"我似乎暗暗松了口气，或许本能地，我也不想听到那最坏的结果。

他吸了口烟，又吐了出来，"找不到，大家准备离开，没想到有人回来了，就是那个王墨的妻子，沈雪尺——"

他说着，脸上露出一个纠结的表情，把一个手机递给我，"也这么巧，有人不小心开着手机的录音键，你自己听听，这事情，好像没这么简单。"

我戴上耳麦，前面是一段长长的静音，还有翻箱倒柜的声音，然后传来汽车的引擎声，还有上楼高跟鞋走过的声音，然后兀地一声尖叫，"你们是谁？""小偷，我要报警了"，很熟悉的声音，是沈雪尺。

我可以想象这画面，推搡中，有个嘶哑的男音，很嚣张，"你看我们像小偷吗？人在做天在看，不是不报，时候未到"。这本是男人鬼扯扰乱她的思绪，不料，沈雪尺的声音竟突然变得惊恐，颤抖起来。

"你们是宫胜南派来的？不可能，宫胜南早死了，他早被推进海里喂鱼了，还是那个狗杂种，宫薄，那个狗杂种不可能活着了，两个小孩一分钱都没有，怎么可能活着？说不定早饿死在哪里了——"

仿若一声惊雷，轰得我的耳朵什么都听不到。

我拿掉耳麦，茫然地问："刚才是不是打雷了？"

外面仍是阴沉沉一片，李昭扬仍皱着眉抽烟，烟雾弄得他的脸有些模糊。我快退，又调回去，重新听了一遍，仍是那尖锐的声音。宫胜南早死了，宫薄那种狗杂种。宫宝没改名前，他是宫家的少爷，叫宫薄，他的父亲叫宫胜南。

后面沈雪尺没再说什么，尖叫地问，你们是谁？而后她好像被打晕了，最后一句："我去！我手机竟然开了录音键"……

我听了一遍又一遍，几分钟不到的音频，我听了两个小时，反反复复。

直到李昭扬抢过我手中的手机，低吼一声："够了！"

不够！还不够！他不知道，他口中的洋鬼子就是那个狗杂种宫薄，他不知道宫胜南是洋鬼子的父亲，他不清楚！

我猛地站了起来，"外面没下雨吧？"

"欢喜，你要去哪里？"

"哪里可以买面具？"我反问，也不知道我这可怕的冷静来自哪里。

不管沈雪尺的话代表什么，我竟然能理智地分析，首先要找到那张照片。我浑身冰冷，就像突然间掉进一个冰渊，被冻得没有任何温度，可神经却出奇精神，告诉我要保持清醒。如果我不清醒，就会永不安宁。

我知道照片在哪里，它肯定在王墨身上。沈雪尺把照片扔了，王墨又把它捡起来。如果放在家里，让她看到，会惹她生气，所以最大的可能就是他带在身上。我到学校的超市买了面具，还有棒球棍。

很可爱的面具，学校经常会举行假面舞会什么的，这个面具是最受欢迎的一种，上面还镶着白色的羽毛和晶亮的水钻。女孩们戴上它，遮住半张脸，露出尖尖的下巴，像天使一样圣洁美丽又带着少许纯情诱惑。可我不是天使，我把它放到口袋，掂量着手中棒球棍的重量，头也不回向前走。

"谢欢喜，谢欢喜，你要干吗？"后面传来李昭扬焦虑的喊声，他一向叫我小乞妹妹，现在连名带姓，连一个旁观者也觉得这事不可思议吗？

我继续往前走，我知道，王墨现在主要专注于课题研究，很少来上课，但每逢星期四晚上，他有两节课。他没有住学校，上完课都是直接回家的。他回家时，一般喜欢走回去。正好一个人散散心，吹吹风。

而今天恰好是星期四。

我和王墨太熟悉了，从第一次的一见如故，到后来的相谈甚欢。我一直感谢，能认识这样亦师亦友的长辈，可就是在短短的不到几个小时，什么都变了。我握紧手中的棒球棍，头也不回地向前走。

李昭扬攥住我，"你到底想干吗？"

"拿到照片，我要拿到那张照片！"

"就凭这些？"他冷笑，指着我的棒球棍，"凭这些你能做什么？你忘了以前我是怎么跟你说的，不是所有坏人都像我这样没坏到骨子里，你这样能打倒谁？"

我甩开他的手，吼道："我只要那张照片，我只想知道相片上的人是谁！"

我继续向前走。

他沉默，很快又追上我，"算了，算了，等会儿你机灵点！"

天还是阴着，阴沉沉的乌云凝聚成密不透风的墙，压在头顶。

我和李昭扬躲在路边的灌木丛后，脸上戴着那过分美丽的面具。四周很安静，只有不知名的虫子在鸣叫，偶尔有鸟儿扑翅的声音。李昭扬没说话，陪我蹲着。

这是从学校到王家必经的路段，我们躲的这地方，路灯坏了，却一直没人管。我不担心会被发现，只是握着棒球棍的手不自觉地发抖。手心渐渐湿了，全是汗。我在恐惧什么？是害怕那张照片是我最亲的人？还是被王墨发现？

李昭扬温热的呼吸钻进耳洞，"你在害怕？"

"没有。"

"不要担心，等下交给我。"

"好的。"我不晓得这份信任来自哪里，我觉得李昭扬很讨厌，

172

下流嘴巴又贱，可是从来不怀疑他会伤害我。

"小乞妹妹。"

"啊？"

"如果我再为从前的事情道歉，你会原谅我吗？"

会原谅吗？我不知道。如果那天被打的人是我，或许我会不在意。可是那一夜，他一脚一脚踢在那小小的身躯上，快把鸡丁打死了。

又是一声鸟儿的扑翅声，我死死地盯着前方，"你刚才说什么？"

"没什么。"他识趣地没再问。

我在心里冷笑，原谅，没那么容易，我不会原谅这些人。

不是两张火车票就可以一笔勾销我在急诊室外面等待的绝望，不是十几年未见，就可以相逢一笑泯恩仇。谢欢喜没这么大方，包括沈雪尺，不是我们以不同的身份再遇见，就可以各自安生。当年她把宫宝当狗一样关在黑屋子里，难道那些伤害现在不见了，就可以原谅了吗？

不，我不原谅！我谁也不原谅！

人性的可怕，是我永远无法想象的。这一刻，我十几年的仇恨如同我头顶的这片阴天，全部纠结在心头。一直潜伏在内心深处的阴暗面此刻全都蠢蠢欲动，叫嚣着，等待一个宣泄口。我望着前方，王墨，你又是怎样的人？

前方传来平稳的脚步声，我和李昭扬对视一眼，都屏住呼吸。没错，是王墨，一贯优雅淡定，看来沈雪尺并没有把家中有小偷的事告诉他。近了，再近点。我盯着他，恨不得看透这个人。

或许我的眼神太过可怕，王墨似乎有感应，看了看四周，"谁？"

我吓得心都快跳出嗓子了，李昭扬捂住我的嘴。王墨又环视了四周一眼，没看到什么，唠叨了句"神经紧张"便继续向前走。

等他彻底放松警惕，李昭扬才松开我的手，猛地蹿了起来，抢起我手中的棒球棍，像只豹子一样冲上去，还没等我看明白，就听

173

到一声闷哼过后，王墨软绵绵地倒在地上。

我从灌木丛后钻出来，有些后怕，"他没事吧？"

"放心，力道什么的我都把握得好。"

希望这样吧，我小心蹲到王墨身边，推了他一下，确定他没反应，手伸到他的口袋，找那张照片。希望还在，我颤着手摸索着。这个口袋没有，那个也没有……到底藏在了哪里，还是压根就没带在身上？

我又急又怕，紧张得满头大汗。

李昭扬拍拍我的手，"没事，别怕。"

又找了好久，还是没有，李昭扬去翻他掉在地上的公文包，从里面掉出一本书，很厚实，包膜软皮，是马塞尔·普鲁斯特的《追忆似水年华》，书里掉出一张照片。李昭扬拿起来，递给我。

"是这张吗？"

"我看看——"

我一抖，手就被握住，是瘫在地上的王墨蓦地拽着我的手，他质问："你们是谁？想干吗？"

他并没有清醒过来，眼睛仍闭着，眉毛痛苦地纠结在一起，一手拽着我，一手在后脑勺摸索着。我吓得全身都不敢动了，鬼使神差地问了一句："你记得谢容华吗？"

"谢容华？"他反问，似乎陷入回忆，表情更痛苦了。

李昭扬手疾眼快给了他一拳，这次他彻底地晕死过去了。

"不能让他认出我们。"李昭扬把照片递给我，"是不是这张？"

我接过来，眼角抽跳了一下。忽然来了一个闪电，劈开了整个天幕——

11. 在劫难逃的混乱，被绝望的汪洋淹没。

真的是一个闪电，照得四周清亮如白昼。

我看到发黄的照片上，十六岁的谢容华甜蜜地笑着。她幸福地偎依在一个男人身边，这么娇嗔可人的谢容华是我不曾见过的，要不是亲眼看到，我不会知道，老是装神弄鬼的大神棍会这么天真地靠着另一人。

她是怎么样跟我说的？欢喜妹，你要记住，男人呀，就是个背信弃义的东西。这世界什么都靠不住，除了钱。我们什么都需要，就是可以不要男人，当然，金子银子雕的，可以考虑一下……

她还说，爱情，就是个生活的点缀品，有了它，美过几天，就视觉疲劳了，再晾上几天，就多余了。可照片上的容华姐不是这样的，她的眼神、她的神情告诉我，这个男人是她的全部。她爱上了，所以义无反顾地跟他走，然后一个人被扔在小旅馆里，茫然走在陌生城市的大街上，晕倒后，有人告诉她，她怀孕了。

这就是她的一生，她的十六岁。我笑，控制不住地大笑，笑得眼泪都出来了。

容华姐，你为之抛弃一切的男人，我也遇上了。他叫王墨，他很幸福，有自己的家庭，有一个端庄秀雅的妻子，有一个乖巧懂事的女儿。他们很富有，有一套海景别墅，很体面。不像咱们总要搬家，担心房东突然又涨房租了，要赶紧找新房子，不然要被赶出去。他们的女儿很乖巧，什么都不用烦恼，是学校的公主，有很多人追，不像我，没人跟我玩，到学校还要被人笑是巫婆的女儿。

是不是很不公平？为什么我们活得这么艰辛，他们却可以这样无耻地幸福下去？只因为十六岁，青春期，你太叛逆，你不懂事，爱上一个不该爱的男人吗？然后，上天惩罚你，让你二十七岁就死去，让你十一岁的女儿流落到街上行乞，毫无尊严吗？

不公平，太不公平了。

虽然你说过，活着，什么都要靠自己去争取，包括公平。可我从来没有要求过什么，我只要你活着，陪我一起长大，就算被骂小神棍也不生气，相反，我会觉得很幸福，因为我还有妈妈，而不是像现在这样一无所有，没爹没妈。

我继续笑，眼泪掉在照片上，像凝了滴泪在容华姐的腮边。妈妈，我遇见了那个男人，我当他死了，可他竟活着，你是不是会想他？那就看清楚，他就在这里，倒在地上，他是不是老了？变丑了？一点都不像当初你爱的他？你是不是快认不出他？

没事，我让他到下面陪你，让你好好看清他，你爱上的是怎样一个衣冠禽兽！

我扬起手中的棒球棍，对准王墨的头部，就要朝他砸过去。

手腕被李昭扬攥住，他低吼："你疯了吗？"

"别阻拦我，我要杀了这个衣冠禽兽！"

"杀人要偿命的，你知道吗？谢欢喜，你冷静点！"

"冷静？你叫我怎么冷静，他竟是我父亲——"

父亲？这称呼，他不配！我抑制不住地趴在一旁吐了起来，翻江倒海一样一阵恶心，全部涌进喉咙，太恶心了！

李昭扬轻轻地拍着我的后背，柔声问："好点了没？"

好？我永远好不起来！

看到这张照片的瞬间，我整个世界被推翻倒塌，只剩下一地废墟。满城的嘲讽，笑尽谢欢喜的可笑。什么善与恶，什么轮回与报应，全是狗屁！我只看到抛弃女人的人和虐待继子的人很幸福地在一起。

我用力推开李昭扬，头也不回往前跑。

"欢喜——谢欢喜——"李昭扬追上我，"你冷静点！"

"我很冷静，"我看着他，抹了满脸的雨水，"谢谢你，李昭扬，我欠你一个人情。"

"你，你知道我根本不在乎，我担心的是你。"

"我没事，你放心，"我抬起头，努力冲他笑了笑，"你说的对，杀人偿命，他不值得，我要好好地活着，亲眼看到他们下地狱！"

他错愕地看着我，还要说什么，我却甩开他用力向前跑。

阴沉了一整天的云墙，终于在一声惊雷之下被撕裂，瞬间倾盆大雨。雨滴用力砸在我身上，砸得我皮肤生疼，可这痛比不上我内心的痛。我曾经很崇拜过一个人结果却变成我最唾弃的人，我以为多年前的苦难只是命运的一场不公，但它可能是一场有预谋的谋杀，而犯人或许是他妻子，他们共同谋杀了我最亲的人……

我的世界一瞬间崩溃了。

那真的是很大很大的一场雨，伴随着轰轰不断的雷声。雷一个又一个地炸在我耳边，一个响过一个。每一次雷炸起，就把四周照得狰狞白亮，仿佛在张牙舞爪嘲笑我的天真，我的可笑。雨水早就打湿我全身，衣服黏在身上，那些寒心的冷意一波波地侵入身体，深入骨髓。

我感到我的心连同这场雨一起变得冰冷，变得黑暗恐怖，然后那些阴暗面全部占据我的大脑。那些我积蓄的美好画面全在这短短的几分钟之内被冲刷、流走，我仿若回到过去的那一刻，我在派出所的牢里，对着铁条，还有微弱的光，然后慢慢伸出手，狠狠地掐向身边柔弱的人——

我要宣泄，不管我的猜测是不是真的。

疯了，不是我疯了，是这个世界疯了，把我也逼疯了。

我跑到宫宝的宿舍楼下，抬起头，有感应般，没等我喊他，他就撑着伞出现在我面前，把我带到他伞下，用袖子帮我擦去脸上的雨水，紧张地望着我。

"欢喜，你怎么了？"

"是不是出了什么事？"

我看着他不说话，把手中一直握着的照片递给他。又是一个闪电，一瞬间，我看到他的表情，除了震惊还有恐惧。他是不是也和我一样害怕？我看着他，一直发泄不出的眼泪终于流了出来，语无伦次问他："鸡丁，怎么办？"

这一瞬间，我后悔了，这不是我想要的结果。

我只想过一个平凡的人生，过正常的生活，将来有一个爱的人，和他生一两个调皮的小孩，像养小猪一样，把他们喂得白白胖胖，珠圆玉润，然后快快乐乐，为猪肉涨价吵个嘴，抱怨家里的男人真没用之类，把他踢到床尾，在床头等他来哄我……

可我为什么遇上这样畸形的人生？为什么将我好不容易重新明亮起来的生活变得充满仇恨，我恨王墨！我恨沈雪尺！这两个人把我的生活变得乱七八糟，从前，让我没有童年，现在，又让我满心怨恨。

宫宝没有说话，只是撑在我们上空的伞掉了下来。他紧紧地抱着我。他在安慰我。这个傻瓜，他不知道，他没听到那个录音，他不知道，他父亲的死不是意外，而是一场谋杀。我紧紧地抱住他。宫宝，鸡丁，唯有你，才能知道我们彼此的苦难。

"那个男人是你父亲。"

"他不是，我没有爸爸，就算有，也早死了！"我固执地重复着，"我姓谢，不姓王，我是谢容华的女儿……"

"是，是，他早死了。"

他应和我，在我耳边呢喃着："就算这样，你还有我，欢喜，你还有我。"

对，我还有鸡丁。我抬头，他坚定地望着我，眸子里有让人信服的坚毅和心疼。我颤抖着去摸他的脸，虽然被雨淋得冰凉，可是有温度。对，他是我的，我的鸡丁。

我费力地踮起脚，抱着他的头，把额头对着他的额头，缓缓道：

"鸡丁，我要报仇，为我们报仇。王墨、沈雪尺，这些我都不放过，包括王惜乐，我一个都不放过，我要他们全部下地狱，我要他们身败名裂，妻离子散，我妈怎么死的，他们就该怎么去下地狱！"

又是一个闪电，我看不到自己狰狞的表情，却听到身边男人的声音，很清晰的一个字。

"好。"

好，他答应了。鸡丁答应我的，一定都会做到，从小到大，他就没骗过我。我松开手，感到眼睛被手轻轻遮住，像小时那样，只是手不再柔软，他的手变得修长有力，指节分明。

他半抱着我，那么温柔地在我耳边对我说："欢喜，别哭！"

欢喜，别哭。我的眼泪在他手心肆虐，我抱着他，在心里说，鸡丁，别哭。

我还不知道要怎么告诉你真相，还有我们即将开始的报复，虽然我还不知道要怎么办，可是我可以预见那是惨烈的，也是我们不想要的生活。但是我不会放弃，因为我忘不了，那年，我们被逼着一无所有，颠沛流离，而这些人，一点罪恶感都没有，在别处幸福着。

我们在雨中站了很久，似乎要把这彻骨的寒意也记住。那是一场暴雨，雷电交加，虽然很可怕，但第二天就放晴了，整个世界又变得清新可爱。可是我生命的雨再也没有停息，始终一片阴霾，再无晴天，也再无欢喜。

有生之年，我遇见很多人，是幸运，也是劫难。

在劫难逃的混乱，被绝望的汪洋淹没，而我无法再安眠。

第四卷

往北有海，未曾安眠

从前，现在，过去，再不来，开始，终结，没变改，
天边的你漂泊，在白云外，苦海，翻起爱恨，
在世间，难逃避命运，相亲，竟不可接近……
我听过这首歌，但没有一次是这样撕心裂肺，
一生所爱，消失在白云之外。

1. 我是你的吉祥娃娃，你是我的噩梦。

那夜之后，我大病了一场，烧得一切都模模糊糊。

真正清醒是三天后，醒来时，我第一眼看到宫宝。他憔悴了许多，眼睛布满了几夜未睡的血丝，我冲他笑了笑，叫他名字，可是嗓子干得发不出声音。

他拿了棉签，帮我润润干燥脱皮的嘴唇，那么温柔，很随意很平静地对我说："我和王惜乐在一起了，男女朋友。"

我一滞，愣愣地望着他，过了半晌，才反应过来，轻轻点头。

或许我的反应太过平静，等我喝下半杯水，他又说："只是演戏，你不要觉得委屈。"

我有什么委屈的，我苦笑，"委屈的是你。"

"我有什么好委屈的，"他把脸贴在我额头上，确定已经降温了，淡淡道，"就是个游戏。"

感情游戏，一个圈套，至于王惜乐，我早把她忘了，甚至恨恨地想，谁叫你是他们的女儿，活该！

我现在想起王墨放在她身上的眼神，那种慈爱宠溺的目光，就一股怨恨涌上心头，最恶心的是我身上竟流着他的血，他却把所有的爱都给了一个毫无关系的人，虚伪！

我挣扎地坐了起来，找那张照片。

宫宝递给我，"在这儿！"

我接过相片，不自觉地摩挲着。那晚它被夹在《追忆似水年华》里，是那段过去的唯一证明。我盯着照片上的两人，年轻的，快活的，王墨会怎么想起这段记忆？

宫宝摸摸我的头，轻声说："阿姨年轻时很好看，你和她很像。"

"我才不会像她那么傻。"我垂下眼睑，掩饰眼中的冷酷。

我记得，这本书里有句经典名句，有回忆才是完美人生，当一个人不能拥有的时候,他唯一能做的便是不要忘记。王墨没扔这张照片,是忘不了容华姐还是为了回忆?提醒他不要忘了年轻时的风光吗?追忆似水年华?可笑!他只是个骗子。

我握着照片,还好,那晚始终牢牢拿着它,没有让雨水给弄花了。王墨的影像还是十分清楚,而且他没怎么变,不过眉间多了几分沧桑,眼角添了细细的鱼尾纹,但那清淡从容的气质从来没变。

我看着照片里的人,问宫宝:"你知道怎么才能毁掉一个功成名就的大学名教授?"

他没回答,但我从他眼中看到我们共同的想法——丑闻。人怕出名猪怕壮,这是个浮躁的信息爆炸时代,要毁掉一个口碑不错的名教授实在太容易了,只要抓住他学术上的一点漏洞,就可以让他成为众矢之的,何况我们证据确凿。

我们的学校虽然不是国内排行前十的大学,但也是数一数二的重点大学,而王墨因为这几年的国学大热,参加过几次电视讲堂,出过几本书,也被炒得风风火火,如果我们在这个光环上泼上一盆污水,相信很多人都会感兴趣的。

"把这个照片拿去扫描,打上马赛克,给他领导发一份,还有——"

"网络。"

是的,最可怕的网络,不要说知名论坛社区这些国内的疯狂传播机,就我们学校的校内网,都可以引发一场地震。不过我们得先写一些匿名信,我坐起来,掀开被子,"鸡丁,我们去办出院手续,这里待得闷我死了。"

"不行,"宫宝把我按回床上去,眼睛全是坚决的反对,"你虽然现在退烧了,可这几天一直反复高烧——"

"我等不及了!"我又气又急打断他,挣扎要跳下来。

他绷着脸,按住我不动,又道:"欢喜,这事不能急的,先养好身体。"

"一点感冒又不会怎样!"

"什么不会怎样,你不心疼,我心疼,你不知道你晕了三天!这三天,看着你躺在这儿,我,我——"说到这,他哽咽住,红着眼圈看我,眼底是极少见的无助和担忧。

我眼一酸,张了张口:"可——"

正争执着,一个清亮的声音打断我们了。

"欢喜!"是王惜乐,她抱着一束花,拿着一个保温盒站在门口,嚷嚷着,"欢喜,你病得很重,乖乖躺着,不要再让宫宝担心了。"

这么动人的女孩,此时看在眼里却分外刺眼。我躺回床上,假装抱怨:"这里闷死了!"

"再闷也要等病好了,"她鼓着腮帮子,把手放在我额头上,又回头问宫宝,"对吧,宫宝?"

宫宝点点头,笑了笑,"你家最近事多,没事就不要往医院跑了,别累着了。"

听听,这体贴亲昵的话,这么相爱相亲的男女朋友。我在心里冷笑,却打趣道:"怎么,我不过睡了几日,你们就一跃千里,突飞猛进,我错过了什么好事?"

"讨厌!"王惜乐脸一红,盛了碗汤塞到我手里,"快喝了它!"

"哟,乐乐小媳妇,你这是在贿赂未来的小姑子吗?告诉你,一碗汤是远远不够的!"

王惜乐飞快地看了宫宝一眼,娇嗔道:"快喝,堵住你的嘴!"

我喝了一口,味道不错,于是继续打趣:"到底是弟妹做的汤,难怪这么好喝。"

"当然,我爸炖了好几个小时,对我,都没这么好过呢!"

是王墨做的汤,要放进口中的调羹顿了顿,才送进嘴里,刚才还美味的汤入口后就变得食不知味了,他会对我好,那如果他知道我们的关系呢？大概是撕破脸后，只剩下彼此都不想直视的丑陋，我无意识拿着调羹在汤里画着圈，低头掩饰情绪。

"刚才宫宝说，你们家出事了，怎么了？"

提到这，王惜乐的腮帮子又鼓了起来，"流年不利呀，就是雨下得特别大的那天，几个小贼跑到我们家，把我妈打伤了。更倒霉的是，当天晚上我爸下课，被人抢劫了。"

"啊？"我装出惊讶的样子，"那你们有没有报警？"

"是呀，现在的小偷太猖狂了！我要报警，可是爸爸妈妈说不用，又没丢什么东西，"她说道，语气有些不满，"这不是丢不丢东西的问题，是人要有防犯意识！这次把人敲一闷棒，谁知道下次会发生什么事，对吧，欢喜？"

"对，最好还是要报警，"我点头，"那叔叔阿姨没事吧？"

那晚我们把王墨打晕，就丢在雨中，也不知道他怎么样了。

王惜乐笑了笑，"还好都没事，就是我爸淋了雨，有些感冒。"

"那还给我煲汤，太辛苦了。"

"没事，他说，怕互相感染，就不过来，要你好好照顾自己。"

"谢谢王叔叔，等我回去，就去看他。"我点头，也不知这份感谢有几分真心。

后面又聊了一小会儿，见我意兴阑珊，王惜乐以为我精神不济，嘱咐我好好照顾自己，然后，抓着衣角，一直望着宫宝。小妮子太直白，明显是想这个新男友陪她一起走。

我笑了笑，"时间不早了，你和乐乐一起走吧。"

"晚上没课，我留下来，你现在还要人照顾。"

"没事的，回去吧，就一个小小的伤风感冒。"

"可——"

我打断他，"乐乐，快把你男朋友拖走，一个人柔弱无助时，最讨厌别人的男人在我面前晃来晃去。"

"欢喜，你真是坏死了！"

宫宝无奈望着我，"那你好好照顾自己，有什么事，给我打电话。"

"知道啦，宫宝老妈子！"

我摆摆手，病房又恢复安静，我盯着那个保温瓶，恨不得在瓶身上戳出两个洞，手正要伸出——

"欢喜。"王惜乐又站在我面前，白皙的脸泛着淡淡的粉红，像个做错事的小女孩，有些忐忑地望着我。

"怎么了？"

"你介不介意？"

"介意什么？"

"我和宫宝在一起。"

我笑了，"我介意什么，你这么好，能和你在一起，是宫宝走大运了。"

"那你就是不介意了？"

"当然不介意！"

"真的不介意了？"她不确定地问了一次，弱弱地说，"她们说你是兄控——"

我恼了，"你再问我，我就介意了，还是，你对宫宝没信心？"

"不，他对我很好，只是——"

我不想再听这患得患失的小女儿心态，摆摆手，"乐乐，你喜欢他，他喜欢你，这样就好了，别管其他人怎么说，这是你们两人的事！"

她眼睛一亮，感动地看着我，眼角似乎泛着少许泪花，扑过来，开心道："欢喜，我真是太喜欢你了，你的认可，对我来说很重要，因为你对宫宝来说，太重要了！你真是我的吉祥娃娃，要不是你，我就再也见不到宫宝了！"

"知道啦，知道啦，那照顾下单身人士的脆弱心灵，别在我面前秀恩爱。"

看着她欢天喜地地走了，我冷笑。我是你的吉祥娃娃，那你就是我的噩梦。不过，从今天开始，我也会让我成为你的噩梦，王惜乐！

我看着自己的手，这时白色被单上落下了一个淡淡的影子，我抬起头，笑着说："又回来做什么，都说不介意——"

"介意什么？"面前的男人好奇地挑起眉，是李昭扬。

我不笑了，指着床头柜的那个保温瓶，"来得正好，帮我把那里面的东西都倒到马桶里去！"

2. 我心有猛虎，在细嗅蔷薇。

"倒了？"李昭扬打开保温瓶盖子，皱着眉，"多可惜。"

"我不喜欢，要不，你喝了。"

"好呀！"我只是随口这么一说。

没想到，他真的坐了下来，拿起调羹，全部喝得干净，末了，还擦了擦嘴角，"这汤真不错，要煲好几个小时吧，真有心。"

我目瞪口呆，感叹道："李昭扬，你真是不客气啊。"

从来没见过有人来看望病人，两手空空也就算了，还把病人的汤给喝得一干二净。

我无奈地看着李昭扬，这个人呀，真是让人哭笑不得，不过压抑心头的难过也消散了少许。

他坐到床边，手探过来，"怎样，没事吧？"

不自觉偏过头，看着他的手指划过额头，我尴尬地望着他。

他脸上的笑生生凝住，眼中簇起一串小火苗，咬牙切齿，"看来人真是不能做坏事，不然，无论做什么，都被当病毒躲着。"

"李昭扬，我、我不是这个意思。"我吞吞吐吐，或许身体本能地害怕，所以对他的碰触都特别恐惧，我垂下脑袋，"对不起！"

他仍沉默，气氛又变得诡异，明明刚才很好的。我轻轻用手碰了他握着的拳头，"对不起，这个道歉是真心的。"

手被反握住，一张过分朝气的脸就放大在面前，眼瞳笑得快眯成一条线："那这颗真心我收了！"

"滚！"一掌拍飞他，我倚在床上，认真道，"不过这次谢谢你了。"

李昭扬把玩着一颗苹果，又拿了水果刀，利落地转着水果刀，刀刃一翻一转，一闪又一闪，"接下来，你准备怎么办？"

"血债血还。"我冷笑。

他又皱眉了，"你一个普通大学生，能做什么？"

是的，我能做的太少了，但是我不会放弃的，我看着他的眼睛，单刀直入，"我要你帮忙查一个人。"

"谁？"

"沈雪尺。"

李昭扬挑眉，水果刀轻轻划掉一段果皮，"小乞妹妹，你要知道，我可不是什么好人，昭扬哥哥虽然像朝阳一样温暖，可也不是朝阳行业。"

"我知道。"

"那你拿什么换？"他继续手中的动作，刀起刀落，果皮果肉分离，精准的刀工，如同他此时看我的眼神，赤裸的，没有掩藏。

我笑了，也学他，靠他耳边，暧昧道："拿我家宫宝怎样？你不是爱他爱得要死，一直黏着我，不就想得到你亲爱的小洋鬼子？"

末了，我吐了口气，"这个交易不错吧，我亲爱的昭扬哥哥？"

他一愣，很快就反应过来，笑得前俯后仰，指着我，"小乞妹妹，你真是个萌物！"

好笑吗？我微微笑了起来，李昭扬这种人，玩世不恭惯了，跪下来请他帮忙，还不如找点乐子看他有没有兴趣，只要他感兴趣了，那就是他一句话的事。

他笑了半天，冲我挤眉弄眼，"依我看，我是奇葩，你是萌物，咱们就是天生一对。"

我也笑，点头道："对，天生不是一对。"

跟这人说话，只要反方向挑衅他，偶尔再给点赞同撩拨一下，他就舒心了。果然接下来，他就笑眯眯地削那颗苹果，削完之后，咔嚓一声，送进自己的嘴里，然后又开始削。我就静静地看着他，偶尔说一两句。

直到很晚了，他突然飞快动作起来，雕出一只活灵活现的小老虎，刀工精巧得让人赞扬。我惊奇地瞧着，真可爱，这让人怎么下得了口。

他站起来，俯过身来，递给我，微笑道："送给你。"

"我心有猛虎，在细嗅蔷薇。"他很优雅地念了一句诗，"你就是我的蔷薇，小乞妹妹。"

李昭扬潇洒地收了刀，向我摆摆手，走向门口，"等我的消息。"

我点头，看着手中的小老虎。我也看过这首诗，我心有猛虎，在细嗅蔷薇。可惜，我不是你的玫瑰，我只是你手握玫瑰的刺，尖锐无情，只会把你刺得一手心的血。

还好，他也不在意。李昭扬，我们这样很好，谁也不在乎谁，真的很好。

这样想着，我又睡死过去，半夜却突然惊醒。床边趴着一个人，他握着我的手。我一动，他也醒了，还有几分迷糊，惯性地伸手摸我的额头。

"怎么了，哪里难受了？"

手的触感冰冰凉凉的，我眼一酸，"不是叫你回去了，怎么又过来？"

"我不放心。"他理所当然说道。

傻瓜，有什么不放心。我住的病房是多人间，早已住满，也没有多余的空床，我烧了三天，他就在这趴了三夜，他长手长脚地窝在这小小的地方，天气还这么冷。

我摸索着握住他的手，"上来吧。"

"床这么小，你还病着呢。"

"叫你上来你就上来，还是你心里有什么龌龊见不得光的小九九？"

黑暗中，看不清他的神情，只听到他的苦笑声，"欢喜呀"，然后是脱外套的声音，没一会儿一个微凉的身子躺到我身边。我让了让位置，让他靠过来，然后翻了个身，窝到他怀里，一手搭在他腰上。

"暖和点了吗？"

"太挤了。"

"你在嫌我长胖了吗？"

他手伸过来，在我肚子上捏了几下，鉴定的语气，"是挺胖的。"然后他的手就放在腰上也没移开了。

小滑头，想抱我睡就说嘛，找这么个蹩脚的借口，我用头用力顶了他的胸膛，"都怪你。"说完又扑哧笑了。

"记得吗？小时候，你就是这样，闹别扭就用头顶我，太二了。"

他不说话，只是握着我的腰的手一紧。

"鸡丁，鸡丁，"我用手指戳戳他的胸膛，他胸口硬硬的，"我还是喜欢你小时候，软软的，小小的，像只小鸡仔一样跟着我，现在，你全身硬邦邦的，抱着也不舒服。"

"睡觉！"官宝抓住我的手，咬牙切齿，声音里隐隐有几分压仰。

床太狭小，喷在脖子上的气息有些急促，那么炽热。我不说话了，睁着眼睛，精神极了，怎么也睡不着。

"眼睛睁那么大做什么？"

"睡不着。"

"你眼睛都不闭，怎么睡得着？"

"哦。"

我闭上，没几秒，又睁开眼睛，瞪着天花板，"眼睛它不想睡觉啊。"

一声轻轻的低叹，没一会儿，有什么湿润的轻轻碰了下我的眼睑，一下又一下。我乖乖闭上眼，那触感慢慢往下移，最后停在我唇上。我微微向前，碰到了。他一手抱着我的头，唇重重压了下来，碾磨着，直到我的唇也变得湿润起来。

很绵长的吻，缠绵得我的心都纠疼起来。我用力抱着他，脑中突然闪过一句话，相濡以沫，我宁愿这样贪婪地偎依着，也不愿相忘于江湖。

宫宝拍着我的背，轻轻说"睡吧"，我把脸埋在他怀里。

"鸡丁，你只可以这样吻我一个，知道吗？"

"嗯。"

他应了一声，用力搂紧我，我又说："如果你吻其他人，我不会原谅你的。"

"放心！"

3. 生活远比电视剧来得惨烈。

我出院时，学校已经闹得满城风雨。

国学大师曾经和未成年学生私奔，这样的丑闻引发了人们无比的关注。各种小报记者追问王墨年轻时的风流逸事，网络对那个被打上马赛克的头像猜测纷纷，各种不靠谱的版本也纷至沓来。这个时代本来就太浮躁，再加上有心人的推波助澜，就算是普通人也逃不过这样流言蜚语的压迫,何况是有名气的国学大师。

出乎意料的是,王墨并没有站出来为自己辩解。没几日,也不知道是迫于压力还是其他原因,他向校方提出了辞职,而后闭门不出。

这个消息是王惜乐告诉我的,她嘟着嘴抱怨:"我爸爸怎么可能是这种人,也不知道谁哪里找来的照片,胡说八道。"

我点头附和:"王叔叔还好吧?"

"还好,"王惜乐眼中有些忧伤,"就是又和妈妈吵架了,妈妈生气回B城了,爸爸一个人,怪可怜的。"

她又抱怨道:"妈妈也真是的,她都不信爸爸,还有谁会信爸爸!"

那是因为她知道,那些都是真的。我拍拍她的手,"没事的,有空我找王叔叔聊一下。"

"爸爸最喜欢你了,欢喜,你可要好好开解他。"

"知道啦!"

王惜乐满意地笑了,自从她和宫宝确定了关系,就和我们走得越来越近了,本来她对人就没什么戒心,现在更是有什么事,就一股脑儿地告诉我。我也专心扮演我的角色,看来小时候做神棍的演技还在,我演得不错。

若我之前还有点良心上的谴责,现在面对她,能压抑住内心的阴暗面就不错了。她是个好姑娘,错就错在她是王墨的女儿。

王墨确实憔悴了好多,我再去看他时,他依旧行云流水地为我泡茶,可气色大不如前,人也显得有几分颓败。一下子从国学大师变成丑闻主角,被舆论逼得辞职,看来,这对他打击还是蛮大的。

这是我知道他是我父亲后,第一次见王墨。

不再仰慕地望着他,其实他老了,保养得再好,眼角也有些掩饰不住的皱纹,眼睛深邃,可眸里全是沧桑……这个人,就是我父亲吗?我拿起茶杯,垂下眼睑。那又怎样,在我需要他的时候,他从没出现。

我喝口茶润了润喉咙，"汤很好喝。"

他笑了笑，慈爱地看着我，"年轻人身体还是要顾的，那么大的雨还到处乱跑。"

我神经一紧，他会不会怀疑过是我？我笑着说会注意，可看他的神情又不像，随意问："阿姨又出差了？"

王墨摇头，"我们吵架了。"

"因为那个传闻？况且都过去了——"

"就算时间过去再久，发生了就是发生了，只是这始终是我们心中的一根刺。"王墨的神情有些惆怅。

我随手拿起桌旁的《追忆似水年华》，翻了翻，"你也在看这本书？有句话我很喜欢，有回忆才是完美人生。"

他点头，"我也很喜欢。"

"当一个人不能拥有的时候，他唯一能做的便是不要忘记，"我对着书念出里面的名句，假装好奇问道，"王叔叔，你还记得那个女孩吗？与你私奔的那女孩？"

王墨叹了一口气，"很多年了……"

"二十多年了。"

"啊？你怎么知道？"他很讶异地看了我一眼。

我笑了笑，指甲陷入手心，"网上的帖子这样说的。"

"都这么久了，"他抬头，"我不会想记起她的，这是我年轻时候做的最大的错事，要是她站在我面前，我估计认不出来的……"

做错事，只是做错事，你知不知道这件错事毁了一个女孩的一生！

"那你爱过她吗？"

"爱？不，欢喜，你不懂！"王墨的表情突然有几分狰狞，情绪激动，冷笑道，"如果可以，我真想把我关于她的记忆全部擦掉，就是因为她，坐实了我的背叛，她成了我一生挥之不去的污点，雪尺揪着她不放，媒体又把她不断放大——"

听到了吗，容华姐，你为之抛弃一切的男人原来这样看你。我忍不住道："那你有没有想过，那个女孩后来怎么样了？她可能因为怕被家人骂不敢回家？或者，她怀孕了，又不想打掉孩子，生下了那个孩子？"

"欢喜，你怎么会这么想？"王墨不可思议地看着我。

我故作单纯，"电视上不是都这样演的吗？"

他笑，"生活又不是电视剧。"

不，生活远比电视剧来得惨烈，我继续说："按照剧情，接下来，那女孩生下了一个孩子，孩子长大后，会追问她，爸爸在哪里？王叔叔，你说，她会怎么回答她的孩子？也许，在不知道的地方，活着你的一个孩子。"

"不会有这样的事！"王墨胡乱答道，"她肯定回家了！"

作恶者总是这么理所当然地为自己脱罪，她回家，她回得了家吗？她才十六岁，阿公会叫她打掉那个孩子，她怎么舍得？她从来都是咬牙吞下所有的苦，也不肯跪下来求人一次。我不再追问，看着王墨继续喝茶，看着他手有些抖。

"我真后悔，她只是个孩子，我根本不该带她走。"

"你后来有没有去找过她？"哪怕一次，一次也足够我原谅你。

他瞪大眼睛，惊奇道："找她？"

我的心沉了下去。

王墨继续说："我不能找她的。"

"为什么？"

"我不爱她，再见面只会伤害她。"

你不爱她，为什么要带她一起走？私奔是两个人的事，你说不爱就不爱？我的心沉了下去，我还要问，王墨却摆摆手。

"好了，别再说这些了，欢喜，你今天真反常。"

"我只是看不惯外面那些人乱说，我想，那也是王叔叔你美好的回忆，因为爱情。"

"爱情？"他反问，眼中闪过一点纠结，而后理所当然地反驳，"不，我只有跟你阿姨之间才有爱情，我和她就是个错误。"

错误，只是个错误。手心一痛，我忍住了，保持冷静，还同他聊了聊其他的。比如开始写毕业论文了没有之类的，要不就是帮忙介绍实习单位什么的。

气氛又好了些，他突然问："乐乐和宫宝在一起了？"

我点头。

他笑了，"年轻人就是年轻人。"

"乐乐是好女孩。"

"第一次乐乐带宫宝回家，我就看出来了，从小到大，我就没见过她对谁这么上心。"王墨叹了一口气，"女大不中留呀，一谈恋爱，这么近都没回来几次。"

"要毕业了也忙。"

"能有什么忙的，我还不知道。还好，宫宝是个好孩子，我看得出来，跟着他也好，"他想到什么，眼睛亮了起来，"你们这代现在都说，一毕业就说分手，要不，毕业后，让乐乐和宫宝结婚吧。"

4. 彼时良辰美景，而我将我们推向荆棘。

"结婚？"宫宝重复地问了一次。

我点点头，虽然王墨只是兴致勃勃提了建议，但我看得出，他不是开玩笑，他很认真，想为自己的女儿找一个好归宿。

"宫宝是个好孩子，乐乐和他在一起，我也放心，我老了，现在又出了这种事，不希望因为自己影响到孩子……"他说得很诚恳，实实在在地想找一个人照顾自己的女儿。他真的是很好的父亲，毫无保留地对女儿好。

我看着宫宝，他看着我。

"那你怎么回答的？"

能怎么回答，我假装无谓，"感情的事，让他们两个人去决定。"然后落荒而逃。我以为我不在乎，可是每当看着他们手拉手在我面前，我知道，我看不下去，就算知道这是一场戏，我也受不了，我嫉妒得快要扭曲，可我还得笑着看他们。

人啊，总是太过贪心，我想报复王家，又想收获幸福，还见不得有人牺牲。

"那你怎么回答的？"宫宝又问了一次，看着我，眼睛犀利又直接，仿佛能看到我内心深处的丑陋和黑暗。

我踮起脚，遮住他的的眼睛，"鸡丁，不要这样看我。"

我的心很疼，我不想这样，只是我已经停不下来。

喧闹的街头，我们像受伤的野兽那般对峙着，可谁也没有主动去舔彼此的伤口。

今天是王惜乐的生日，大家说好在KTV为她庆生，宫宝身为男友，当然要包揽一切，趁着定包厢和拿蛋糕这段时间，我们难得独处。不知何时起，我们连独处都变得珍惜起来，可也凝重了。

我不敢看他的眼睛，我懂他的意思。我也问自己，谢欢喜，是不是为了报仇，你什么都可以放弃？心中早已有答案，我只能没有意义地重复，"对不起，鸡丁，对不起。"

"不要说对不起，"宫宝开口，手伸过来，放在我肩头，"欢喜，我可以做很多事，再坏我也无谓，除了一件——"他把我的头压在他的胸口，轻声说，"就是放弃爱你的权利。"

眼角有些湿，我没有说话，只是抱住他。那么多人看着我们，我不在乎，只有这样，才能感受彼此的存在，而不是失去。时间过去很久，他轻轻放开我。

"去拿蛋糕。"

"欢喜、宫宝——你们——"

一声尖叫打断我们，我们回头，看到王惜乐站在身后，瞪大眼睛看着我们。我一惊，触电般推开宫宝，不安局促地看着她。她看了多久，会不会发现什么？宫宝很镇定，揉揉我的头发，"好了，别难过了。"

那么自然，就像安慰妹妹的好兄长。

连惊讶万分的王惜乐也走过来，挤出一个笑容，"欢喜怎么了？"

"论文犯了个错误，被导师骂惨了。"

我配合低头，也不知道王惜乐有没有看出端倪。

宫宝又义愤填膺道："早就告诉她，当初就不应当选他当导师，出了名地刁钻难搞，她不听。"

我点头，对上王惜乐关心的眼神，我心一震，这关心会不会和我一样是装出来的？不，我知道的，她不是这样的人。我从小是个神棍，善于伪装，但王惜乐不是，她被宠爱着长大，无忧无虑，心思比水还纯净。我的指甲又陷进手心，麻木地痛，我听到我的心在大声地质问我，为什么是她？

我们去拿了蛋糕，就去定好的KTV包厢。乐乐人美性格又好，本来人缘就不错，再加上临近毕业，熟悉的几个同学也都愿意出来聚一聚，所以来的人很多，都是大四的学生。大家玩得很尽兴，最后围在一起唱了生日歌，把灯关了，点着蜡烛，让乐乐先许愿。

许完愿，要吹蜡烛时，有人打趣问："等等，先说，许了什么愿？"

"讨厌！不能说的！"烛光照得王惜乐的脸红红的，眸子里全是羞涩。

她这样子，大家怎么可能会放过，开始起哄："快说！快说！"

王惜乐扯扯身边的宫宝，"宫宝，他们欺负我！"

"宫宝，他们欺负我——"有人拉着身边的男同学，尖着嗓子扭捏学了一句，惹得大家又发出一阵哄堂大笑。

"快说，快说，许了什么愿？不说今天不放过你的！"

宫宝站了起来，"好了，切蛋糕，别闹了。"

有人过去架住宫宝，对着王惜乐喊道："王同学，请注意，人质已在我手中，要想救你的男友，就把愿望说出来，否则十秒后撕票！"

大家围坐在沙发上，举着杯子，进行倒计时，"十、八、六——"

"好了，好了，"王惜乐站起来，狠狠灌了杯酒，年轻的脸上全是兴奋和勇气，"我刚才许的愿是——"

她望向宫宝，一字一顿："我要嫁给谢宫宝！

"哟——"

长长的起哄声，我没听到。我盯着王惜乐，她被围在人群中央，水汪汪的眼睛又黑又亮，黑水晶般闪耀着动人的光芒。

而她眼里只有宫宝，她走过去拉回宫宝，那么理所当然，娇嗔道："好了，我说了，把我男友还给我！"

眼里全是自豪和甜蜜，还有谁也无法动摇的占有。

"嫁给他！嫁给他！"又是一轮新的闹剧，有人起哄，"要是王惜乐不嫁给谢宫宝，谢宫宝不娶王惜乐，我就再也不相信爱情了！"

"为了真爱，娶回家！"

不知是谁，点了《今天我要嫁给你》这首歌，不一会儿整个包厢回荡着轻快的前奏，有人把话筒塞到王惜乐和谢宫宝手中，一起拍着手掌。

我听到乐乐甜腻的嗓音。

　　听我说
　　手牵手　跟我一起走

创造幸福的生活

昨天你已来不及

明天就会可惜

今天嫁给我好吗

唱到这句，她看着谢宫宝，眼波如水，荡漾着期盼。

人群中又开始起哄，只有我，紧张地望着两人，盯着宫宝的嘴唇，在心中呐喊，鸡丁，不要答应，不要答应。指甲又陷入手心，是不是太过在乎，一句话一个表情都会让人胡思乱想？

我目不转睛盯着他，他似乎朝我这边看了一眼，又或者没有，垂下眼睑，轻轻说了句：

"Yes！I do!"

我一下子软下去，颓废无力地倒在沙发靠背上。王惜乐尖叫地扑到宫宝怀里，他宠溺地揉揉她的长发，甜蜜的歌声再次响起。

听我说

手牵手 一路到尽头

把你一生交给我

昨天已是过去

明天更多回忆

今天你要嫁给我

"Yes！I do!"

有人替他回答起来，KTV全是欢快幸福的气息，连空气都带着甜味，只有我与他们格格不入，不，我看到自己，正在大声地嬉闹，大杯地喝酒，却像个空荡的盒子，里面装满了算计没有一点爱，而我的灵魂飘荡在上空，看着宫宝不时看我一眼，眼神含蓄，充满忧伤。

我们就这样凝望，隔着一个王惜乐，隔着狂欢的人群。

直到我手中拿到话筒，小时候最熟悉的旋律回响在耳边，"在你身边，路虽远，未疲倦"，第一句，我就垂下眼睑，把情绪都掩藏。我想起很多事，那场火灾，那个绿眼睛的小鸡丁,惊艳我的小哈利……

"放心，就算为了我那套房子，我也会照顾你，乞丐我来当，东西咱们一起吃。"

"欢喜，不要这样笑，我难受。"

"欢喜，起来！你给我起来！"

"不能。"

"为什么？"

"因为我饿了。"

"你知道，我离不开你。"

"滚，谁离开谁活不下去。"

"是活得下去，只是人生再无欢喜。"

"欢喜，我可以做很多事，再坏我也无谓，除了一件，那就是放弃爱你的权利。"

……

十二年，命运只够轮回一次，可我爱他，从第一眼开始。

如今，他搂别人在怀里，我亲手推过去的。

我继续唱着，哽咽麻木地唱着《漫步人生路》，眼看着他牵着别人的手走过。

嗓子难受，我就喝酒。鸡丁，原来，我比想象中更在乎你。现在的情形让我恐惧，不是因为我们连拥抱都不可能，而是我预感会失去你。而如果有一天，我继续漫步人生路，没有你，怎么继续？

手机的振动打断了我的思绪，耳边传来李昭扬的声音。

"小乞妹妹，有空吗？"

"欢唱，502 包厢，带我走。"

没等他回答，我挂了电话。对上谢宫宝询问的眼神，我别过脸，又喝了一杯酒，他们继续打闹，正玩着什么很流行的"夫妻相性100问"。

我不闻不问，歌曲继续循环。有人受不了，喊着："来人呀，赶走谢欢喜。"有人过来切歌，是谢宫宝，玉树临风站在中央，微笑着。

"这首歌给我的最爱，《一生所爱》，我的一生所爱。"

"嘘——"又是一阵起哄声。

我抬头，他的视线轻轻划过我，嘴动了动，最后又望向王惜乐。我循着视线，看到王惜乐正若有所思地望着我，只是一瞬，但我知道，她在看我。我的心一下子跳了起来，心惊肉跳，那眼里有怀疑。

> 从前 现在 过去了再不来
> 红红 落叶 长埋尘土内
> 开始终结总是 没变改
> 天边的你漂泊 在白云外
> 苦海 翻起爱恨
> 在世间 难逃避命运
> 真心 竟不可接近
> 或我应该 相信是缘分
> 情人 别后 永远 再不来
> 无言 独坐 放眼 尘世外
> 鲜花虽会凋谢 但会再开
> 一生所爱 隐约在白云外
> ……

一生所爱，我完整地听了一遍，尽管他们的眼神黏在一起，可我听得出，这歌声为我而唱，我听得出这歌声的无奈和哀伤。一生所爱，隐约在白云外，真心，竟不可接近……鸡丁，对不起，我有些后悔了，一开始就不该这样。

有谁推开门，引起惊呼。

是李昭扬风度翩翩走了进来，他冲我点头，自顾自倒了酒，走到王惜乐前面，"乐乐小美人，生日快乐，祝你永远貌美如花。"

"谢谢。"

乐乐很得体地一饮而尽，一旁的宫宝脸黑了，"你怎么来了？"

李昭扬抛了个媚眼，"你猜。"

他老惯例调戏完，朝我走过来，"欢喜我带走了。"

"乐乐，有点事，我先走了。"我拿了包，跟他走，背后是火辣辣的视线，我知道是谢宫宝。

"欢喜——"

"放心。"我没有回头，毅然关上门。

鸡丁，谢谢你，一生所爱，我会记住的，你为我唱的《一生所爱》，躲躲藏藏的在意，只是我撑不住。我以为我足够坚强，可还是做不到，相亲相爱，却不可接近，我做不到。

彼时良辰美景，而我将我们推向荆棘。

5. 跟我在一起，我许你欢喜无忧。

门关上的刹那，世界清净了。

我先到洗手间洗脸，包厢里的音乐还在继续，是五月天的《错错错》，正唱到，"如果说最后宜静不是嫁给了大雄，一生相信的执着，一秒就崩落"，我的眼角红了。一直以来，我以为我和鸡丁是那么理所当然地可以在一起，但最后结局又会怎样，会不会错过？

李昭扬在走廊等我，笃定地说："你哭了。"

"那又怎样？"我无谓地反问，"走吧！"

李昭扬停下来，"刚才在电话里，你说，带你走？"

我点头。

他又问："为什么？"

"我受不了。"

他突然靠过来，直直地望着我，"欢喜，跟我在一起，我许你欢喜无忧。"

温柔的话回荡在耳边，带着诚挚的蛊惑。我知道，他是说真的，李昭扬虽然不是什么特别正派的人，可他一向说到做到，只是欢喜无忧，我怎么可能欢喜无忧。

我看着他，"为什么？李昭扬，你爱我吗？"

"爱？"他冷笑，"全世界我最不需要的是爱。"

"那你凭什么许我欢喜无忧？"

"因为你不爱我，不爱我，就不会心痛，就可以没心没肺地伤害我，然后没心没肺地快活着。"

"……"我气结，蓦地怒了，"你懂什么？不爱就可以随便伤害吗？李昭扬，你这个人就是这样，自私，不择手段，不会爱，也不懂爱！"

"欢喜，我只是想让你开心。"他平静道。

我默然。

他看着我，继续说："你知道的，我们是同一类人。"

他说的对，我也是这样的人，自私。为了报仇，我把自己的爱人推到别人手里，可就算这样，我也不会将就。

我昂起头，"不一样，我有人爱，你听到了吗，我是他的一生所爱，而我也爱他。"

"可他却总让你难过。"

"你不懂，难过是因为我在乎。"一瞬间，我平静了，我所有的情绪都是因为在乎，我望着他，认真道，"李昭扬，谢谢你，可是我的欢喜无忧，只有他能给。"

他挑眉笑了笑，释然道："那么我成炮灰了？"

李昭扬上前，冷笑，"谢欢喜，我这个炮灰你可用得真顺手，需要时就利用一下，偶尔，还要客串挡箭牌，请问，我的服务，你还满意吗？"

"连你也要这样吗？阴阳怪气，我以为我们是是朋友。"我怒视。

李昭扬耸耸肩，苦笑了一下，"怕你了，走吧！"

后面又嘀咕一句。

"还好我没心没肺，不然，得被你伤成什么样的。"

还好，我们都没心没肺，所以可以毫无顾忌展露心中的阴暗面。也许，男女之间，除了爱情，朋友，还有我们这种游离在爱情与朋友的间第三态，知己，相知，可以安慰彼此，却不能相亲。

我们到附近的一家咖啡店，李昭扬把档案袋递给我，"我找了当私家侦探的朋友帮忙，你先看看。"

说罢，他便悠然喝咖啡。

他刚才打电话给我，就是想告诉我，他查到了关于沈雪尺的事。不得不说，李昭扬这人确实不简单，看似慵懒无害，可人实在神秘。也不清楚，这样的人，当年为什么会沦落到当乞丐头子。每个人都有不想说的过去，他不想说，我也不好追问。

我低头看档案，越看越不明白。

上面说，沈雪尺是个很普通的人，上大学后，她认识了王墨。两人毕业没多久，就结婚了。后来一次大学同学聚会后，沈雪尺同王墨离婚。接着，沈雪尺到北方嫁给了谢宫宝的爸爸宫胜南。三年后，宫胜南身亡，她继续待在宫家，继承了宫胜南的遗产。

比较让我惊讶的是，沈雪尺、王墨还有宫胜南，三人在大学期间就认识了。三人是关系不错的朋友，宫胜南还曾追求过沈雪尺，不过后来，也各自婚嫁了，王墨和沈雪尺在一起，宫胜南和宫宝的母亲结婚了。

资料很齐全，但其中有几个疑点，为什么沈雪尺突然同王墨离婚，嫁给宫胜南？还有，宫家那么大的产业，宫胜南死了，他的儿子宫薄失踪，没有人去查吗？还有，沈雪尺嫁给宫胜南时，她已经知道宫胜南有孩子，为什么当年还那样虐待宫宝？当初我单纯地归结为后妈虐子，可是事情真的这么简单？沈雪尺曾失口提到，宫胜南的死不是意外，那么那场火呢，会不会是沈雪尺为了除掉宫宝而放的？

各种想法涌入脑中，我放下资料，盯着上面的照片。照片上的三个人快乐地站在一起，不得不说，从外形看，三人都是非常抢眼的人，特别是沈雪尺，碎花小旗袍，清纯中还带着东方的韵味，相当迷人。王墨没什么变，清风明月的淡雅气质。至于宫胜南，这是我第一次看到宫宝的父亲，高大英俊，五官立体张扬，也有一双深邃的黑眼睛，看来，宫宝的眸色是遗传他那早逝的外籍母亲。

两男一女，形成一种亲密又疏离的关系，就像现在的我们。一个想法兀地涌进我的脑中，那时的他们，会不会和现在的我们一样，只是表面的和睦？我越看越不明白，"我找不到沈雪尺后来离婚嫁给宫胜南的理由……"

李昭扬冷笑一声，"说你天真还是傻，女人嘛，不就这么一回事。"

"沈雪尺再美能美上几年，爱情？就算有爱情，能保持几年？她满心幻想地嫁给自己爱的人，结果发现，生活其实就是柴米油盐。激情被磨光了，爱情死了，跟着一个穷教书匠，没有浪漫，没有星光，娇艳的花朵就不甘寂寞了。"

李昭扬放下咖啡杯，英俊的脸上闪过一丝嘲讽。

"后来，大学同学会，碰上昔日疯狂追求过自己的好友，高大，英俊，温柔，还多金，满足一切幻想，她为什么不嫁给他？然后，欲望得到满足，她又不甘寂寞了，与其靠着男人施舍，为什么不是自己拥有一切？"

"所以她抛弃结婚多年的丈夫，容不下与她争遗产的继子，还做掉了有钱的官胜南。"李昭扬冷笑，"还能为什么？不就为了钱。"

说到最后，李昭扬笑得十分冷酷，可他垂下眼眸，那一闪而过的苦涩还是掩饰不住的。这个人又有什么故事？

我望着照片，想起沈雪尺，不过几面之缘，总是温婉地笑着，她真的是这样可怕的人吗？

可事实就是摆在面前，她和王墨就是共犯，不然，离了婚的两个人，为什么还会在一起，而且王墨还跟我们说，沈雪尺是他的妻子。我看着照片上的人，血缘上的父亲，你们到底是怎样的人？

"那场火灾呢？"

"那场火，时间过去太久，当年也纯粹当火灾处理，没能查到什么。不过，我有查到，沈雪尺在火灾发生后去警局报案，说自己的儿子失踪。最后警察把她儿子当作失踪人口处理，仅仅做了备案。"李昭扬有些歉意地看着我，"抱歉，就只有这些。"

"你已经做得够多了，谢谢你。"我望着他，李昭扬帮我做的，已经不是简单一个谢字能报答的了。

"爷乐意，谁叫你是我的小乞妹妹。"他笑笑，微长的刘海遮住眉间的寂寞。

这个人，我是不是从来没有认真看过。

"李昭扬，你到底是怎样的人？"

"你看我是怎样的人，我就是怎样的人。"

我黯然，我怎么看这世界就怎样吗？

我望着他，"李昭扬，你明明知道我在利用你，也不生气？"

"生气？我为什么要生气？"他挑眉，"除非我愿意，没人可以利用我。小乞妹妹，我不能改变过去，也不能给你爱，我唯一能做的就是帮你做点事，让你开心点。"

205

"可是为什么？"

"知道吗？我第一次见到你和小洋鬼子，就知道你们会在一起，除了你们自己，谁也无法分开你们。我这个人注定无爱，可你们不一样，"李昭扬看着我，"我要你们证明，这个世上，除了利益、背叛，还有爱。"

离开前，我郑重地跟他说："李昭扬，我原谅你了。"

这一次，我是真的原谅他了。

他给了我一个拥抱，"欢喜，我希望你，无论怎样，都能像你的名字，欢喜无忧。我许你欢喜无忧这句话，没有期限，永远有效。"

谢谢你，只是谢欢喜的欢喜无忧，被禁锢了。

回到宿舍，不出意外，我看到了在门口等待的宫宝。

他眉头紧皱，看得出心情不好。

没等他开口，我把李昭扬找到的资料拿给他。

他快速翻看，面色越来越沉重，"这样看，沈雪尺是有预谋地要嫁给我爸？"

我点头，"你还记得沈雪尺嫁给你爸那时候的事吗？"

"我妈妈在我三岁就去世了，我只记得她有双和我一样颜色的眼睛，很温柔，却很忧伤。爸爸很少在家，好像也不喜欢她，他们是因为商业利益走在一起的。沈雪尺来我家时，我还很小，其他的我都记不清了。只是记得，一开始，我很喜欢她的。因为我从来没有见过把旗袍穿得这么美的人，简直像画里走出来的人——"

我第一次见到沈雪尺，也很惊艳。

宫宝的表情有些迷惑，"可我不明白，为什么，她在爸爸面前对我很好，可私底下，总是对我爱理不理。我那时小，没人陪我，就缠着她，她会推开我，然后盯着我看很久，那种眼神，感觉是很恨我的眼神。我以为我惹她不开心，还去问她，我是不是做错事了。"

"她怎么回答？"

宫宝的眼睛里闪过几分恐惧，"她看我，一直看我，然后笑了，对我说，你错在你存在于这个世界。我不大懂，隐隐觉得她不喜欢我，就没再去黏她了，后来我爸出差，她就把我锁在屋子里，跟人说我疯了——"

　　他说到这，眼中全是愤怒和恐惧。我知道他忘不了，就连我这个局外人也忘不了他像只狗一样被锁在屋里的场景。

　　我上前，踮起脚，抱住他，"鸡丁，都过去了，过去了……"

　　"不，我忘不了，我没疯，只是她为什么那样对我？"

　　他把脑袋埋在我的肩窝，整个身体控制不住地颤抖。

　　要不是我亲眼见过，真难想象沈雪尺会做出这样的事，太可怕太残忍。那时，他才八岁，是个孩子，什么都不懂，成人间的仇恨纠纷为什么施加在孩子身上？

　　这么多天，我一直没敢把录音带给宫宝听，就是怕他控制不住，录音不能直接证明宫父的死是沈雪尺做的，但宫父的死肯定不是意外。鸡丁可以纵容雪尺对自己的伤害，但他一定会执着于父亲死亡的真相。

　　"所以，那一次见到她，我就控制不住，"他抬头，眼睛全是纠结的痛楚，语无伦次解释着，"我想知道为什么，为什么会这样，欢喜，我不是故意要甩开你的手，我知道你很伤心——"

　　我拍拍他的后背，安抚的力道，"我明白。"

　　傻瓜，我怎么会不明白。甩开我的手，就像我现在把你推到王惜乐身边一样，我们谁都比谁更难受，但我们收不了手了……

　　等他情绪平静了些，我说出最大的困难，"我们没有证据。"

　　王墨已经被逼得辞职，可这还远远不够。沈雪尺在B城，她继承着宫胜南的遗产，活得比谁都还快活，凭什么？还有，这些事情，到现在都只是我们单方面的猜测，我们需要与沈雪尺当面对质，所幸，我们都长大了，足够与他们对抗。在时间毁灭一切证据的情况下，我们只有逼他们说出真相，特别是沈雪尺。

"必须让沈雪尺回来。"

"找一个让她回来的理由。"我们继续商量着接下来该怎么办。

很晚了，宫宝叫我回去，临走前，他踟蹰着叫我："欢喜——"他的眼神有些闪躲，夹杂着几分痛苦，"你和李昭扬？"

傻瓜，他或许也觉得这问题不合时宜，可那太过在意的眼神让我伤心。我上前，踮起脚，遮住他的目光，这是我们独一无二的安抚方式。

"鸡丁，相信我。"

如果连你都不信我，那这个世界真的没有什么可以让我相信的。

6. 画面定格在互相凝望的一瞬间，黑白分明的美好。

让沈雪尺回来，其实很简单，她那么疼王惜乐，只要王惜乐肯撒撒娇，她就会回来。

过了四月，学校的毕业气氛越来越浓了，王惜乐约我一起去影楼拍毕业写真。现在大学生毕业纪念方式层出不穷，毕业旅行与毕业写真是今年的流行大热。宫宝还在路上，我和王惜乐先到了，就先挑衣服。

琳琅满目，看得眼都花了。王惜乐在一件婚纱前停下脚步，"欢喜，你看，好美！"

确实很美，设计很简约，但线条优雅，长长的裙摆拖在地上，在众多五颜六色的礼服中，有种低调的优雅。我点点头。

王惜乐爱不释手地摸了摸，歪着头问："欢喜，以后我结婚，你做我的伴娘，好吗？"

"你就这么恨嫁？"我笑。

她嘟着嘴，又问："欢喜，你觉得宫宝喜欢我吗？"

"怎么这么问？你不是一直对自己很有信心。"

"可是，我觉得他比较喜欢你！"

我神经一紧，她在怀疑吗？

我看着她小鹿一样的眼睛，一如既往单纯清澈，要么她就随口一说，要么我神经过敏，我笑，"他当然喜欢我了！"

"啊？"

"我和他一起长大，他从小就和我亲，当然最喜欢我了，像你这样的小妞怎么能比得上我们血浓于水的亲情！"

"讨厌！"王惜乐打了我一下，"难怪人家说你是兄控。"

"不过除了我，你可以排第二位，他情商发育得迟，算起来，你是他的初恋，"

"真的？"

我点头。

王惜乐满足地笑了，食指碰在一起，"我是他第一个喜欢上的女孩？"

我又点头。

她又凑过来，神秘兮兮，"欢喜，你的初恋呢？"

"初恋？"那个流苏树下的少年在我脑海中一闪而过。

小舅走后，关于他的记忆也停留在了十六岁。他，真的是杳无音信，除了每年账户不定期的汇款证明他活着。我们尝试去找过他，可压根没有线索。

这么多年，我和宫宝没有动过他汇过来的钱，只依靠阿公留给我们的财产。上学时，我和宫宝努力拿全额奖学金，课余时间，我们也会找兼职，尤其是宫宝，偶尔还会做点小生意。我们想告诉小舅，我们不需要他来负担，可是连人都找不到。

原来一个人要让你找不到，这么容易。这么多年，我没有释怀，因为无法原谅，无论是他，还是我。我年少犯下的错，为什么总是无法挽回。小舅，我错了，可你也太过决绝。我曾想过，为什么我那么自然地接受了宫宝？大概我也在遗忘这个少年，也许，我也不是那么情深的人，不仅能忘了小舅，还能忍受宫宝和王惜乐在我面前手拉手。

"欢喜，你怎么了？"王惜乐担忧地看着我。

我笑，"我当然也有初恋，只是当时我们都太不懂事。"

"分手了？"

"没有，"我摇头，"确切地说，我们没有真正在一起，后来，他离开了。"

"你还想他吗？"

"大概吧，初恋，很难忘。"

"哦。"她长长应了一声。

我推了她一下，"所以，我不知道多羡慕你，本来能找到喜欢的人就不容易，恰好那个人又喜欢你，最幸福的事莫过于你们这样。"

"是吗？"她低头摆弄那件婚纱，"我和宫宝能一直在一起吗？他很好，可就是太好，总让我感觉有些不真实。"

她低着头，长长的睫毛低垂着，神色有些迷茫，看着就惹人爱怜，楚楚动人。

王惜乐真的很美，不是那种浓妆艳抹的惊艳，而是像清晨看到凝在花朵上欲掉不掉的露珠那样，美得毫无杂质，清澈干净。

我拍拍她的手，"不要担心，他是喜欢你的，你们会一直在一起的。"

她抬头，冲我笑了笑，信任地望着我。

那一瞬间，我甚至没有怀疑我说的谎言，我继续说："什么毕业以后说分手的事，不会发生在你们身上。"

我靠在她耳边，神秘兮兮地说："他会给你惊喜的。"

"是什么？"王惜乐瞪大眼睛。

"天机不可泄露。"

"讨厌，欢喜，你真是讨厌死了！"

"反正就是有大事情要发生，叫叔叔阿姨也要过来参加毕业典礼哟。"

"毕业典礼，我当然要让妈妈赶回来。"

"晓得，晓得，全世界都宠你。"

"讨厌！"她笑嘻嘻扑过来打我。

宫宝走过来，"你们选好衣服了没有？"

王惜乐指着那套婚纱，"我要这件！"

"这是婚纱。"宫宝皱眉道。

"不可以吗？"她撒娇道，眼睛瞪得圆圆的。

"这——"宫宝犹豫下，还是倾身，轻轻点了下她的鼻子，"你喜欢就好。"

你喜欢就好，我在一旁轻浅地笑着，镜子里映出一个神情自然，笑容恬淡的我。

宫宝瞥了我一眼，用眼神询问我。我微微摇头，放心，我没事，甚至还走过去，帮王惜乐整整裙摆的褶皱。我能活下去，靠的就是百炼成钢的演技。

王惜乐帮宫宝选了套黑色的修身西装，女孩肤白若雪，温婉秀美，男孩俊美挺拔，眉眼温柔，画面定格在互相凝望的一瞬间，黑白分明的美好。

我冷笑，是不是所有女人都是带着满心幸福披上婚纱？可有一天，她们会发现，原来爱上的人都没想象中那么美好。

离开影楼，宫宝和王惜乐去王家，一方面陪陪王墨，另外宫宝还想着能不能再套一下王墨的话。证据实在太少了，可惜宫宝之前都铩羽而归。

幸好，这个世界，能让人说出真相的，除了心理医生，还有鬼神。

看着他们离开后，我又去裁缝店，定制我们需要的衣服，还要去影印店，影印东西。

在影印店，我拿出照片，"帮我裱起来，遗像的形式。"

沈雪尺、王墨，戏已经开始了。

7. 这不是八点档苦情剧，这是我的人生。

六月很快就到了。

毕业典礼结束的当天，是毕业晚会。

晚会接近尾声，主持人又上台，"今天我们还有一个特别的礼物，献给所有相信爱情的我们。"

灯光暗了下来，只有追光灯，打在看台下的王惜乐和陪她的王墨一家身上。在王惜乐的撒娇下，沈雪尺也回来了，依然是一身素雅的旗袍，一家三口在灯光下，显得特别和睦。

没人知道这幸福的画面，是毁了多少人，才换来的。

巨大的屏幕上，开始播放短片，这是我和宫宝找校外的人制作的。《漫漫人生路》的旋律回响起来，我站在台上的幕布后，紧紧盯着那三人。宫宝拿着话筒，握住我的手，开始了，我们所有的隐忍都是为了今天。

那些被刻意遗忘的记忆再次被翻起，十一岁，我在那个宫殿般的家遇见被囚禁虐待的宫宝，因为一时心软而带回家，没想到惹来杀身之祸。一场找不到理由的火灾，一无所有只能住在派出所关押犯人的囚室里，被逼着跪在街头，靠卖唱行乞活下来的我们……

为什么命运安排我们活下来？就是为了今天来撕下你们伪善的面孔。

礼堂哄闹起来，在场的学生莫名其妙地看着视频，交头接耳，指指点点，就像看一出临时加演的大戏。他们只是看客，如果可以，我们也不想在这样的场合，把自己的伤痛以一部苦情剧展现出来。这些在他们眼中不过是赚人眼泪的可笑戏码，可我们没办法，我和官宝的力量太弱小，我需要点燃这场战争，利用他们去质疑来见证。

我躲在荧幕后面，这也许是一场戏，可却是我的生命去演绎的，血和泪一步一步走来。我拿着话筒，深深地吸了一口气，缓缓道："大家肯定会觉得奇怪，为什么会突然播这样的视频？我要告诉大家的是，这不是八点档苦情剧，这是我的人生。"

"我叫谢欢喜，我妈妈叫谢容华，"我站在台上，望向台下的王墨，"王教授，你还记得谢容华吗？或许这张照片可以帮你想起她！"

王墨一下子站了起来，脸色苍白，难以置信地望着我。屏幕定在那张照片上，年轻的王墨和年轻的谢容华互相依靠着。

"前段时间的丑闻，很多人猜测，甚至去人肉照片上的人是谁。现在我告诉大家，这个人是我母亲，谢容华，王墨的学生。就像大家知道的那样，王教授和自己未成年的学生私奔了。

"接下来的事情，你们不会知道，包括王墨也不知道。我的母亲，十六岁，抛弃一切，跟他私奔，她以为遇上真爱，结果呢，有一天，她一个人被扔在旅馆，更不幸的是，她怀孕了——

"不过幸运的是，就算没有男人，我们也可以活得很好，在我过去的生命里，我甚至从来不知道这个男人真的存在。我妈妈叫我欢喜，她希望我欢喜，可惜，我的欢喜到我十一岁就结束了。一个十六岁的女孩靠什么活下去？大家都会讨厌的职业，大家叫我妈神棍，我们是骗过人，可是没害过人。

"我十一岁，和妈妈去了宫家，这个宫家，如果是 B 城的同学可能听说过，别墅富丽堂皇，名门旺族。我和妈妈想不明白，这样的家庭请我们去做什么？也就是这一天，我遇见了谢宫宝，因为他的优秀，大家可能听过他的名字，但你们不会知道，他还有个名字叫——宫薄，宫家的宫，薄荷的薄。"

我拉着谢宫宝上台，摘下他的墨境，露出他绿色的双眸，"沈雪尺，你还认得他吗？你名义上的儿子？"

"我想你认不出来了，当年像狗一样被你关在屋里的小鬼还活着，而且长得这么大了，不过你看看，看看他的眼睛。宫家有海外背景，他是混血儿，不信的可以去 B 城问一下，谁不知道宫家的少爷是绿眼睛。"

"你还活着？"台下的沈雪尺叫了一声，难以置信地站了起来，脸一下变得煞白，指着宫宝，手指微微颤抖着。

我扯下身上的学士服。妈妈，这一次我为你真正披麻戴孝，白衣如雪，血海深仇。

"你没看错，我们还活着。"

你们以为我们不存在，你们以为我们死了，可是我们活着，活着今天来报仇，在大家的见证下，揭露你们光鲜的外表下，丑陋的内心。

全场哗然，有人站起来，好奇地围过来。

我捧着容华姐的遗像，一步一步下台，"我妈妈死的时候，二十七岁，因为一场莫名其妙的大火。沈雪尺，那场火，你是不是想杀死暂住在我家的宫薄？但那天，我们回家晚了，就烧死了我妈妈？"

"沈雪尺，你为什么嫁给我爸爸？"宫宝朝沈雪尺走过去，绿色的眼睛夹杂着血色，目光如血，"你还认得我吗？沈姨？我还记得，我爸带你回家，说，以后这就是你的新妈妈，然后你怎么对我的，你还记得吗？"

沈雪尺吓得往后退了一步，瘫坐在椅子上，妆容精致的脸上全是惊慌，颤抖问："宫……宫薄？"

"是的，宫薄，我还活着，"宫宝朝她走过去，居高临下望着她，灯光下，他隐忍地握着拳，紧绷着脸，颈部的血管愤怒地脉动，"想不到我还活着吧？沈雪尺，我不是你的亲生儿子，你讨厌我，虐待我，我无话可说，但是，我爸，宫胜南为什么死了，为什么无缘无故死了？你到底是怀着什么目的来到我们宫家？"

原来，这么多年，宫宝始终不相信宫胜南是正常死亡的，他一直怀疑，只是始终隐忍着，等到这一天，终于爆发了。

他恶狠狠地盯着沈雪尺，绿色的眼睛里全是森然的恨意，"你敢不敢说，沈姨？"

"宫宝，"一旁的王惜乐小心翼翼地拉住宫宝的袖子，黑亮的眼睛凝了一层雾气，声音也带着哭腔，小声问，"你们在说什么？"

"你问我说什么？你为什么不去问你爸爸？不去问你妈妈？"宫宝狠狠地甩开她的手，回头反而笑了，嘴角勾起一个残忍的弧度，冷酷又惨然，"真相就是你妈妈爱慕虚荣，为了得到我家的财产，嫁给我父亲，虐待我，放了那场火害死欢喜妈妈，杀死我爸爸！"

事情太复杂，又太混乱，王惜乐单纯的脑袋还消化不了，只是本能地反驳，不断摇头，"不，不是这样的，我爸妈不是这样的人——"

她想到什么，转身望向身边的王墨，带着哭腔求助地摇晃王墨，"爸，你说话，快说！你为什么不说话，说事情不是这样的，你们不是这样的人！"

王墨呆在原地，目不转睛地望着我，似乎想在我脸上找出一些痕迹。他局促不安，诚惶诚恐，他根本不敢看我手中的照片。他看看我，又惊讶地瞄了眼身边的沈雪尺，好久才断断续续地说："你是……谢容华的……孩子？那，我——"

那我是不是你爸爸？他是想这样问吧？连这样的话都不敢说出口，懦弱无能。对，他爱沈雪尺，我只是个错误！这一刻，我对他的鄙视到了极点，我厌恶地望着他，"说呀，王教授，告诉你女儿，你是不是勾引自己的未成年学生，和她私奔，然后，把她扔在旅馆里，自己跑了？"

"你，你说呀，说不是，那些只是传闻！"

"说呀！"我抱着遗像，继续质问，"说呀，我妈妈在看着你！"

黑白照片，容华姐温婉地笑着。王墨本能地往后退了一步，眼神躲闪，"容华她，她怎么死了？"

"你问她怎么死了？"真可笑，我笑得眼泪都出来了，"她活着的时候，你不闻不问，把她当成你一生的污点和耻辱。现在，她死了，你居然问她是怎么死的？"

"她怎么死的，我不知道，你问问你妻子！"

"我们别管这些了，"王墨前进了一步，头痛地捂住额头，颤巍巍地站起来，"欢喜，那你是我的——"

"不，我不是，我不是，"我直接打断他，咬牙切齿，咬得牙齿生疼，"我从小就没爸爸，长大后也没爸爸，我爸爸早死了！我没有父亲！"

"你——"

"你们——"王惜乐难以置信地喊了一声，她有很多疑问，可没人回答她，第一次，她像个陌生人被排除在外，但她不是傻子，她看明白了，豆大的泪顺着脸颊滑下来。我们在复仇，跟她期待的惊喜完全没有关系，她抬头，眼睛泡在泪水里，茫然无助带着她特有的无辜，"不是这样的，不是这样的……"

"别担心，"我冷笑，一刹那，我痛恨她的天真，凭什么她能这样天真地活着，"我不是来和你抢父亲的，这种道貌岸然的衣冠禽兽，我连看都不会多看一眼，我们今天只想知道一个真相。"

"为什么我妈妈死了？为什么宫宝的爸爸死了？沈雪尺，是不是你发现谢容华就是当年你丈夫出轨的那个女孩，所以你一不做二不休，放了那场火，烧死了我妈妈？"

礼堂又是一阵喧哗，学校的领导要过来，止住这场纷乱，被人自发地拦住，有些人甚至喊起来。

"说！报警！"

"胡说！"沈雪尺重新站起来，同刚才惊慌失措的女人又判若两人。从见到宫宝她就沉默，有一瞬间被击败，但很快恢复冷静，一直不动声色地观察大家的反应，对王墨的失望，应对王惜乐的指责……

各种情绪纠结在一起，又沉淀出一股破釜沉舟的决然，她抬头，冷声道："那时候，我根本不认识你妈，我是今年看到照片，才知道那个女孩长啥样！"

"那场火就那么凑巧？"

沈雪尺冷笑，"我哪知道为什么？你们去问警察，那只是一场意外。"

"宫宝的父亲为什么也那么凑巧出事故死了？宫家的儿子失踪了，你身为监护人，为什么从没有找过他？"

"他死了，是他坏事做多了，老天看不下去，让他掉海里死了，"沈雪尺精致的脸蛋上闪过几分阴狠，像条捕捉食物的毒蛇，"那是他活该！至于宫薄，他在宫家，我就巴不得他滚，他不在宫家，我干吗要去找他？况且，我到派出所报过案，我已经尽职了。"

沈雪尺顿了一下，恶狠狠瞪我们，"想不到你们两个都还活着，可那又怎样？十几年了，那些事情都已经结案了，你们还想翻案吗？你们说我放了火，杀了人，有证据吗？没证据，我可以告你诽谤！"

"谁说我没有证据！"我忍无可忍。

这到底是怎样恶毒的女人，我们都站在面前了，她还能毫不在乎，一点不知错，那样无耻地反驳我们。

声音回荡在礼堂，是那段录音。

"你们是宫胜南派来的，不可能，宫胜南早死了，他早被推进海里喂鱼了，还是那个狗杂种，宫薄，那个狗杂种不可能活着了，两个小孩一分钱都没有，怎么可能活着？说不定早饿死在哪里了——"

声音继续回荡，整个礼堂彻底爆炸了。

宫宝难以置信地望着我，绿色的眼眸眼瞳一缩，无声询问我。见我点头，一瞬间他的眸色加深，强忍的情绪变成绝望，藏在眼底的希望崩溃解体。父亲死于非命，真相对他太过可怕，我实在看不下去。

一股更深的仇恨涌上心头，我质问，代表宫宝："这个录音里说话的人，是不是你，沈雪尺？"

"是又怎样？"沈雪尺有些讶异，不过只是一闪而过，眼里全是疯狂和嘲讽，冷笑道，"就凭这样的录音，你们要指控我杀人放火？这录音，你们哪里来的？要追究起来，我可以告你入室抢劫，还有那张照片，你是怎么得到的？"

她又想起什么，叫道："我知道了，那天袭击王墨的是你！我还告你一条故意伤害罪！"

"你这疯子！"不承认也就算了，还反咬一口，这女人实在太可怕了！

宫宝再也忍不住，失控地要扑过去。

我急忙拉住他，紧紧抱住他的腰，低声安抚："冷静点，鸡丁，冷静点！"

王惜乐拦在他面前，要伸手拉他，被他一把甩开，她有些受伤地看着宫宝，却发现他根本没注意到她，她愣愣地看着自己的手，低头咬着唇。

沈雪尺冷笑，反而指着他继续骂："小杂种，没想到你还活着，不过又怎样，你能叫你死去的爸爸从坟墓里站出来指证我吗？是，你小时候，我是对你不好，可谁会喜欢别人家的孩子，是你眼睛瞎了，没看出我不喜欢你，难道恶人就得长一张凶神恶煞的脸让你们识别吗？"

她上前一步，看着我，"真是老天有眼，没想到烧死的人竟然是那个贱人！十六岁就敢跟有妇之夫私奔，也不是什么好东西，活该被抛弃！还有，你笃定你是王墨的女儿吗？说不定你是你妈跟哪个野男人生的！"

"你——"我大怒，指着她说不出来。

一个人撕下文明的外衣是多有可怕。

周围的人也不满地嚷嚷起来，有些看不下去的人，出言指责沈雪尺。

她并不在意，神情有几分疯狂，指着我们，大笑起来，"你们以为这样演一出戏，掉几滴眼泪，就能指控我吗？宫薄、谢欢喜，你们也太天真了！你妈死了，你爸死了，你们活得这么凄惨，为什么我还能活下去？因为老天是站在我这边的！

"你们靠几张照片，然后再加上自己的想象，就想让我背负一场火灾两条人命？！孩子，再去翻翻法律书，宫薄，十二年前，你斗不过我，十二年后，你也斗不过我——"

"啪"的一声清脆的巴掌声，沈雪尺的脸被打歪了。

被指责得终于看不下去的王墨拉住她，低吼道："不要再说了，你嫌丢的脸还不够吗？回去！"

"你打我，凭什么打我？"沈雪尺一下子尖叫起来，怨恨地瞪着王墨，"嫌丢脸？二十多年前，和自己学生跑了，你就不觉得丢脸？自己的妻子被外人欺凌，你怎么就不觉得丢脸？"

"我——"听到这些，王墨被生生堵住，脸一下子涨得通红。

"你的野种说的对，王墨，你就是个道貌岸然的衣冠禽兽！"

"好了，都是我的错，是我对不起你，求你了，雪尺，我们好好回去说！"王墨刚才瞬间爆发的气势在沈雪尺的目光下又软了，

他一边过去拉着沈雪尺的手，一边神色复杂地望着我，

"欢喜，我们得谈一谈。"

"我不会和你谈的，除非是在法庭上。"

"欢喜，我是你——"

"你不是！"

"我会给你一个说法的。"

"我不要说法，"我指着我妈的遗像，一字一顿，"我要你们罪有应得，杀人偿命！"

他无奈地看了我一眼，摇摇头，过去要带走王惜乐。

王惜乐腮边还带着泪，紧紧楼着宫宝的手臂，拼命摇头，"不，我不走，我要问清楚，事情不是这样的，宫宝，这肯定是误会，我爸妈肯定不是这样的人！"

她或许已经看明白了真相，只是太过震惊，本能地不愿相信。她本是单纯的人，一直活在爸妈构建的纯白世界，哪知道成人的粗暴和污黑，哭得都肿起来的眼睛看起来有些可怜。

宫宝狠狠掰开她的手，可她抓得那么用力，就像那次她溺水一样，宫宝一根手指一根手指地把她掰开，用力一推。

王惜乐往后一退，泪流满面，"为什么？"

宫宝居高临下，面无表情地看着她，眼神如刀。那不是一个男朋友的眼神，而是仇人的目光，眼中是不加掩饰的残酷和厌恶。

"真相就是你妈妈毁了我们！王惜乐，你和你妈一样，都让我觉得恶心！"

"但是，我爱你呀，宫宝，我爱你——"

"可笑！你刚才没听到吗？你妈杀了我爸，你会爱上仇人的女儿吗？"

8. 原来有生之年，遇见的人，露出的真相，会这么惨不忍睹。

王惜乐哭着被带走，我和宫宝互相望了一眼。

事情没有我们想象中的顺利，我们都太小瞧沈雪尺了。这个女人，能在我们两个当面指证的突发情况下，还能把我们好不容易找出来的证据全部推翻，而且能面色不变地反咬我们一口。太可怕了，这个女人实在太可怕！

若是之前，我对我妈，还有宫胜南的死还有所怀疑，现在我可以完全确定，就是沈雪尺做的手脚。人性的可怕和阴暗，我们只见识到一点点。

围观的人还没有散去，有些人仍看热闹般想围过来。都是大学生，可他们脸上的神情却是看狗血电视剧般的意犹未尽，他们不曾想过，这闹剧般的生活就是我的人生。

宫宝拿起遗像，拉起我的手，"欢喜，咱们走。"

我一点也不想留在这里，面对那些怀疑的、同情的眼光，指指点点的动作，我不需要几滴同情的眼泪，我只想要真相，我不能让容华姐白死，可是，今天我才发现，原来我们这么渺小，我们甚至连去报案的依据都没有。

有人好奇地要跟过来。

有谁冲了过来，怒吼道："看什么看，都给爷滚回去！"

是李昭扬，他还穿着拖鞋，赶苍蝇一样，把他们赶走，过来低声说："先跟我走。"

他开着车，把我们带到僻静处。

下车后，先点了一根烟，用力吸了一口，他才开口："这件事，我听说了，这个女人太厉害了，接下来，准备怎么办？"

我和宫宝互相看了一眼。

之后我抱着膝坐在路旁，又累又茫然。

宫宝拍拍我的肩，问李昭扬："那张照片和那段录音，是你帮忙的？"

李昭扬点头，眼中闪过一丝狠戾，"沈雪尺想拿这两个来做文章，放心，派人去找照片的是我，袭击王墨的也是我，她要敢动你们，就是动我，我也不是好欺负的。"

宫宝摇头，"不是，我是谢谢你，特别是那段录音——"

"虽然我怀疑过，但我一直说服自己，她不会这么可怕，"他痛苦地皱眉，眼眸里是认命的绝望，"现在真的知道，爸爸的死真的是一场谋杀——"

谋杀，虽然沈雪尺不承认，但从她的反应，就可以看出，那就是一场谋杀。

宫宝一拳狠狠地砸在地上，发出一声闷响，眼里燃烧着野兽般的噬血光芒，"我不会放过她！"

我赶紧去拉他的手，他的手破皮了，血珠渗出来。我拿纸捂着，却不知道如何安慰他。人在不知道怎么办时，只能靠伤害自己发泄，提醒自己不要忘了仇恨。

沈雪尺为了夺得宫家的财产，虐待宫薄，还想借我们的手除掉宫薄，她没想到那场火害死了我妈。等风波过去，她一方面报案，说宫薄失踪，另一方面除掉宫胜南，继承宫胜南的遗产，还和王墨保持夫妻关系。只是那么巧，容华姐就是和王墨私奔的人；又那么巧，我们救了宫薄。好似因果轮回，宫薄又救了王惜乐……

命运一环又一环，紧紧相扣。原来有生之年，遇见的人，沈雪尺、王惜乐、王墨，一人揭开一点面纱，露出的真相，会这么惨不忍睹。现在，我们已经和他们撕破脸，接下来，怎么办？

李昭扬倚在车旁，安慰我们："会有办法的。"

宫宝也点点头，正头痛着，手机铃声打破压抑的气氛。宫宝拿起手机，看了下，果断地按掉。下一秒，手机又不屈不挠响起来，宫宝直接关机。

"是谁？"

"王惜乐。"

我们沉默，王惜乐被拖走时，她一直不甘地叫着"宫宝，不是这样的"。一直以来，她都是活泼又识大体的，第一次见她这么失控，这件事对她打击一定很大。宫宝推开她时，她简直面如死灰。今天，我们没有扳倒王墨和沈雪尺，但成功打败了王惜乐，只是完全没有想象中的快感。

手机又了响起来，这次是我的手机响了，是王墨打过来的。

我按掉，他又打过来。我接了，没等我开口，就传来王墨急促的声音。

"我求你们了，快带宫宝过来，乐乐要跳楼！"

我们赶到王墨的家，就看到王惜乐坐在顶楼的栏杆上面。

上了顶楼，只见王惜乐拿着把水果刀横在手腕上，对试图同她讲话的王墨和沈雪尺哭着喊道："不要过来，不要过来，我不想见你们，叫宫宝过来呀！"

她虽喊得很大声，但已经接近崩溃的边缘。

我们一赶到，王墨就抓住谢宫宝，"求求你，劝劝她，她只想见你。我们有什么恩怨先放下，先救救她。"

"害我的，我一个不会放过，无辜的，我也不想惹一身麻烦！"谢宫宝甩开他的手，向王惜乐走去。

王惜乐一见到他，眼睛一亮，不过眼泪掉得更厉害，眼泪汪汪看着他，"宫宝——"

"乐乐，"宫宝慢慢靠近她，柔声说，"好了，我来了，别哭了，再哭就不好看了，你不是最怕丑吗？"

王惜乐点点头，有几分茫然，"是的，我最爱漂亮了，不漂亮，宫宝就不喜欢我了。"

宫宝慢慢接近，手就要碰到她的手臂时，她又兀地尖叫起来，水果刀胡乱挥舞，"不要过来，退后，我知道，我下来后，你又要凶我，又要不理我了。"

"不会的，刚才我只是太生气，乐乐，我们在一起这么久，你还不了解我？"

"不，你说谎，"王惜乐捂住耳朵，"你根本就不爱我，你靠近我，就是想报仇！我早该怀疑你们了，是我太笨了，正常的兄妹会在大街上拥抱吗？谢欢喜是那种会被导师一骂就哭的人吗？是我太傻太蠢，太相信你们，竟从来没有怀疑过你！那天那首《一生所爱》，你根本就是唱给欢喜听的！"

"不是这样的，你误会了——"

"你还想骗我？谢宫宝，我不再是以前那个傻子了！"王惜乐吼道，仇恨地望着我们，"你们都是骗子！"

她举着水果刀，一个一个指向我们，"你、你、你，都是骗子！"

水果刀尖锐的刀刃对向手腕，她一脸悲痛，泪水爬满清丽的脸。

"可是为什么这样对我？我做了什么？为什么？

"我好好准备毕业，有人告诉我，今天会有惊喜。我在想，我的男朋友会不会跟我求婚。我满心期待，可真相是——我最崇拜的爸爸真的有外遇，丑闻是真的，他有个私生女，最疼我的妈妈是个杀人犯，连我最相信的好朋友，我的闺密，都骗我！谢欢喜，我一直把你当我亲姐妹！

"还有，我的男朋友，让所有人都眼红羡慕的男朋友，是为了揭发我父母为了报仇而跟我在一起的！他所做的一切都是做戏！为什么，为什么我的生活这么可怕？这根本就是个巨大的骗局，你们都是骗子，合谋来骗我！"

"乐乐，"宫宝喊了一声，绿色的眼睛直直望着她，也带着水汽，"我承认，我一开始是有目的接近你，可是，后来不一样了，我是真的爱上你！"

　　"真的？"

　　"真的！"

　　"那欢喜呢？"

　　她又一次松懈下来，望着我。

　　我抓起身边的李昭扬，"那天你也看到了，我喜欢的是李昭扬。乐乐，你想想，谁会让喜欢的人跟别的女人在一起？谁受得了？"

　　李昭扬不解地看了我一眼，但还是配合地搂住我的肩。

　　王惜乐点点头，不确定地问："真的是这样的吗？你们没骗我？"

　　"真的，乐乐，你先过来，过来，到我们这边来。"宫宝继续循循善诱，稳住她。

　　一旁吓得脸色苍白如纸的王墨和沈雪尺也哭着喊："乐乐，你先下来，有什么话慢慢说。"

　　"好，你们不要骗我，"王惜乐歪着头，拿着水果刀，正要下来，又动作一滞，"不对，不可能，你们又骗我！谢宫宝，你说我妈害死了你爸，你怎么可能跟我在一起？你会跟仇人的女儿在一起？"

　　"……"

　　谢宫宝沉默。

　　一旁的沈雪尺推了他一下，"求求你了，宫薄，现在她只听你的。"

　　"别碰我！"谢宫宝甩开她，眼中全是厌恶和仇恨。

　　声音虽然很小，但神经紧张的人都特别敏感，王惜乐还是听到了，挥舞着水果刀，"你们果然又骗我！"

　　她问沈雪尺："妈，你是不是真的害死了宫宝他爸爸？妈，他们说的，到底是不是真的？"

　　"乐乐，我没有——"

　　王惜乐冷笑，眼泪像断了线的珠子掉下来，"妈，不要再说谎了，如果你没做，为什么宫宝宁愿去做乞丐，也不肯回家？"

"那是他们该死，"沈雪尺的情绪也一下失控，尖叫起来，但很快她又反应过来，苦苦恳求道，"乐乐，不要管他们了，都过去了，他们的事跟我们没关系，妈妈对你不好吗？"

"怎么没关系，我男朋友不要我，因为我是仇人的女儿。"王惜乐苦涩地看着他们，蓦地笑了，"你对我是很好，可这些都是你们杀人放火换来的。如果我知道我的电脑、我的衣服，都是沾着别人的血换来的，我宁愿什么都不要。我嫌脏，我会天天做噩梦！"

沈雪尺靠近，逼问她："那你是不是连我这个妈妈也不要了？"

"是的，我不要你这种妈妈，我宁愿待在孤儿院，宁愿不上大学，宁愿没有爸爸妈妈，也不要突然有一天，有人告诉我，说我是杀人犯的女儿！"

"王惜乐！"沈雪尺扑过去，"我对不起任何人，可没有对不起你！"

沈雪尺成功转移了王惜乐的注意力，她伸手去抢她的水果刀，"这十几年，我一直把你当亲生女儿，宝贝一样捧在手心，可你就这样为了一个男人践踏自己——"

"把刀还给我！我死也不要你这种妈。"

"那你以为你死了，他就会爱你吗？醒醒吧，傻姑娘，他不爱你，他从头到尾就没有爱过你，他接近你，就是为了报复！"

"不，不是这样的！都是你的错，是你的错！要不是你，宫宝根本不会离开我。"

两人抢了起来，我们冲过去。突然一声呻吟，沈雪尺捂住肚子难以置信地望着王惜乐。那把水果刀就插她在身上，血渗透出来，把衣服都染红了。

王惜乐也瞪大眼睛看着沈雪尺，又看着自己沾满血的手，小心翼翼地问："妈妈——"

"我没事的，乐乐。"沈雪尺忍着痛，柔声安慰她。

"不！"王惜乐疯了似的尖叫起来，往后退了一步，一脚踏空了。

"乐乐，小心——"沈雪尺凄厉地叫了起来，伸手就去抓她的手。

两人的手握在一起，沈雪尺紧紧抓住了，跟着乐乐一起掉了下去！

9. 这一天，我的人生支离破碎，我的青春是一场骗局。

"砰"的一声巨响，没多久又是一声响！

我紧绷的神经随着这"砰"的一声断了。

沈雪尺抱着乐乐掉了下去，中途她费力转了个身，把自己垫在下面，两人掉在葡萄架上缓冲了一下，又掉了下去，殷红的血很快在地上蔓延开来。

我捂住眼，瘫软在地上。

"雪尺——"王墨声嘶力竭地喊着。

我的耳膜突突地跳，又有人死了吗？

一阵噔噔的脚步声，我看到宫宝率先奔到他们身边，但他又被王墨一把推开。王墨跪在地上，抱起王惜乐，又抱起沈雪尺，不住颤抖。

宫宝木木呆在原地，又想起什么，拿起手机，颤抖地打电话，他在叫救护车。

李昭扬扶起我。

我喃喃问："他们会死吗？"

"不会的，不会的。"

我想过，他们都死，给我妈赔命，可事情真的发生了，却原来这么可怕。

李昭扬和我下楼，他提议："先坐我的车过去。"

"现在最好不要乱移，"宫宝指了指一旁的王墨，"再说，他也不信我们。"

救护车很快就过来了，沈雪尺和王惜乐都已经昏死过去。王惜乐被保护得很好，从外表上看，没受什么伤，只是沈雪尺，浑身是血。她一向妆容精致，举止优雅端庄，如今像块没有生命力的红布软绵绵堆在那儿。那把水果刀深深地扎进身体只露出刀柄，显得特别刺眼。

那一刀，到底是怎么刺下去的？

跟救护车一起过来的，还有警车。

沈雪尺和王惜乐被抬上救护车，我们要跟过去。

有警察过来，拦住我们，"请你们和我们回派出所协助调查。"

王墨小心翼翼地跟着救护人员，听到这句，又回头，恶狠狠地盯着我们，眼里全是狗急跳墙的疯狂，"对，把他们全部抓走，我要控诉他们谋杀！他们杀了我的妻子和女儿。"

我瞪大眼睛，望着王墨。他鄙视又愤怒地瞪着我们，转身颤抖着爬上救护车，只留给我们一个颓败的背影，他衣角似乎染了些血，也不知道是谁的。

我往后退了一步，在心里低声地说，妈妈，这个人，不是我父亲……

警笛在耳边响起，我们三个人坐在警车上，面面相觑，谁也没有说一句话。

李昭扬拍我的肩，我神经质地跳了起来，头一下撞到车顶。

他一愣手伸过来，要安抚我。我偏过头，轻轻摇头，"没事的。"

事情发生得太快，我不怕被说杀人，我怕的是人心，永远这么反复无常。

宫宝望着窗外，一点反应都没有。他的手还红着，脸上有些血迹，浓黑的眉皱成一团，绿色的眼睛里全是痛苦。

我上前，拿起手帕，帮他擦脸，喃喃道："会洗干净的，会洗干净的……"

可是我知道，洗不干净的，这抹可怕的血红色永远留在我们的生命里。

这一天，我的人生支离破碎，我的青春是一场骗局。

做完笔录，走出派出所，李昭扬劝我们回去："他们不会想见你们的。"

我们固执地去医院，他无奈地跟上我们。

正要走，警车也开出来，警察探出头，"你们要去医院，一起吧。刚才同事打电话过来，说那女孩醒了。"

宫宝走上去，紧张问："她没事吧？"

"没事，一点轻伤，吓昏过去，她妈妈把她保护得很好。"

"嗯。"宫宝松了一口气。

我们一起上了车。

天已经暗了，城市的灯火开始了，耳边是警笛声，霓虹灯一闪而过，把我们的脸弄得光怪陆离。

警察是个很健谈的人，不理会我们都没心思回应他，自己唠叨着，"真搞不懂你们大学生，动不动为感情问题闹自杀，你说，活着多不容易……"

宫宝别过脸，我只看到他的后脑勺。

我疲倦地靠着座背，其实，他还是很在乎乐乐的，就算是演戏，可他对她真的很好，她又何曾不是一心一意只对他好。

到了医院，沈雪尺还在手术中，虽然有葡萄架缓冲了一下，但她还是伤得很重。

王墨在手术室门外等着，蹲在地上。王惜乐也在，她只是轻伤，额头缝了几针，坐在长椅上，紧张地望着手术室。她的情绪已经平静了，只是脸白得吓人，大眼睛布满血丝，一点精神都没有。

"乐乐，你先去休息，你妈会没事的——"王墨抬头劝乐乐，这时他看到我们，像只暴怒的狮子猛地冲过来，"你们过来做什么？"说着，他扬起手，"啪"的一声。

宫宝侧过脸，白皙的脸上很快就浮现红红的手指印。

一起来的警察拉开王墨，"先生，有话好好说，怎么可以动手打人？"

王墨被架住，仍怒不可遏，"滚，你们都给我滚！"

"爸爸，不要这样——"王惜乐过来，拉住他，她神色复杂地看着宫宝，含着泪说，"你走呀！"

宫宝没在意那一巴掌，望着她问："你，你还好吗？"

"我没事，你走吧，"王惜乐痛苦地闭上眼睛，"谢宫宝，我们——"

"王惜乐！"话还没说完，王墨大吼一声，他浑身发抖一把拉走乐乐，举起手，似乎想要打她。那手掌明明都已经扬得老高，但又生生停在空中，颤抖着迟迟下不了手。最后只听到一声闷响，那不是手掌打在脸上的清脆的响声，而是他一拳砸在了墙上。

"爸爸——"乐乐想要过去看他的手。

王墨推开他，那瞬间的表情好像看的不是自己的女儿，而是个仇家。

事情发生得太快，他完全束手无策，什么都让他不如意，堵心，这些年伪装的平和淡定全没了，情绪又无从发泄，他指着乐乐，气得手都在抖，带着恨铁不成钢的失望，"不要叫我爸爸，我没你这样的女儿！你妈还在里面，是生是死还不知道，你竟然还和这个小子纠缠，你是不是要把我也气死你才甘心？"

"爸爸，我错了，我真的错了。"

"乐乐，就算我们对不起他们，也没对不起你，我们养你十几年，难道就比不上你跟这小子在一起的几个月？我们把你养大，结果，你回报我们什么？要不是因为你，你妈现在会在手术室里！"

王墨失望地看着女儿，又扔下一句："刚才医院都给我下了病危通知单，我告诉你，要是你妈死了，就是你害死的！"

一刹那，王惜乐面白如纸，她木木地望着王墨。王墨别过脸，不去看她。王惜乐不敢再哭了，她把自己缩在角落，抱着膝，大眼睛无神地盯着手术室，可她那双清澈的眼睛，失去了灵气和活力。

　　我别过脸，为什么会变成这样？

　　宫宝蹲下来，柔声道："乐乐，不要坐在地上——"

　　还没碰到她，她已经连滚带爬地退开，喃喃道："不要靠近我，不要靠近我。"

　　直到和宫宝离得远远的，她才又看着手术室，小声翼翼自言自语着："不会死的……不会死的……"

　　"这位先生，话说太重了，看把孩子吓的，"警察蹲了下来，柔声道，"小妹妹，我问过医生了，说你没事，只是有些轻微脑震荡。现在，可以跟我去录下笔录吗？"

　　乐乐抬起头："现在吗？我还要等妈妈。"

　　"只是简单几句话，很快就好了。"

　　"你说那把刀，是我刺的，不用录了，我承认。"王惜乐说着，目光一直盯着手术室。

　　警察无奈道："小妹妹，现在是讲证据的时代，就几分钟的事，很快就好了。"

　　王惜乐盯着手术室，摇头，"不，我要等妈妈。"

　　那边的王墨也注意到这边的动静，他的怒气好像稍微缓过来，他长长叹了口气，终于回复些许正常，"去吧，手术时间还要很久，等你回来手术就做完了。"

　　王惜乐站了起来，"那做完笔录，我能马上回来吗？"

　　警察有些迟疑，"这得分情况的。"

　　"为什么？"

　　"如果那是你刺的，你这是故意伤害罪。"

　　"啊？故意伤害罪？"王惜乐瞪大眼睛，"你是说我故意伤害我妈妈？"

这声反问刺痛我的耳膜。

她求助地望向王墨，可是王墨注意力早回到了手术室那边。他一动不动地站着，根本不管她。王惜乐低着头，跟警察走了，经过我的身边，我听见她喃喃自语，很轻，比蝴蝶抖动双翼还轻。

"真的是我杀了妈妈，真的是我……"

10. 如果连他都不可以，那世上还有什么能供我取暖。

王惜乐被带走后，那晚就没回来，被派出所置留盘查。

临走前，她再也没看宫宝一眼，一直低着头。宫宝望着她的背影，神色复杂。

我靠在墙上，"真的是我杀了妈妈"不断在脑中回荡。我知道，那个天真活泼、善良可爱的乐乐再也回不来了，她毁了，我真的成功地报复到她了。

王墨不想见到我们，我们回去，一路上，大家都沉默，不到二十四小时，发生了这么多事。学校是不想去了，我们在附近随便找了家旅馆。

李昭扬回去前，偷偷叫住我，"我看王惜乐有些不对劲，她要被关着，在里面胡思乱想，早晚会出事，最好有人去保释她。"

我点头。

李昭扬又说："放心吧，会没事的。"

真的吗？我浑浑噩噩回到房间，灯没开，月光凄冷照进屋子，一地惨白。宫宝站在窗前，见我回来，回头给了个惨淡的笑，那笑容就像有人拉着他的嘴角，勉强扬起来。

我走上前，捂住他的眼睛，"不要这样笑，我难受。"

我们真的报仇了，不过是通过这样惨烈的方式。

只是想象中的畅快一点都没有，我一闭上眼睛，就想起，乐乐从我旁边经过，那么轻的声音，"真的是我杀了妈妈……"

我心里有种不详的预感，但我不知道会发生什么。

手心有些湿，滚烫的温度，我听到官宝哽咽地重复着。

"我不后悔，我不后悔……"

我伸手抱住他，他把脑袋埋在我的肩窝，滚烫的泪水浸湿我的外套，然后变凉，变得凄冷。我们用力地抱在一起，可是那么冷。冷意从心底散发出来，一点一点把我们浸透，进入血液，深入骨髓。

我哭了，抱着他，抑制不住地大哭。

如果我连抱着鸡丁都不能觉得温暖，那世上还有什么可以让我取暖。

我是不是要像失去容华姐、小舅、阿公一样，最后也要失去与我相依的鸡丁？

我们成功了，沈雪尺生死不明，王惜乐、王墨温情不在，可为什么我一点都感不到报复的快感？小时候，我们为彼此遮住眼睛，为彼此挡掉所有难过忧伤。可是现在，我抱着他，那么用力地抱着他，也抵挡不了忧伤蔓延。

"我们没有错，我们没有错。"

官宝点头。

我看着重见天日的绿眸，小心翼翼地问："你不会离开我吧？"

"除非我死。"

我放心了，又神经质地抓着他的手臂，"不要说死，不要说死——"

他低头吻我，吻掉我的眼泪。那一夜，我们都没睡，蜷缩在一起，以婴儿在母亲怀里的姿势，互相抱着。

凌晨四点钟，我们接到王墨的电话。

"她醒了，想见你们。"

虽然觉得有些突然，但是心里也暗暗松了一口气。还好，她没死。

赶到医院，王墨冲我摇摇头，"手术后，她醒过来一次，说要见你们，又晕过去了，医生说，她情况不好。"

一夜之间，王墨完全老了，头发灰白。他弓着背弯着腰，脸贴着玻璃窗，看着加护病房里的沈雪尺。以前睿智黑亮的眼睛布满血丝，浑浊发黄，修长的手也显得干枯无力，放在裤边瑟瑟地发着抖，一点也找不出初见时那个名教授的风采。

他的情绪也平复了许多，没有昨天那么愤恨，看着我们，偶尔说一句话，或者他太过害怕了，也想找个人说话，哪怕这个人是我们。

诡异的情形，我们之间明明有血海深仇，却坐在一起，等沈雪尺醒来。

天亮了，沈雪尺仍没醒来。

我看着一动不动的王墨。

"王——"我顿了顿，连称呼都有些尴尬，"你，你要不要休息一下？"

王墨回头看了我一眼，眼睛里闪过一丝柔光，"不用，我撑得住。"

"随你。"我转身回一旁的长椅。

"欢喜，"他叫住我，声音有些颤抖，"那几年，你们过得好吗？"他好像想起了我们是父女。

我低着头，闷闷道："不关你的事。"

"欢喜，"他又叫我一声，叹了一口气，"我不知道，你妈怀孕了，不然我不会——"

"不会怎样？"我冷笑，"王墨，我妈早死了，不要再说这些假惺惺的话。"

他又叹气，不再说什么了，突然又抬头问："乐乐呢，怎么还没回来？我真是急坏了，把她忘了。"

有电话打过来，是李昭扬，"你们在哪里？"

我说在医院，李昭扬又说："我找人保释王惜乐，她不肯出来，一直说，是她害了沈雪尺，最好让王墨亲自来一趟，劝劝她。"

我把电话给王墨，他听了片刻，神色有些复杂，他不舍地看着里面的沈雪尺，突然发出一声怒吼："现在都什么时候了，还来了脾气，爱出来不出来！"

他怒气冲冲挂了电话，气得在原地打转，"平时就把她宠坏了，不知天高地厚，她妈还在这里躺着，她还撒娇添乱。"

我拿回手机，听到他低估一句："真是的，亲生的，不是亲生的，没一个省心的。"

我冷笑，"放心，我从来没想过认你！"

他目瞪口呆地望着我。

我继续说："王惜乐才是你的女儿。"

"那你到底要什么？"

走到今天这个地步，我也不知道了，我到底要什么。

我沉默，谢宫宝走过来，低声说："我去劝劝他。"

我点头，他走了几步，加护病房骤然一阵仪器乱响，有医生冲了进来，宫宝也止住了脚步。

片刻之后，王墨走出来，看了我们一眼，沉声说："她醒了，要见你们，还要——报警。"

11. 是什么把我们变得这么残酷无情，濒临绝望？

进去前，医生嘱咐我们："病人情况很不稳定，一定不要刺激她，时间不要太久，她需要休息。"

我问："她会死吗？"

"她还没有完全脱离危险。"

"哦。"

我点头，进了病房。沈雪尺就躺在病床上，身上插满管子，她伤得很重，从三层楼上摔下来，身上还压着一个王惜乐，很多地方粉碎性骨折，而且她的脊梁，就算这次挺过来，可能也要靠轮椅过活。

"乐乐没事吧？" "没事，放心。"

她脸色看起来不好，勉强打着精神。

她小声叫王墨帮她整理头发，王墨反驳："医生说不能乱动。"

"不行，我绝对不会乱七八糟、蓬头垢面见我的对手。"

直到披散的头发被整理好，沈雪尺才正对着我们，明明很弱，气若游丝，奄奄一息，仿若下一秒都会死去，可她却还像个温婉的贵妇人，体内住着一个强大的灵魂，微笑地看着我们，又像看透世事，显得特别温和平淡。

"你们赢了。"

赢？我们做了这么多，想的可不是输赢。如果能让容华姐重新活过来，要我跪下来，给她做什么我都愿意。我们之间，没有输赢，只有生和死、罪与恶。

她又问："警察来了吗？"

"我已经报警了。"王墨回答她，沈雪尺点头，见我们疑惑，"不用担心，只是我决定把什么都说出来。"

"这些以后再说——"

"不，一定要现在说，我怕我撑不住，墨，你录下来。"

"雪尺？"

"我已经决定了，"沈雪尺挣扎地笑了笑，"我感觉得到，我支撑不了多久。"

"你、你不要乱说。"

"人总会死的，也许我的报应来了，"沈雪尺转头看我们，目光竟有些慈爱，"说真的，那天，听说你们就是小仙姑和官薄，你们都没死，我除了害怕，还有点高兴，暗自庆幸，我没再害死两个人。"

见我们并不理会，她又笑了笑，"真的，人之将死，其言也善，你们没死，我真的很开心。"

"你们走的时候，那么小，身上又没钱，天那么冷——"她咳了一下，目光望着我们，又似乎不是在看我们，眼神很飘，带着些神经质的渴望，"那时候，我，我开车，在路上，看到很多流浪儿，就想，会不会是你们，偶尔看报纸，看到有流浪儿被冻死的新闻，我就怕，是不是你们，那时，你们还那么小，现在都已经这么大了……"

"你终于肯承认，是你做的？"

"听我讲，欢喜，给我一次，就一次机会。"她一激动，脸又白了几分，求救般望着宫宝，"宫薄！宫薄！我可以这样叫你吗？"

宫宝别过脸，不给回应。

沈雪尺苦笑，"其实，我怀疑过你们。虽然隔了十几年，可还是能看出小时候的轮廓的，特别是你，宫薄，你虽然戴上了隐形眼镜，可乐乐曾经跟我提过你是混血儿，有双绿眼睛。我那时候，会想，你会不会是宫薄？可我没再去查了，我想，就让那些事情过去吧。我骗自己，什么都过去了，放过你们，老天也会放过我。"

"可是一切都不会过去，就算我想忘掉，我也忘不掉。我经常做梦，梦到我害的人看着我，就这样看着我，站在我床边，看着我，问我什么时候会死……"沈雪尺脸上全是恐惧和害怕，"我一直以为我做得很完美，没人发现，这么多年，也没人怀疑过我，可是我知道，我心底很清楚，我做过什么。"

沈雪尺又问一次："墨，你录音了吗？"

"录了。"

"那就好，"沈雪尺眼泪掉了下来，"这么多年，我也受不了。是的，就像你们所猜测的那样，你们没说错，我嫁给宫胜南是有目的。欢喜，那一年，我之所以找你妈，是想借你妈的手害死宫薄，没想到，你妈却把宫薄带回了家。"

"我一不做二不休，就派人到你家放了那把火。"

"只是放火的话，为什么我妈逃不出来？"

"我让人在你妈喝的水里投了毒。"

"你好恶毒，那天要不是我和宫宝晚回去，是不是都要死在那里？"我质问。

沈雪尺点头，"所以，那天，我在家里看到你，很惊讶，以为你发现了什么。后来，火灾结果出来了，我才知道你们没在里面。"

"投了毒，为什么警察尸检时没发现？"

我刚问出口，就觉得自己傻。当年警察草草结案，如果沈雪尺没有动点手脚，案子会结得那么快？而且我身边跟着一个混血小男孩，竟也没人怀疑过他的身份。我冷笑："我是不是应当感谢你，当年放过我们，才能让我们能站在这儿，揭穿你？"

"后来，我跟过你们，看到你们……那么小，你们还只是孩子，我下不了手，对自己说，或许你们活不下去。"

"你就不怕宫薄去报警？"

"他不会，"沈雪尺摇头，"他要报警，只能回家。"

只要回家，那是生是死，谁也不清楚了。

我笑，眼泪掉了下来，"沈雪尺，你真是机关算尽，钱就这么重要？为了钱，我妈跟你无怨无仇，你就一把火，烧死她？还是那时你就认出，她就是你前夫抛弃的女孩？"

"没有，我是后来看到照片，才认出是她。王墨外遇的事，我知道，但我真不知道是谁。"

"那我爸爸呢？"

"我找人推进海里的。"

"为了钱，你连自己的丈夫也杀？我不是你儿子，跟你没关系，可那是你丈夫，躺在你身边的人！"

"谁说他是我丈夫！"沈雪尺的情绪一下子激动起来，但是马上就受不了地咳起来，半天缓过来，强撑着又无比坚定道，"我的丈夫只有一个，那就是王墨，我嫁给宫胜南，就是为了杀了他！他该死，他该死！"

"该死的人是你！"宫宝怒吼道。

沈雪尺抬起头，咬牙切齿，眼睛里全是深深的仇恨，"是的，我该死，可是宫胜南，他更该死，他该死。要不是他，我不会变成这样，我不会身上背负着两条人命，十几年没睡过安稳觉，从没安心过，我不会跟我的丈夫相隔两地，我不会连拥有自己的孩子都不能，我不会活到现在，被一手养大的孩子指着我鼻子问我是不是杀人犯！"

"我为什么变成这样，就是他害的，就是宫胜南一手造成。"

"胡说，你这样的女人，明明是为了钱！"

"钱？我做的这一切根本不是为了钱！我恨他！我恨他！我就是要他死，就是要姓宫的都一无所有。他毁了我，我也要毁了他！"

沈雪尺怒吼着，像想到什么，整张脸都扭曲起来，她剧烈地喘息起来，身边的仪器疯狂地叫了起来。

医生冲进来，低吼道："不是跟你们说，不能激动，她随时都会死。"

我们被赶出病房。

王墨紧张地盯着里面，红着眼圈，眼里全是压仰的悲痛。

我走过去，看着他，"她还和你在一起，这些事情，是不是你们一起谋划的？"

他没回答，动了动嘴唇，却什么也没说。

我又问："是不是？是不是你们一起谋划的？"

我看着他，一字一顿地问道："是不是你和她谋杀了我妈？"

一想到我的亲生父亲和他的原配妻子谋杀了我亲生母亲，眼泪再也控制不住，我哽咽道："为什么你会是我父亲？只要一想到我身上也流着你的血，我就觉得真脏。"

王墨看着我，艰难地开口："她什么都说出来了，又变成这样，求求你们，放过她。"

"放过她，谁来放过我妈？"我指着自己，又指着宫宝，"谁来放过他爸？"

"王墨，你怎么能这么坦然为她求情？你知道，我妈死后，我们是靠什么活下来的吗？你向陌生人跪过吗？你睡过马路大街吗？你有走到哪儿，都像垃圾一样被赶过吗？"我指着我和宫宝，"我有！我们就是这样活过来的！"

他别过头，不敢看我。

宫宝走过来，抱住我，把我压在他怀里。我抱着他，无声流泪。四周死一样寂静，只有我们压抑的低泣，呜咽。

直到医生过来，跟我们说："她醒了，有话跟你们说。"

之后，医生愤愤离开，留下一句"这样简直是找死"。

再次来到病房，大家情绪都平和了些，或者说，继续把愤怒压抑在心里。沈雪尺仍嘱咐王墨要录好音，然后平静地开始讲述，这一次她再开口，回光返照般顺畅流利。

"如果我能活着，出院后就去自首，要是不能活下来，你就把录音拿到派出所，替我自首。下面是我的供词，我，沈雪尺，我承认，大学同学聚会，我见到以前追求我的宫胜南，我厌恶了清贫的生活，就同王墨离婚，嫁给了宫胜南，为了夺得宫家的财产……这些都是我做的，完全是我一手策划的，跟其他人没有关系，特别是跟我先生王墨没有任何关系。"

"雪尺——"

沈雪尺看了王墨一眼，"我跟他离婚后，就断了联系。直到宫胜南死后，我一个人太过寂寞，才同他联系，这中间发生的事，他完全不知道。现在，我认罪。"

宫宝望着王墨，"我不信，他跟这些没关系？"

"不管你信不信，他真的不知道我做了这些。"沈雪尺说完这长长的一段，有些喘不过气，又像压在心上的石头终于掉了下来，终于松了一口气。

　　王墨心疼地看着她，"你这是何苦？"

　　沈雪尺摇头，"我只想能好好睡一觉。"

　　"我知道你们恨我，可我也不好受，十几年来，我没平静地活过一天、睡过一觉，"沈雪尺望着我们，指着自己插满管子的身体，"我得到了什么？我养了十几年的女儿，说她死也不要我这样的妈妈。"

　　"这样的妈妈，"沈雪尺的眼圈红了，"在她眼中，我就是这样的妈妈，为了钱，杀人放火，我就是个杀人犯。欢喜、宫薄，我知道，我求不得你们的原谅，但经历了这么多，我是真心向你们忏悔，我错了，我真的错了——"

　　我们沉默，看着沈雪尺流泪。她也老了，没有精致的妆容，少了标志性的旗袍，她就是个普通的中年妇女，脆弱，接近死亡。

　　该不该原谅她？

　　我和宫宝往后退了一步，我冷冷道："沈雪尺，你害死的人不是我们，要求得原谅，你去问我妈！"

　　一瞬间，沈雪尺本来就苍白的脸变得更加绝望。我别过脸，眼泪滑过脸颊，是什么都把我们变得这么残酷无情。我继续说："沈雪尺，你别以为死这么容易，我要你活着，活着到监狱去忏悔你的罪。"

　　沈雪尺抱着王墨哭了起来。

　　我和宫宝要离开病房，手机铃声响起，我听到李昭扬急促的声音。

　　"你们快过来，王惜乐出事了——"

　　声音很大，大得整间病房都听得到。

　　"乐乐，乐乐，怎么了？"沈雪尺抬起头，惊恐地问。

忽然那些仪器又叫了起来，疯狂地叫了起来。

医生带着护士冲了进来，沈雪尺并不配合，激烈地反抗起来，"乐乐，我要见乐乐！"

医生低吼道："你们这些做家属的，她要找谁，快点去叫！"

"这可能是最后一面了！"

12. 我的父亲跪在面前，问我满意吗？

王惜乐是被硬架着过来的。

不过几个小时，我已经完全认不出她了。

披头散发，清秀的脸上布满抓痕，还带着血，手上戴着手铐，她被李昭扬半抱着进来，口里一直发出古怪的声音，一会儿低笑，一会儿嘶吼，一会儿拿头去撞李昭扬，眼瞳涣散，两眼无光。

我往后退了一步，"她怎么变成这样？"

宫宝跑过去，怒气冲冲，"钥匙呢！谁把她锁起来，她从来没伤害过谁！"

"这是防止她伤害自己，"李昭扬有些说不下去，"那些伤，都是她自己抓的，她不会伤害其他人，只会伤害自己。"

"钥匙！把钥匙给我！"宫宝根本听不下去。

李昭扬没办法，叫一起同来的警察拿了钥匙，打开手铐。

其间，王惜乐一点反应都没有，歪着头，看着宫宝解开手铐。等手铐解开后，她竟然又拿回去，戴上，嚷嚷着："不能解开！我是坏人！要关起来！"

"谁说你是坏人？"

"我害了妈妈，不是坏人吗？"她固执地戴上手铐，嘴里碎碎念着"我是坏人，我杀了妈妈"。

宫宝手放在她肩膀上，试图叫醒她："王惜乐，你不是坏人，你没杀你妈妈，你妈妈还活着！"

　　我实在看不下去，"怎么会变成这样？"

　　"出了这么多事，她压力太大了，精神崩溃了。"

　　李昭扬上前止住宫宝，"没用的，我说了一路，她根本听不进去。"

　　"乐乐，快过来，见你妈妈一面。"王墨从病房里走出来，又愣了一下，难以置信地望着女儿，"谁把你打成这样？"

　　他望着后面的警察，吼道："你等着，我要告你们暴力执法。"

　　"……"警察一脸无辜，但没有搭理他，现在不是争执的时候。

　　王墨怒气冲冲地把手铐扔在地上，拉着王惜乐。

　　王惜乐没有反抗，任他动作，很安静，叫了一声："爸爸？"

　　王墨没注意，简单帮她擦擦脸，哽咽道："弄得好点，别让你妈走得……不安心。"

　　一刹那，王惜乐亮起的眼睛又黯淡下去，死灰一片。

　　他帮王惜乐擦好脸，拉着她进去，"好了，跟我去见见她。"

　　我站在玻璃外面，看到王惜乐进去，被推到沈雪尺面前。

　　沈雪尺挣扎地坐起来，伸手去碰她的脸，"乐乐，你怎么都不来看妈妈？"

　　这句话，她说得气若游丝。王惜乐小心翼翼地任她碰，却呆呆地没有反应，她木讷地望着沈雪尺，一动不动，平时灵动的双眼像死水，映出一个察觉到不对劲的沈雪尺。

　　她不安地问："乐乐这是怎么了？"

　　"乐乐，说说话啊！"王墨也觉得有些奇怪，"跟妈妈说话呀？"

　　"乐乐，你是不是还不肯原谅妈妈？"沈雪尺抓着王惜乐的手摇晃着，紧张道，"妈妈已经跟宫宝、欢喜认错了，妈妈决定病一好就去自首。真的，妈妈，没骗你，乐乐，求求你，跟妈妈说句话。"

　　王惜乐还是没反应，只是眼珠转了一下，开口："你不是我妈妈，

243

我妈妈很美的，她喜欢穿旗袍，你穿得白白的，这里补补，那里补补的，全身都是绷带的，丑死了，你不是我妈妈。"

"乐乐，你怎么这样跟妈妈说话——"

王墨低吼，沈雪尺止住他，柔声道："乐乐，看看我，我是妈妈，妈妈变成这样，是因为受伤了！"

"你不是！你不是我妈妈！"王惜乐猛地剧烈反抗起来，"我妈妈死了，被我杀死了！"

"你怎么会这样想，妈妈只是受伤了，跟你没关系的！"

"爸爸说的，爸爸说，我害死了妈妈！"

话一说出口，王墨瞬间脸色苍白如纸。

沈雪尺难以置信地望向王墨，"王墨，你这样说，要逼死孩子吗？乐乐这么善良，怎么受得了？"

王墨抱住乐乐，"乐乐，爸爸只是气坏了，跟你没关系的！"

王惜乐没有反应，只是喃喃自语："是我，是我害死了妈妈。"她又想到什么，尖叫起来，"手铐？我要手铐！快把我抓起来。"

王墨再也忍不住，抱着她，跪下来，泣不成声："乐乐，求求你，醒一醒，爸爸错了，爸爸不该骂你的，妈妈受伤跟你没关系"。

"爸爸错了，爸爸给你跪下来赔罪。"

"乐乐，求求你，看看妈妈。"

王惜乐疯了似的喊了起来，尖叫着"手铐"，叫声几乎撕碎大家的耳膜。

宫宝默不作声走进去，把手铐拿给她。她安静了，戴上手铐，安静地坐在那儿，不再说话了。

我蹲在地上，用力抓自己的头发。怎么会这样？怎么会这样？她疯了，她疯了，乐乐，王惜乐，她是单纯美好的女孩，这一切都跟她没关系……

沈雪尺呆呆地看着戴着手铐的女儿，终于明白，拉着乐乐的手，柔声说："乐乐，来，看着我，我是你妈妈，妈妈是受伤了，可是跟你没关系，因为那时候太乱了，你一直是好孩子，你怎么可能会伤害妈妈呢。

"妈妈去抢你的刀，是不想让你受伤呀，乐乐，你十岁就来我家，妈妈疼你吗？妈妈这么疼你，怎么可能让你受伤？刀多危险，妈妈当然不让你拿，你掉下来，楼那么高，妈妈当然不能让你受伤。乐乐，我的好孩子，妈妈一点都不想让你受伤，妈妈跟着你掉下来，是自愿的，如果你受伤，妈妈才会活不下去……"

她苦口婆心说了一堆，可是王惜乐根本没听进去，只是不断地重复着："你不是我妈妈，我妈妈可好看了。"

她疯了，真的疯了。

沈雪尺停下来，流着泪看着面前的女儿，颤抖着手，帮她擦脸，"乐乐，我的好孩子，是妈妈对不起你，让你有个杀人犯的妈妈，让你受不了——"

她终于抑制不住地大哭起来，抱着王惜乐哭得撕心裂肺。

"乐乐，妈妈受伤，跟你没关系，是妈妈罪有应得，乐乐，你看妈妈，你醒过来——

"为什么？为什么？我犯下的错，做下的罪，为什么都报应到我的孩子身上？我的第一个孩子，突然间就没了，我的第二个孩子，我要死了，她都认不出我来了。

"我是真的知道错了，真的错了！

"乐乐，有罪的不是你，是妈妈！"

……

我捂住耳朵，再也听不下去。纵使沈雪尺千错万错，她对乐乐是毫无保留的爱。乐乐失足跌落，她为了救她跟着跳了下来。她是个罪人，却是个合格的母亲。

"乐乐，你醒一醒！老天，只要你能让我的孩子变回来，我做

245

什么都愿意，"沈雪尺哭道，想到什么，疯了似的去拔身上的管子，"乐乐，我现在就去自首，现在就去——"

"雪尺，你做什么？"

管子拔出来，一道血流喷射出来，溅在玻璃上。

我瞪大眼睛，看到沈雪尺挣扎地坐了起来，然后眼瞳放大，无力地倒下。

血色中，这一次，她再也没醒过来。

世界突然变得一片寂静，我看到，医生冲进去，对王墨宣告沈雪尺的死亡。他们拿起床单，盖在沈雪尺脸上。这样轻轻一盖，那张让我害怕又怨恨的脸永远不见了。

乐乐仍一动不动，她戴着手铐，伸手去拉沈雪尺露在床单外面的手，紧紧握住，然后把脸颊贴在沈雪尺手上。眼泪顺着她那无神空洞的大眼睛流下来，她就这样睁着眼睛，无声流泪。

她或许不知道，她的妈妈这一次真的死了，但可能是母女的感应，她也感到难过。

我蹲在地上，宫宝就在旁边，可是我们谁也没有动一动向彼此靠近，给对方一点安慰或依靠。

结束了，一切都结束了。我呆呆地蹲着，直到一双脚站在面前。

王墨跪下来，流着眼泪问我："我的妻子死了，我的女儿疯了，我的孩子，现在，你满意了吗？"

13. 我回不到过去，也看不到未来。

一个月后。

事情就这样结束，处理完沈雪尺的后事，王墨把录音交给警方，就不再见我们，其他事情都交给律师。至于王惜乐，律师说，发生的事太多了，对她的精神打击很大，已经确诊精神方面出了问题。

"我们能见见她吗？"

"王先生不会同意的，而且，她也不认得你们了。"

"她会好起来吗？"

律师没有回答，只是说："恭喜，你们可以回家了。"

沈雪尺从宫胜南那继承的遗产已全部转移到宫宝名下，十二年后，我和宫宝再一次站在他那宫殿般的家门前。不知道是不是我长大了，还是怎么了，当年觉得富丽堂皇的白色建筑，再也没有最初的惊艳。

门打开，除了大，还是大，空荡荡的，就像我们现在，面前繁花似锦，却满心荒芜。

我们终于报复成功了，可是得到了什么？这间没有家人、没有温情的大房子？

我想起，小时候容华姐哄我，叫我照顾他，"欢喜妹，宫家那么有钱，他爸爸肯定是大鱼，我们救了他儿子，说不定他一高兴就送咱们一套房"。妈妈，我真的得到一套房子了，可是叫我欢喜妹的人不在了，陪我住的人也不在了。

宫家没什么变化，依旧是海派作风，英式管家，洁白的手套，蕾丝花边，他们畏惧又好奇地盯着我们。

只有多年前的那个老管家，拄着拐杖走上来，"小少爷，您回来了。"

"您还认得我？"

"人会变，可眼睛不会变。"老管家笑着领我们进去，唠唠叨叨，"当年火灾发生后，找不到您。大家都说您失踪了，我说您会回来，您看，十二年了，您回来了。"

他停下来，意味深长，"属于你的终是属于你的，不是你的，怎么也不会是你的。"

他似乎这才注意到我，问道："这位是？"

"谢欢喜，我最重要的人。"宫宝轻轻回答，绿色的眼眸微微扫过老人，"希望您能记住。"

老管家点头，可两人眼神瞬间的对立和屈服，还是让我看到了。我蓦地想起，容华姐说过，我和宫宝是不同世界的人，现在他回到了属于他的世界，那我呢？

宫宝紧紧牵着我的手进屋，他神色复杂地环视了一圈，低头对我说了句："欢喜，我们回来了。"

房里的摆设没怎么变化，再看这些，童年时那种新奇感少了。满屋的设计有种低调的奢华，透露着一种贵族式的傲慢。

是的，回来了，不过是你回来了，这些本来就和我没有关系。

我站在门边，看着宫宝抱着一团白毛过来。那是只穿着碎花小围裙的猫，是笑笑，沈雪尺经常抱在怀里的那只猫。

沈雪尺这名字闪进脑中，我浑身一颤。

宫宝把猫递给我，"我说过，我要把笑笑送给你。"

"你喜欢笑笑？"

"以后……送给你。"

他还记得小时候那句玩笑话，他要把这只猫送给我。我看着这只猫，十二年了，这只猫竟然还活着，只是已经老得似乎连动一下都没力气，它懒洋洋任宫宝抱着，就偶尔抬下眼皮，又闭上。我小心用手去碰它，它也快死了吧，毛掉得这么厉害。

"喵呜——嘶——"

一声嘶吼，懒洋洋的猫兀地伸出爪子在我手背上抓了一下。随后它跳了下来，冲我竖起尾巴，绿眼睛瞪得圆圆的，朝我嘶吼着，充满敌意。它好像对我有极大的仇怨，这一抓在手背上划了好长一道口子，血立马渗出来。

我看着血，又看着四周，清醒了。

我为什么要来到这里？这里不是我的家，这里是沈雪尺的，是宫宝的，可不会是谢欢喜的。

"欢喜！让我看看！"宫宝一下子就急了。

我猛地推开宫宝，疯了似的向外跑。我报仇了，为了什么？为了像个陌生人一样站在一间不属于我的大房子里面吗？连一只猫都不欢迎我？不，这不是我想要的，谢欢喜要什么？谢喜欢要妈妈，要阿公，要小舅，要鸡丁，可她要的，都回不来了。

"欢喜！欢喜！"

"不要跟着我，你走！你走！"

我疯了似的跑出去，坐进一辆出租车，本能地报出一串地名。就算大火摧毁了一切，可那里才属于我，那是我曾经的家。

出租车司机把我放下来，是一片正在建设中的楼盘。

我愣住了，"师傅，是不是错了？"

"没弄错，就是这条街。"

他扬长而去，我看着建到一半的楼盘。尘沙飞扬，迷了我的眼。原来，连这里也回不去了。时间真是单向道，只能向前，永远也不能回头。我到附近的店买了些元宝冥币，颤抖地点燃。

妈，我回来了，我是欢喜，你还认得吗？

我去找阿公了，可是我和你一样不孝，总是惹他生气。

你们在下面见面了吗？妈，阿公很想你，你一定不要再惹他生气了。

我很好，真的，我帮你报仇了，你说的对，我们真的有大房子了。

妈，我很想你。

把所有元宝都烧完后，我站了起来，脚有些发麻。

不远处，建筑工人好奇地指指点点。宫宝就站在旁边，哦，原来是他，难怪我在这儿烧纸钱，都没人过来说我。他用什么方法收买他们，钱吗，钱可真是好用。

我茫然地向前走，却不知道往哪儿走。十二年，这座城市已经变得我完全认不出来了。我走过昔日我们卖唱的地方，那些繁华的地方已经变成了老城区，那座为我们遮风挡雨的天桥，也被推倒重建。偶尔路过几个乞丐，我停下来，仔细看他们的脸，没有看到任何熟悉的脸孔……

走着走着，我走到那家医院。我还记得那个好心的医生，叫郑有怀。十二年前，他救了宫宝一命，我向他下跪，对他说，我把尊严留下来，等能偿还的那一天，会回来拿。

我问工作人员："郑有怀郑医生还在吗？"

"郑医生已经不在这工作了好几年了，听说出国深造了。"

我点头离开，我报得了仇，却还不了一个人的恩情。

从医院走出来，我不知道要去哪里了。宫宝不远不近地跟着我，他偷偷躲起来，但我知道，他就在附近，跟着我。我站在街头，夜已经深了，可城市的灯火永远亮着，歌舞升平。七彩的世界，我却迷失了。

路在哪里，我回不到过去，也看不到未来。

我站在街头，不时有人从我身边经过，奇怪地看我一眼。陌生人，也就给你好奇的一眼。那些卖唱的记忆汹涌而过，我仿佛看到年少的我和鸡丁，啃着窝窝头，可是脸上的笑容是单纯的是充满希望的。他们从我面前笑着经过，我伸手去拉，却被狠狠一推，摔倒在地。

有人停下来，鄙夷道："神经病，干吗？"

我没理他，我看到，那两个小小的人儿背着音响，手拉手越走越远。

有人冲过来，把我拉起来，是鸡丁，依然是这双明澈的绿眼睛，春水一样动人，可充满悲伤。我伸手遮住他的眼睛，茫然地问："鸡丁，为什么？"

当初我们一无所有，心里却满满的。现在什么都有了，反而变得更难过。我的心空荡荡的，没有夺回一切的喜悦，我的脑中不断闪现的画面是，眼泪顺着乐乐无神空洞的大眼睛落下，她就这样睁着眼睛，无声流泪。

我血缘上的父亲跪在我面前，流着泪问我："我的妻子死了，我的女儿疯了，我的孩子，现在，你满意了吗？"

我不知道，我抱着宫宝，"鸡丁，我们是不是做错了？乐乐，她是无辜的——"

"欢喜，"宫宝捧着我的脸，洗脑般对我说，"不是你的错，我们谁也不会料到会这样的。"

"怎么办？鸡丁，我们还能在一起吗？"

"可以的，我们可以的，"宫宝点头，绿色的眼睛闪现出星星般的光芒，"欢喜，你不喜欢，我们就什么都不要，我们离开这里，回溪镇，一回去就结婚。"

"结婚？"

"对，这样谁也分不开我们。"

是的，这样谁也分不开我们，谁也不能说我们错了。

我点头，为了证明什么似的，"我们回去，回去结婚，溪镇才是我们的家。"

宫宝笑了，眼睛亮晶晶的，一如年少的清澈明亮。我拉着他的手，迫不及待。这时，又有个声音回响在我耳边，"我在想，我的男朋友会不会跟我求婚，我满心期待……"我用力地摇头，把那个声音甩开。我要回去，那个有流苏树的海边小镇才是我的家。

14. 如果时间有尽头，那我们一起走过。

我们回到溪镇，准备结婚。

为了证明什么似的，像要把所有事情都忘掉一样急匆匆，我和宫宝一起去挑请帖、喜糖。可谁也没提过去拍婚纱照什么的，我忘不了拍毕业写真时，他与乐乐的那张照片。他也没有提起，各自不言说的默契，特意的遗忘。

他在一家建筑公司找到一份工作，我在中医院实习，每日忙碌。晚上回来，吃完饭，我们一起打扫房间，一起写请帖。

一切从简，只请左邻右舍和要好的朋友一起吃顿饭。

打扫房间时，我把小时候珍藏的东西拿出来整理。阿公给我订娃娃亲的红线还在，我看着红线发呆，小舅走后，我和鸡丁解除了娃娃亲。如今，我们决定结婚，有些事情是不是就这样百转千回，却又命中注定。

我本不信命的，现在冥冥之中，却觉得上天早就各有安排。

就如那年，我懵懂地暗恋着小舅，却不曾料到，我会和鸡丁变成情侣，甚至夫妻。

宫宝从后面抱住我，"看什么？"

我晃了晃重新戴上的红线，"你的还在吗？"

他变魔法，红线出现在手心，"一直都在。"

"嘚瑟。"我笑。

宫宝把我转过去，手伸到面前，"帮我戴上。"

"自己戴，"我拿红线比画一下，"你现在长这么大块头，还戴得上吗？"

"试试就知道。"他固执地把手腕伸过来。

我无奈，帮他戴上。他低头，绿眼睛亮晶晶的，一眸的柔情。

我心一软，这种感觉，就像进行一个很郑重的仪式，我脸一热，"就像戴戒指一样。"

他应了声，低头，脸靠过来，给了我一个轻柔又漫长的吻，很缠绵，缠绵得足以铭记终身。我把脸贴在他胸前，他笑着看我。

"现在圆满了。"

"就差个证婚人。"我笑道。

然后，笑容凝聚在脸上。

我们两个人，真的连个证婚人都没有。去世的看不到，活着的人不相认，还有一个见不到。我没了兴致，转身继续整理东西。

宫宝漫不经心在身后问："欢喜，你还想小舅吗？"

我回头看他，他半垂着眼睑，"你喜欢过他，对吧？和我解除娃娃亲，也是因为他？"

我沉默。

他把玩着那条红线，"你知道当时我怎么想的，我在想，谢欢喜，我的欢喜，为什么要背叛我？"

"鸡丁——"

"从小我就觉得你是我的，我想不明白，我的女孩为什么会看着别人？"宫宝苦笑，"你不知道，那时我有多嫉妒，就像你不了解，你对我有多重要。有时候，我甚至想，无论是小舅，还是李昭扬，这些人都不存在那该多好……"

我瞪大眼睛看他，他走过来，摸摸我的头，"所以，欢喜，不要离开我，永远也不要。在你不知道的地方，在你没注意的时间里，我爱着你，比任何人都爱得久，爱得深，这个世上，再也没有像我们这样，血与肉连着一起成长到懂爱。"

我点头，咬住嘴唇，告诉自己，不要哭。

谢欢喜何其幸运，她被动地接受，觉得两人相爱是很自然的事，却从来没想过，有个人，从小到大，那样辛苦地等待，等她成长，等她懂爱。我抱着他，呼唤他的名字，鸡丁，鸡丁，对不起，或许，她曾为别人心动，可现在只容得下你。

如果时间有尽头，那我们一起走过。

这一秒我是真的相信，我们相信爱，相信爱情可以战胜一切，包括那些被我们特意遗忘的事实。

可王墨的一通电话，我们再次见面的几分钟，还是把我们所有的甜蜜撕得支离破碎。

张爱玲说过这样一句：生于这世上，没有一样感情不是千疮百孔的。

好像真的就是这样。

我与王墨的再见，注定所有幸福都走向幻灭。

在婚期的前几天，王墨打电话，约我单独再见一面。我们在一家茶馆见面，他看起来平静很多，我也努力心平气和。我们都尽力保持着成人的礼仪和风范，王墨告诉我，他决定带乐乐去国外治疗，手续已经办得差不多。

"离开这里，或许她能忘掉一切。"

"她还能好吗？"

"很难说，医生说，情况不好。"王墨尽力地控制自己，可他的手还是一直抖。

我看不下去，又不能离开。

我们沉默了少顷，他又问："你们好吗？"

"挺好的。"我努力想做出很快乐的样子，可是失败了，我们的好，都停留在表面，不过一层浮华的表象，撕开后其实也是千疮百孔的伤。

"心里不好受吧，"王墨苦笑，"曾经我们也以为报仇后什么都会好起来，结果，真的复仇成功，我们才发现，这种被诅咒的幸福是不会获得内心的平和和宁静的。"

我抬起头，"你什么意思？"

"我的孩子，这世上有毫无理由的爱，却没有毫无理由的恨。"王墨望着我，眼神冷静得可怕，"我和雪尺都没有你们想象中的那么坏，你们死去的亲人也没想象中的那么好。欢喜，你这么聪明，就没想过，我和雪尺为什么不能拥有自己的孩子，要收养乐乐？为什么雪尺会提到她还有另外一个孩子？

我记得，沈雪尺最后的忏悔和撕吼："为什么？为什么？我犯下的错，做下的罪，为什么都报应到我的孩子身上？我的第一个孩子，突然间就没了，我的第二个孩子，我要死了，她都认不出我来了。"

我望着王墨，他们还隐瞒着什么？

"我不该说出来的，可是我看到乐乐那样——"说到这，他平静的脸有些扭曲，"为什么要那么好的孩子受这种苦？"

"你到底要说什么？"

"你就不奇怪，我和雪尺结婚多年，她为什么要同我离婚，嫁给宫胜南？"

"还能为什么，不就是为了钱。"

"如果钱能买回我孩子的命，我就算去卖器官也会做。"王墨冷笑，兀地激动起来，"你们口口声声为宫胜南报仇，可他是怎样的人你们知道吗？有谁会因为得不到一个女孩的爱，就算她结婚了、怀孕了，还不放弃，甚至开车硬生生把那女孩撞到流产？孩子没了，连子宫都被摘掉，一辈子都不能拥有自己的孩子！"

"你说什么？不可能！"

"不可能？这个畜生就是这样对我和沈雪尺的。那时，我还在为孩子准备取名字，沉浸在初为人父的兴奋中，可你知道，这时候，有人把一个血淋淋的妻子推到你面前，告诉你孩子没了，是什么感觉吗？"

我往后退了一步，"我不信，我不信——"

"那你看看这些！"王墨把一堆资料摔到我面前，"睁大眼睛，用你那双代表正义审判的眼睛，看看你们到底做错了还是做对了！"

那是些医院的诊断书，还有现场照片，残酷得让我看不下去。我看到王墨在手术同意书上的签名，颤抖的，惊慌的。

我的手抖了起来，控制不住地发抖，"这不可能……这不可能……"

"真相就是这样，"王墨望着我，那眼中有深深的仇恨，"二十多年前，我和你们一样，刚毕业，和心爱的女孩结婚。雪尺，有很多人喜欢追求，可是她最后选择了我。婚后，我们憧憬着有自己的孩子，我们很幸运，雪尺怀孕了。可是宫胜南，我一直当亲兄弟的宫胜南，他得不到的，就要毁掉——

"他开车撞向怀孕七个月的雪尺，我的孩子，你想象得出吗？七个月，我的孩子已经成形了，可就这样没了。我愤怒，愤怒我的兄弟做出这种事，我更愤怒的是，有钱有势的宫家用钱堵住了一切。"

"我永远忘不了那画面，宫胜南来看摘掉子宫的雪尺，他脸上的表情，那个畜生竟说，雪尺，你看，嫁给这种没用的男人就是这种下场！"王墨的脸已经完全扭曲了，"那畜生走后，悲愤的雪尺叫我滚，说我是没用的男人，保护不了自己的妻子，连自己的孩子也保护不了——"

说到这儿，王墨用力抓自己的头发，"我最大的错，就是那个时候离开她。我错了，我真的错了，如果当初没有离开她，就不会这样——"他继续痛苦地诉说着。

我手中的照片滑落下来，那是穿着孕妇服的沈雪尺一脸甜蜜地坐在窗前，回头对着镜头笑了笑，笑得温婉又美丽。原来，她真的很美。

只是我们都不曾见过，错了，无论过去还是未来，我们都错了……

王墨错了，他不该在妻子最脆弱的时候离开她。更不应当在自己伤心绝望的时候，和自己的学生私奔。就算他后面醒悟过来，回到沈雪尺身边。可另一个错也开始了，容华姐爱上他，一个人在陌生城市生下了我。

沈雪尺也错了，她放不下失去孩子的痛苦，还有终生不可能拥有自己孩子的怨恨。在多年之后，和宫胜南再见，得知宫胜南已经结婚，甚至拥有了自己的孩子，这么幸福之后，心理扭曲，她同王墨离婚，布下了这场死亡之局。

我们都错了，命运真是个可怕的操盘手，一步错，满盘皆输。

而今，我们犯下的错，都借别人的手得到报应。宫胜南被沈雪尺弄得家破人亡，我失去了容华姐，沈雪尺是报仇了，可她想要的孩子，终是没得到，乐乐在她死前已经认不出她。

王墨流着泪，哽咽着，"我不该答应同她离婚的，我不该答应同她离婚的……"

逃避，他始终在逃避，当年他逃避身为男人的责任，到一个陌生地方寻找宣泄口。

我猛然想起，"那我妈，谢容华，你自始至终有没有爱过她？"

"爱？那种情况下，我怎么可能爱上别人？"王墨反问，"那时，我只是想找个人狠狠发泄一下。爱，不过是虚假的谎言，于我来说，那只是个错误。"

我站了起来，"王墨，你真让我觉得恶心！"

"那你们呢？"王墨站起来，指着我的鼻子，"你们又以爱之名，对我女儿做了什么？"

我僵住了。乐乐，我们以爱之名接近她，欺骗她，伤害她。

王墨继续道："谢欢喜，如果扯上我们的关系，她是你的妹妹，可是你对她做了什么？她疯了，她可能一辈子就这样废了。我们有罪，你们也有罪，你和谢宫宝谋杀了我的女儿！"

"嗡"的一声，我乱了，脑中只有一句：你和谢宫宝谋杀了我的女儿。

我们之间的错误和罪恶，都与王惜乐无关，可她被我们拖进了绝望的深渊，崩溃，毁了。

周围的其他顾客奇怪地看着我们，我们重新坐了下来，可像世仇似的瞪着彼此。

王墨突兀地笑了，流着泪又哭又笑，又可怜又凄凉，"欢喜，你说的对，我不是你爸爸。爱你的父亲，会给你留下一个美丽的谎言，让你和谢宫宝心安理得活下去，可我没有，我这样的人，怎么有资格做你爸爸？你说得对，你的爸爸早死了。

"可是，我的孩子，你又对我做了什么？让你妹妹永远活在痛苦中，让我的妻子那样死去。孩子是家的希望和快乐，可是你呢？灾难，永远无法治愈的灾难。你说的对，我不是你爸爸，你也不是我的女儿。

"我们之间，除了血缘关系，根本就是个错误，"他望着我，眼神悲伤，"孩子，你这样看着我，固执又骄傲。你总是这么笃定，可你没有想过，这些事情，如果我们心平气和地坐下来谈一谈，或许就不会是这样的结局。"

"大概因为我没有爸爸，妈妈又死得早，所以没人教，也不懂什么叫心平气和。"

王墨摇头，无奈道："欢喜，不要这样，你也有罪。你以为接下来你会幸福吗？雪尺报复宫胜南后，她回到我身边，我们以为会幸福，可是没有，我们除了无止尽地吵架还是吵架，我们不信任彼此。爱情确实存在，可是在这些面前，一切都显得微不足道，单纯靠爱，是无法支撑一个家的。"

"同样的，我的孩子，你也不会幸福。"王墨笃定道。

临走前，他留下一张纸和一句话。

"欢喜，趁我们没走之前，去看看她，去看看你们犯下的罪。"

不，跟宫宝没关系，整件事是我策划的，是我指使的，跟宫宝没关系。如果有罪，也是我一个人有罪，我头重脚轻地埋单。

"你爸爸已经埋单了。"

"谁说他是我爸爸，你没听到他不认我吗？"

我尖叫起来，他们像看疯子一样望着我，我恶狠狠地瞪回去。

"看什么？你们都有爸爸，我没有！"

15．我爱你，带着罪和你在一起，就是地狱。

回去后，我开始整夜整夜地做噩梦。

有个声音不断地在我耳边重复"我的孩子，你也不会幸福""你是有罪的"，我尖叫着醒来，总能看到宫宝从他的卧室赶过来，一脸担忧。我摇头，一摸额头，全是冷汗，我神经质地发抖，宫宝同我说话，我却一句话也说不出。

我失去为自己辩解的能力，我有罪，真的有罪。

我让宫宝陪着我，靠在他怀里。可还是失眠，我快速地瘦下来，挂着消散不去的黑眼圈，宫宝努力打起精神逗我，"欢喜，我可不想娶一个国宝。"我想笑，可连扯动面部肌肉都那么难。

这样的我，怎么可能给他幸福。我连偎依着他，给他温暖都不行。

他追问我什么，我不知从何说起。不，这样的罪过，我一人背负就好了，他已经够不幸了，不能让他知道原来他的父亲犯过那样的错。

八月二十四日，我醒来，凌晨，宫宝还在睡。

我悄然离开，终于决定去疗养院看看我的妹妹。

护士带我穿过长长的走廊，打开门，坐在窗边的女孩回头看过来一眼。她穿着件纯白的长裙，乌黑的头发整齐地披着，晨曦照在她身上。她五官清丽，神情柔和，一双黑眼睛懵懵懂懂，比天使还乖巧动人。

我走到她面前，叫她的名字："乐乐。"

她歪着头，微微笑了。她已经不认得我了，可我认得她。王惜乐，我名义上的妹妹，我们没有血缘关系，可我们曾比亲姐妹还亲，她的男朋友是我介绍的，又是我亲手夺回来的。我们设下一个局，而她太当真，为情自杀，结果她的母亲为了保护她一起掉下楼来，为救她而死，她终于崩溃了。

她不认得我了，事情发生得太快，她连指责我一句都没有。

"咱们出去玩吧。"

"好呀。"

她兴高采烈地答应了，我跟她玩了半天的捉迷藏。她笑得很开心，曾经我们也是这样开心，她以前很黏我，一点小事情都要问我，现在也一样，问我什么时候还过来。我说，下次吧。

她习惯性嘟起嘴，突然想到什么似的，凑到我耳边，"我告诉你一个秘密。"

"什么？"

她神秘兮兮地拿出一张照片，"给你看哟，我男朋友，帅吧？"

我震住了，是那张婚纱照。那时，我们拍毕业写真，她看中婚纱，缠着宫宝拍的照片。

我看着照片，艰难道："帅，很帅。"

她得意地笑了起来，又凑过来，"再告诉你一个秘密，我的男朋友准备向我求婚，就在我们的毕业晚会那天，我等着，我知道他想给我个惊喜。唉，我明明知道还要装作不知道，可是我真的好期待。"

乐乐高兴地笑了起来，看着照片，一脸幸福。

我忍不住问："你还记得谢欢喜吗？"

"记得，谢欢喜是个贱人。"

我看着她的笑容，不敢告诉她，这个贱人要结婚了，就是今天，更不敢告诉她，这个贱人的结婚对象，是她曾经的男友。

我摸摸她的脑袋，用力点头，"对，谢欢喜就是个贱人。"

"可是跟我有什么关系，"她歪着脑袋，继续盯着照片，"他什么时候过来跟我求婚？"

她那么自然地转头问我："欢喜，宫宝会跟我求婚吗？"

一瞬间，我觉得我们又回到大学，我看着她。她想到什么，笑容凝在唇边，直直地望着我，"欢、喜？"

"是我，乐乐。"我点头。

她兀地尖叫起来，扔了照片，语无伦次："手铐呢？快把我抓起来，我杀了妈妈！妈妈，妈妈你在哪里？我错了，乐乐错了，乐乐再也不敢了！爸爸，乐乐真的知道错了，我真的不想害死妈妈，我有罪——"

有医生赶过来，把一个塑料手铐递给她，小心安抚她："好，没事了，抓起来了。"

我冲上去抢过手铐，摇晃着她，"王惜乐，你醒醒，你妈妈已经死了，跟你没关系，你没错，有罪的是谢欢喜，是谢欢喜！"

最后的声音已经带着哭腔和恳求，她根本听不进去，戴着手铐，缩成一团，医生把我拉开，吼道："你说这些有什么用？她要听得懂的话，会是精神病人？"

"精神病人？"

我的妹妹，乐乐，变成一个精神病人，她疯了，真的疯了。

我退了一步，看到她又叫了起来。

"我的照片，我的婚纱照！"

"宫宝，宫宝在哪里？"

"如果你不能接受这样的她，就不要再来看她。"医生扔下一句，继续安抚她。

我往后退了一步，有谁跟我说话，在耳边说——你和谢宫宝谋杀了我的女儿！

"谁？"

没有人，但耳边还是有个声音告诉我，我谋杀了一个人。

是我，我谋杀了王惜乐，我疯了似的离开疗养院，耳朵里有各种声音汹涌而来。

"你说得对，我不是你爸爸，你也不是我的女儿""我的妻子死了，我的女儿疯了，我的孩子，现在，你满意了吗？""欢喜，不要离开我，永远也不要""欢喜，宫宝会跟我求婚吗？""记得，谢欢喜是个贱人"……

她说得对，谢欢喜是个贱人。

我打开手机，拨通一个号码，"李昭扬，能不能找一个没人能找得到我的地方？"

毕业的时候，他送我们离开，对我说，欢喜，有事找我，我可以为你做任何事。

八月二十四，宫宝的生日，是他改了岁数的新生日，也是我们去民政局领结婚证的日子，我们约好这一天，跟彼此说，这是一个新的开始。

可是，亲爱的鸡丁，不是我们假装忘了就能忘了，我有罪，我害了一个人，我不能让你背负这罪恶。

就算我们装得再像，笑得再甜蜜，也无法掩饰我们内心的千疮百孔，就算我们迫不及待用一本小本子去证明我们能在一起，也无法让我们内心得到救赎。我每夜噩梦，你何尝不是一身冷汗。你重复着"对不起，乐乐"，让我心碎，这样互相伪装的我们已经够了。

原谅我，要离开你，原谅我，不能将你拉进地狱。

我离开你，不是因为不爱你，而是因为太过爱你。

我幻想，和你有一份长久的爱。可是我们犯下的错，我们中间隔着一条鲜活的生命，我毁了一个人的一生，这样的我，怎么和你继续？就算我们对真相一无所知，可是我确实利用了她的善良和天真，害了她。鸡丁，对不起，对不起。

打完电话，我坐在长椅上。手机一阵振动，是宫宝，他醒了，没看到我，会很惊慌失措吧。我接通电话，传来宫宝焦急的声音，"你在哪里？"

"我在地狱。"

"欢喜？"

"鸡丁，我爱你。"

我爱你，带着罪和你在一起，就是地狱。

亲爱的鸡丁，再见，我要离开你。

我流着泪，关机，把手机扔进垃圾筒。之后我随便坐进一辆出租车离开，我想起，我那个手机，还存着那条始终没有发出去的短信——鸡丁，要不要和欢喜在一起。如今，我亲手放弃了，我们最终没有能在一起。

可惜我和你，只是空欢喜。

原谅我，在这特殊的日子，又一次将你抛弃。

八月二十四日，他的生日比我早一天，以前我总是追问他为什么要改年龄，为什么要多我一天，比我大，说他就是想占我便宜，直到后来，他才告诉我——

"比你大，哪怕一天，也能保护欢喜。"

傻鸡丁，你为什么总是这么傻？傻得让我心疼。

以后不要这么傻了，也不要对其他人这么好，因为这样她不可能再爱上其他人。

亲爱的鸡丁，在你之前，在你之后，我都不会这样爱上一个人，以后也不会爱上任何人，哪怕只是心动。

鸡丁，我走了，你会伤心难过，会恨我，可也会发现，爱并不是最重要的，没有我，你还能活下去。谢欢喜这一生最大的幸运就是遇见你，最幸福的日子就是和你在一起，生死相依。可我不能带罪和你在一起，我把手放在眼上，哭得泣不成声。鸡丁，鸡丁，对不起，对不起……

出租车里正放着一首歌，是卢冠廷的《一生所爱》。

从前，现在，过去，再不来，开始，终结，没变改，天边的你漂泊，在白云外，苦海，翻起爱恨，在世间，难逃避命运，相亲，竟不可接近……

我听过这首歌，有个人也曾为我唱过，隔着狂欢的人群，两颗心在无声哭泣。那时，我还以为我们必然在一起，我们一起走过这么多风雨，可我料不到会是这种结局。

从前，现在，没有一次是这样撕心裂肺，一生所爱，消失在白云之外。

16. 往北的地方海未眠

那个男人站在外面等待。

纯黑的西装，衬着挺拔的身材，他真是个引人注意的男人，深刻的五官，犹如上帝之手刀刻出来般俊美，那双绿眸尤其深邃漂亮，乍一看有点冷漠，但仔细看，绿色的眸子藏着春水般的深情，温暖又冰冷。

他固执地站在民政局的门外，一动不动静静地看着远方。

有人问他，新娘在哪里。

他保持静立等待的姿势，很久才说一句："她会来的。"

可他知道，她不会来的。他认识她十二年，她没跟他说过一句"我爱你"，就在刚刚，她说了。他知道，他得到了，也失去了。他与她经历了太多事，太过惨烈，惨烈地连抱在一起都浑身冰冷。这几天的甜蜜，不过是暴风雨前的平静。

可他还在等，等一个无望的结果。她永远不知道，他有多爱她，比想象中的还多。

有人站到他面前，恭恭敬敬。

"少爷，该回家了。"

男人抬起头，莫名其妙说了句："我丢了我的欢喜。"

一滴眼泪顺着他绿色的眼眸流了下来，只有一滴，却足以淹没整个悲伤的海洋。没有你，我可以活得下去，只是人生再无欢喜。

流苏树下。

有个背着简单行李的男人站在树下看了少顷，推开门，进了屋。他一眼看到那个鲜红的请帖，他拿起来，看到两个人名"谢欢喜、谢宫宝"，他似乎笑了，不是以前那柔弱温和的笑，是带点海洋咸味的笑，只是那叹息还能找到年少的痕迹。

"他们果然在一起了……"

他环顾四周，给大厅里的遗照上了香，又最后看了一眼伴他成长的房子。这里有很多回忆，美好的、快乐的，他微微笑了，在心里默念那个名字，欢喜啊……

而后，他背起行李，头也不回地离开了。

他们都不知道，他的成全，她的放弃，他们怎么爱过，又是怎么失去，直到无能为力，直到丢了欢喜。

一切好像都结束了，整个世界也安静了。

唯有那片陪伴他们成长的海，依旧温柔地荡漾着。嫣红的残阳，绝望地瑰丽着。

他会往北，一路往北。而她会在哪里流浪？会不会也有这么一片海？

北方也有海，只是不会安眠，盛满记忆，蓝到绝望。

带着爱继续流浪，往北的地方海未眠。

　　这是她离开的第七年。

　　如果那一天，在民政局门口，她有来，他们现在也该到了七年之痒的时候了。

　　可是她没有来，一晃已经七年过去了。

　　谢官宝坐在礁石上，风很大，把他的衬衫吹得猎猎作响，可他却只是静静地看着面前的这片海，面无表情，心里无波无澜。这是他们小时候常来玩的地方，他提着竹篓，她在前面跑，小舅在后面微笑地看他们。

　　那时，他还比她矮，追不上她，在后面喊："欢喜，欢喜。"

　　她回头，笑嘻嘻地说："鸡丁，你快点！"

　　他并不喜欢那个外号，宫保鸡丁，可他喜欢听她这样叫自己，欢快的、亲昵的。他奋力地追上她，去拉她的手。她来溪镇后，就嫌他太黏人，总会甩开他的手。这时候，只要他瞪她一眼，装出生气委屈的样子，她就会立马过来拉他的手，讨好地叫"鸡丁，鸡丁"。

　　其实，他怎么会生她的气，他只怕她不开心。

　　小时候，他们总是很开心，无忧无虑。那时，谢官宝以为他们会一直这样下去，她无论什么时候也不会放开他的手。他没料到，有一天，她会离开，这一走，就是七年，杳无音信的七年。

这七年，又发生了很多事。

他回到北方，继承爸爸的遗产，接手了爸爸留下来的公司、生意。谢宫宝对经商并没有多少兴趣，可是他需要钱。有钱，他才可能找到她。经过了最初的混乱期，如今他已经游刃有余，连媒体都夸他年轻有为，是个经商天才。

他没改回本名，黑色的名片印着的依旧是"谢宫宝"三个字。每次别人都诧异地问，你不是官家的少爷吗，他都一字一顿地重复：我姓谢，叫谢宫宝。他跟了她的姓，是要做她一辈子的家人，还有……爱人。

"我从妻姓。"他平静地说。

别人啧啧称奇，夸他真是个好丈夫，像他这样一往情深的男人没几个，真难得。他们不知道，他连他的妻子在哪里都不知道，她不让他找到她。他只有这样固执地重复，我从妻姓，我的妻子叫谢欢喜。

只是，谢欢喜，你在哪里？

谢宫宝看着面前不断起伏的大海，这是她小时候最喜欢来的地方。她不止一次跟他说，她觉得溪镇的海最温柔。

"鸡丁，你觉得呢？"

"嗯。"他用力点头，他才不觉得大海温柔，但她说海是温柔的，那就是温柔的。

他们相识时，都是小毛头，根本不懂什么是温柔。好不容易长大了，她开始会害羞，会不好意思，却把她最初的羞涩给了小舅。那时，看到她对着小舅会脸红。没人知道，他气得发疯，恨不得把谢青涯狠狠地打一顿。

他嫉妒小舅，后来，她去追小舅回来，那时他是故意摔倒的，故意摔在石头上，摔得血肉模糊，因为他知道，她不会放下自己的。果然，她没有继续追小舅，而是选择送自己去医院。那一刻，他看着她焦急无奈又担忧的样子，没人知道，他看着她，满心柔情，他要把这辈子所有的温柔都给她，他只愿对谢欢喜温柔。

如今，她走了，留给他一个繁华却空荡荡的人间，留给他无尽却连发泄都不知道去哪的想念，留给他满身孤寂。公司的人怎么评论他的——我们谢总是全世界最俊美的老板，也是全世界最孤独的男人。

她走了，他成了全世界最孤独的男人。

可她离开的第一年，他连去找她都不敢。

她无法放下对乐乐的愧疚，他是懂的。可他还是不明白，她为什么就这么走了。后来，他还是去找了王墨，得知了事情的全部真相。原来，他的父亲也并不无辜，他曾经做过那么可怕的事，双手也同样沾满血腥。

那一天，谢宫宝跌跌撞撞，逃似的离开。他终于明白，她为什么要走。她宁愿离开，也不肯把真相告诉他，也不要他来承受这些，自始至终，她还是在保护自己，连离开，也是为了将罪恶的包袱全部背在自己身上。

她总说他傻，其实她，何尝不是一个傻瓜。

这个傻瓜，以为她走了，他就能没心没肺地快乐活着吗？

不可能！永远不可能！

王墨带王惜乐去国外治疗，谢宫宝回到北方，接手家族企业的第一件事就是给他汇了一大笔钱，一笔接近天文数字的钱，然后，给她联系一个精神方面的名医。王墨起初并不愿意接受，但他也想女儿能好起来，毕竟那个名医很难请到的。

就这样治疗了半年，王惜乐渐渐恢复了神志。她一天天好转，虽然精神大不如从前，人也变了很多。得知母亲已去世后，她经常长时间沉默，但确实在好转，生活能自理，思维清晰。医生宣布能出院那天，她已和正常人没两样。

　　她在国外待了一阵子，学习、工作，后来，跟王墨说，她要回国，她想妈妈了。

　　回国第一件事，她去看沈雪尺，给她上香、烧纸钱，然后在沈雪尺墓前，把她曾经和谢宫宝一起拍的照片烧了，说："妈，一切都过去了，我好了，你放心吧，你也要好好的。"

　　至于其他的，尘归尘，土归土，恩恩怨怨，冤冤相报，全部随风而去。

　　谢宫宝和她见过面。

　　再次见面，他们都很平静，仿佛两人之间不曾有过纠葛。

　　他们约在环境幽雅的咖啡厅。

　　王惜乐穿着得体的职业装，妆容精致，已是一个干练利落的都市白领。谢宫宝穿着黑色的西装，眉眼间有少许疲倦，但异常俊美，优雅矜贵。明明是彼此最熟悉的面容，却是最陌生的模样。

　　他们没说几句话，或者说，两人无话可说。

　　王惜乐看到他，只问了一个问题："你有没有喜欢过我？"

　　谢宫宝摇头，"没有，从来没有，一点心动都没有。"

　　伤人的回答，可奇怪的是，王惜乐竟不觉得心痛。这是意料中的答案，或者说，更早的时候，她就知道是这样的，他不喜欢自己，一点不喜欢。他们在一起的短短几个月，他是对她很好，可她感觉得到，那些好轻飘飘的，像个形式，浮于表面，只是她不愿意去深究，不愿意去面对。他骗她，她呢，也骗自己，一直在骗自己。

　　"欢喜走了？"

谢宫宝点头。

王惜乐又问："你找不到她？"

见他点头，王惜乐笑了，笑得有些快意，她说："我知道谢欢喜在哪里，我找得到她，可是——"

她顿了一下，看看对面的男人绿宝石般的眼睛刹那迸发出的光彩，王惜乐才继续开口，一字一顿道："可是我不会告诉你，我永远不会告诉你。你找不到她的，就算有一天，你真的找到她，她也不会见你，因为——"

"你们对不起我。"

"谢欢喜会替我惩罚你的。"

王惜乐优雅地站了起来，她怜悯地看着眼前面如死灰的男人。真不明白，以前自己迷恋他什么，你看他，不过是一个为情所伤不得爱的男人，还是别人的男人，他再好再帅气再温柔也是别人的，他是属于谢欢喜的。

可谢欢喜离开了他。

王惜乐是真的知道谢欢喜在哪里，因为她对自己有愧，一直关心她的病，和她有联系，但她不会告诉他的，她要他日日夜夜饱受思念的折磨，她要他日夜奔波不得所爱，夜夜难眠被思念所困，他们怎么样骗她，她就要怎么还回去。

"恨我吗？"王惜乐居高临下地说，笑容有些快意，"不要忘了，是你们毁了我的善良。"

是他们毁了她的善良和单纯，把她变成如今这样一个人。

她抬起脚要走，听到身后传来他低沉喑哑的声音。

"惜乐，我不恨你，也不怪你。如果你不想说，我也不会逼你。"

因为……他罪有应得，她在惩罚自己，他亦有罪，他也要赎罪。

谢宫宝站起来，看着她的眼睛，认真说："惜乐，我不曾对你心动过，但你是个好女孩，一直以来都是个好女孩，将来，你会遇到属于你的幸福。我希望，你能幸福，过得比谁都幸福。这句话，是真心的。"

说完，他朝她郑重地鞠躬，"对不起。"

"晚了。"王惜乐冷冷扔下这句，径自走了。

她以为他会走过来，会缠着自己问谢欢喜的下落，可他没有。她回头看了一眼，看到那个高大俊美的男人站在原地，满身落寞，那么孤独。他也在惩罚自己，他明明什么都有，却活得那么孤苦，他也确实一生孤苦，无父无母，身边连个关心他的人都没有。

她竟有些心疼，王惜乐摇头失笑，怎么又犯傻了，心疼上别人的男人。谢宫宝再好，也是谢欢喜的，他再苦，也是她给的。

都是他们自找的，她告诉自己，头也不回地走了。

这样过去了一年、两年、三年……好多好多年……

时间快得王惜乐几乎要数不过来，到底过去多少年，反正谢欢喜走了多少年，谢宫宝就找了多少年。

这几年，王惜乐生活重新回到正轨。她工作、恋爱、失恋，但她碰到了她命中注定的那个对的人。他没有谢宫宝那样俊美，也没有他富有，可他对自己很好很好。她跟他坦承她有过一段时间的精神病史，他不介意，反而很心疼她，说她当时一定吃了不少苦，受过伤。

那一刻，王惜乐看着面前的男人，忘了谢宫宝，忘了曾经受过的伤。她没再拿他和谢宫宝对比，因为在她眼里，他就是全世界最好的男人，谢宫宝算什么，他过去了，他什么都不是了，她找到自己的今生挚爱。

他们没有急着结婚，慢悠悠地谈恋爱，享受着两人的甜蜜时光。

很好，一切都很好，这才是真的恋爱。王惜乐觉得，以前和谢宫宝那真是一场笑话，小孩子过家家啊。她和他，才是成人的浪漫和爱恋，他爱她，她也爱他。生活太美好，美好得她都忘了谢宫宝和谢欢喜。

那次见面之后，他们还是见过几次面。

但谢宫宝真的没跟她打听过欢喜的下落，一次都没有，不过王惜乐知道，他在找她，一直在找她等她。只是人生有多少年，王惜乐倒是想看看，谢宫宝能等多少年。不过她还是有点羡慕，不是谁都会等谁那么多年。

后面的几次见面，他们越来越轻松，越来越像朋友了，甚至有时，还能开几句玩笑。

"你还会这样找下去？"

"嗯。"

很平淡很平静的语气，就像说一件稀松平常的事。

"你就没想过，她可能已经结婚了，身边早已有了别的人？"

"她不会。"

笃定无比的语气。

"你就这么自信？"

"她爱我。"谢宫宝微笑地看着她，又无比温柔地说，"我也爱她。"

那一刻，王惜乐又涌起了想把他们都打死的冲动。他这么笃定自信，仿佛这几年的等待不是煎熬，这只是短暂的别离。而她不是在报复他们，只是在帮他们考验他们坚不可摧的爱情，他们如此相爱，倒显得她可笑了。

她讥笑道："我见过她，她过得很好，有你没你都一样，她叫你别找了，找个好女孩结婚。"

谢宫宝一愣，然后很快地说："我不要。"

语气带着点小任性，他像怕她听不清一样，又说了一遍："我要等欢喜。"

他的欢喜，他一生的欢喜。

王惜乐突然觉得没劲，她刺激不到他，也伤不到他。

她站起来，"那你继续找吧，祝你找到她时，她已儿孙满堂，幸福美满。"

这对他来说，简直是个恶毒的诅咒。

谢宫宝没说话，他看着窗外。人来人往，川流不息。他每天都会遇见很多人，每年都要去很多地方，可就是没遇见一个叫谢欢喜的人，他找不到他的欢喜，可他还是会继续找下去，因为她是他的欢喜。

如果真的有一天，他终于找到她，她儿孙满堂，幸福美满，那他会祝福她，他会悄声离开，不去打扰，他会很安静，就像他从没有出现在她的生命中。可现在，要他放手，要他不爱她，他做不到。

不就是等吗，他比她还小三岁，他一定会活得比她久，他会等。

只是没有她的日子，真的很孤独，谢宫宝把自己变成了一个全世界最孤独的男人，他没有朋友，没有亲人，只有一个谢欢喜，他的人生就是在找一个叫谢欢喜的人，他说，她是他的妻，他在找他的妻。

这些年，他没找到欢喜，却找到了小舅。

谢青涯在远洋大船上，得知自己走后发生的是是非非后很震惊，又不知说什么，也无从安慰。离开时，他拍着宫宝的肩膀说："如果有一天，我遇见欢喜，一定告诉她，你在等她，叫她回来找你。"

"你呢？"谢宫宝问，他对小舅还是有所愧疚，如果不是当年他故意摔倒，小舅也不会走。

"我？"谢青涯笑了，指着一望无际的大海说，"宫宝，我回不来了，我已爱上海洋了。"

他比从前健康，也比从前开朗多了。

谢青涯潇洒地走了。

谢宫宝看着他离开，看着他远航，驶向远方，心里有说不出的感觉。小舅爱上海洋，也爱上了漂泊，他不愿也不想回来了。

他们就这样走散了，那谢欢喜，你到底在哪里？你是不是也爱上海洋，爱上流浪了？

可你知道吗，我在等你，一直在等你，等你归航，等你回来，等你来给我一个家，等你来抱抱我，告诉你，没有你，我有多难过。

谢欢喜，这世上，再也没有比你更残忍冷酷的人了。

我恨你，我真的恨你。我诅咒你，你就不要想起我，不然，我所受之苦，有一天，思念也会从你身上穿肠过。

痛苦时，谢宫宝是真的恨不得去做一个谢欢喜的等身抱枕，狠狠地骂她一顿。可是他舍不得，他最想最想的，还是找到她，拥她入怀，告诉她，他想她，真的想她。

欢喜，我的欢喜，你到底在哪里？

这是她离开的第七年，这一年就要结束了。

就在时间要走向第八年时，谢宫宝接到一个电话，王惜乐打过来的。

她说："我怀孕了，我准备结婚。这是我最后一次跟你联系，谢宫宝，我想跟你要一个新婚礼物。"

"什么？"

"我要你说一声'我爱你'。"

谢宫宝沉默了，好久，他说："我做不到。"

"骗骗我都不行吗？"

"不行。"

"为什么？"

"我错了一次，不能再错第二次，我骗了你一次，不能再骗你一次。"

　　王惜乐笑了，笑得眼泪都出来了，她又问："谢宫宝，这几年，你好受吗？"

　　"不好受，很不好受。"

　　"真的？"

　　"嗯。"

　　王惜乐沉默，过了半天，才说："你话还是这么少，好了，不跟你开玩笑。我真的怀孕了，也真的要结婚，新郎是我喜欢的人，是我想嫁的人，他很好，比你好一百一万倍，我很幸福。知道怀孕后，我们都很开心，本来不想这么早结婚，但为了孩子，我们还是决定快点结婚。

　　"你别自作多情，我不是来炫耀，结婚我也不会请你，我就是告诉你我的喜悦。有了孩子之后，我很多想法都变了，也释怀了不少。我想，我要为我的孩子积点德，将来他出生就会得到多些人的祝福，会好运幸福一生。"

　　"所以，谢宫宝，你听清楚，我真正想要的礼物是——"她顿了一下，说，"我要你和我永不相见，我要你永远消失在我的生命中，我们不要再见面，也不要再联系，就算哪天在路上遇见了，也请当作不认识，这个你能做到吗？"

　　谢宫宝一震，沉默了半天，最后还是回答："好。"

　　王惜乐笑了，她说："那我们说到做到，谢宫宝，很不幸遇见你，再见。"

　　"再见。"

　　他们说了再见，王惜乐又说："最后告诉你一件事，我原谅你们了。"

　　她对着手机，一字一顿地报了一串号码，然后，没等他反应，飞快地挂了电话，把手机扔在床上。床上是一套美丽纯白的婚纱，很美。

明天，她就要穿着这套婚纱，嫁人了，嫁给所爱之人。

王惜乐笑了，好久，才平静下来。她拿起手机，把那个电话删掉，就像把那个人从自己的生命中删掉，删得干干净净。

她摸了摸肚子，那里孕育着一个小生命。她想，他应该听清楚了，就算听不清楚也是他的事，反正她都说了，至于他能不能找到她，那是他们的缘分。

谢宫宝，再见，这一次是真的再也不见。

我……原谅你了，所以就此告别。

从此山高水远，永不相见。

而谢宫宝愣在原地，许久才反应过来，这是欢喜的手机号码？

一切来得太突然，谢宫宝脑子还一片空白，但那11个数字，他记得清清楚楚，他颤着手指难以置信地拨通电话。

电话响了，铃声是《一生所爱》，在房间响着，也在一个很远很远的地方响了，有人边擦头发边走向放在桌上的手机，按下接听键……

一生所爱，终于，他还是找到了他的欢喜。

（全书完）

后记

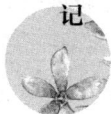

这本书的一开始的名字叫《欢喜》，写一个叫欢喜的小女孩的故事。妈妈希望她一生欢喜，无忧无愁，命运却让她颠沛流离，有苦有乐。写这文的时候，我最初的想法，是要写一个大团圆的结局，毕竟生活有太多的悲剧，我更喜欢幻想美好的故事。

但故事渐渐展开，有些人，有些事，已经不受我控制。他们拥有各自的命运，如同奔腾的河流，而我站在河的彼岸，看着他们的悲欢离合，直到视线模糊。文写完的深夜，我对着寂静的客厅，心里空荡荡的，漂泊着没有归属感。

就像最后的最后，欢喜选择离开，继续流浪，因为她的内心无法安宁。

我一直认为，两个人在一起，就是大于幸福。如果紧紧拥抱，却满身血刺，那宁愿远远地望着。这也是为什么最后会是这种结局，不是不爱，而是有太多的事横在欢喜与官宝之间，期待在一起的幸福反而变得微薄。

说真的，我实在不是一个会讲爱情的作者，我只是把我所思、所看、所恋的写下来，用心。

我在文里提到两个城市，一南一北。写文前夕，我刚从北方的城回到南方的家，然后再碾转到西南，短短几个月，我换了三个城市，最后在高原开始写这篇文，带着对北方的怀念，对家的思念。

北方是谢欢喜和官宝的一个城，他们在那里相遇。

南方是他们的家，是我熟悉的有着海腥味的小镇。

都是我爱的地方，也是我喜欢的感觉，青梅竹马，生死不离。文中我最爱的一段莫过于，他们手牵手在街头卖艺行乞。看过文的朋友问我，你会不会太残忍，连我这样铁石心肠的都觉得心酸。我却认为最美好的一段就是他们小时候的不离不弃。

小时候是无邪天真的，他们毫无间隙地靠在一起，没有成人的猜忌，面对世俗的贫贱不公，坦荡地共同面对，如同水晶般透明，那么干净，纯粹得没有一丝瑕疵。那时的欢喜，那么勇敢，那时的宫宝，绿眼睛里只有她。

后来，他们来到南方，他为她改名换姓，甚至把岁数改成和她一样，生日换成大她一天，欢喜还在纠结娃娃亲是什么意思时，宫宝说："我只有你了。"他无所依靠，只有她，这个小小的举动对他是契约般的仪式。

他们必须在一起，什么也不可能分开他们！如果谢宫宝和谢欢喜没有在一起，拿什么让我们相信爱情。我拿着这样的执着和信仰继续这个故事，原谅我，不曾想过这也只是一场空欢喜。

他们不是不爱彼此，只是敌不过命运。

那么多残酷的现实汹涌而来，他们太弱，又太过年少，报得了仇，却守护不了自己的爱情。他们都是这样纯粹的孩子，太过纯净的眼睛容不下伤痕、裂缝。不是因为不爱而离开，而是太在乎彼此。

我总是想，这故事不会结束，因为宫宝还在等着欢喜，而地球是圆的，总有一天，欢喜会重新走到宫宝的身边，那时，他再为她唱起《一生所爱》，一生所爱，不失所爱，我是多么希望你们在一起……

最后，将这本书献给我刚出生的侄女，她迫不及待地提早一个月出来，晚上十一点转了三家医院，让她母亲阵痛十一个小时，一家人陪她纠结到天明，几分欢喜几分忧。但亲爱的宝贝，你的到来，给了我们多么大的幸福和惊喜。

姑姑写下这些字的时候，你还在保温箱里，外面，你的爸爸妈妈、爷爷奶奶、外公外婆……你的家人都在等待，算着日期可以去看你。宝贝，我们爱你，世间有诸般欢喜，亦有苦难，但心中有爱，上善若水，一生平安。

麦九

2011 年 11 月 2 日

再版后记

首先跟曾经看过这本书的读者道个歉，对不起。

这本书的初版没有做好校对工作，出现了太多错别字。不管是有多少个理由，但我身为作者，让它有瑕疵地出现在大家面前，就是我的错，我责无旁贷，实在羞愧，再一次跟大家说声对不起！

这本书的一开始的名字叫《欢喜》，初版时，编辑改为《往北的地方海未眠》，当时我并不是很喜欢这个文名，但是为了配合文名，我还是在结尾处加了一段跟文名靠近的文字。2011年到2017年，这么多年过去，叫着叫着也习惯了，也习惯称它为"海未眠"。时间啊，真是个奇妙的东西。

这本书呢，是我的第一本书，它很不完美，这次再版，我重新修订了一遍，更发现自己当年文字的青涩和拙劣。用朋友的话来说，多年后，看从前的文，有一种"辣眼睛"的感觉，哈哈哈。

现在我看它呢，可以挑出很多问题：不现实，不符合生活逻辑，感情发展过渡也不自然。但这次修订，我除了修错别字和语病，并没有做情节上的修改，因为我想，还是让它保持最初的模样，尽管它是如此不完美，但它见证了我的岁月。

我至今记得，写这篇文时的我在昆明，每天下班后，我和同事去一间很小的店买菜，一起做晚饭，然后，他们回各自的卧室打游戏、看剧，而我抱着电脑到客厅写稿，写到他们屋子里的灯都暗了，写到屋外只有风声，我记得，这篇文的完稿就是在一个深夜。

那时我充满期待，和我同期写文的朋友已经是畅销书作家，我期盼着命运也能给我一个奇迹，让我也能有好运气。这本书算是有宣传的，在《许愿树》连载，我挺高兴的，想着万一一不小心红了呢，哈哈哈。

不过呢，命运大神很快就给了我一个大大的嘲讽，好像连载到三期还是四期(不记得了)，《许愿树》停刊了(这应该是我经历过的第一个停刊)，接着和我相当投缘，一直挥舞着小鞭子催我写稿的编辑自然卷告诉我，她要辞职了！我眼里含着泪，不舍又期待地祝福她北漂成功！

有人问，为什么我写的小说总是故事要接近圆满时，又突然来一个转折，撕下所有的美好。为什么啊，因为这就是生活。这几年，我感觉每当我在接近目标时，生活就迎面给我一盆冷水，把我打击得像落汤鸡。等我重整旗鼓，又过去了大半年。好几次了，每次我都一脸茫然又无可奈何。

当年，这本书经历的种种，我也觉得挺茫然。如今，我回忆过去，只会批判自己矫情、不成熟。现在我看这本书，不会像当年一样为它觉得委屈，因为我看到，它确实有很多不足和问题。

还好，我还在写文，我还可以继续奋发图强！

几年前，我朋友问我目标是什么，我说要写一本我真正的代表作。

如今我也写了几本长篇，有自己的代表作了吗？我想了想，也就"失去"系列勉强算是有点知名度吧，毕竟微博每天都有人发私信问我，写不写"失去4"。但"失去"也只是"勉强算是"，它还有很多不足，我啊，至今还是没写出一本我真正的代表作来！唉，惆怅！

所以，我的目标还是这样，写一本真正的自己的代表作！

一直羡慕别人的书能再版，终于自己也能再版了，所以啰唆了点，让大家见笑了！

不过这些话真的都是肺腑之言，吐槽了半天的"海未眠"，现在为它说几句话，这是我的第一本长篇，它有很多不足，但它很真诚。有一天，我打开文档，看了看，竟把自己看哭了。这次我进行修订，还是觉得小时候的宫宝好萌好可爱，虽然情节不现实，但还是喜欢他们小时候一起卖唱行乞那一段，我又重新爱了谢宫宝一次。

小鸡丁，你好啊！你们都不要长大好不好。

长大后，有很多不美好等着你们。你们流浪时，虽然很苦，可长大了，你们复仇了，却再也回不到过去，你们不会像从前那样快乐。

真想你们，永远手牵着手，小小的，不要长大。

这么多年，还有不少读者问我，这本有没有第二部。

现在我告诉大家，当初我写这篇文，确实是计划有第二部的，脑中也有构思，准备写他们重逢，剧情是又虐又甜，但是时间过去太久了，我现在的看法、心境和过去不一样了，所以欢喜、宫宝应该就这样了。它过了我最想写它最渴望下笔的时期，和很多事情一样，我们以为只是姗姗来迟，最后却是不了了之。不过，这次我写了一个充满希望的番外，也算是圆了大家多年的梦！

如果我真正写第二部，应该会写李昭扬的故事，一个全新的故事。我还挺喜欢我们的昭扬哥哥，这个做事不按常理出牌、总是贱兮兮又自称朝阳一样温暖的李昭扬。偷偷跟大家说，我已经写了一个大纲，我给他的设定就是"天生反骨，不犯贱不舒服"，一个叛逆张扬嚣张的李昭扬，感觉他应该会是我文里最嚣张的男主吧……哈哈哈！

好了，不啰唆了。

写文多年，这里要特别感谢一直包容我、支持我的读者们！

这次修订，才发现自己曾经的文笔有多么"辣眼睛"，谢谢你们不嫌弃！

爱你们，比心，么么哒！

再再一次为这本书的初版出现很多的错别字道歉！对不起！

写文多年，越来越明白，这条路要想走得更远更长，就要一直对文字充满尊重和虔诚。如今，我也明白，不是我没有好运气，也不是上天不肯给我奇迹，是我还不够努力，是我写得还不够好。与其迷信奇迹，不如好好写自己爱的故事！

我爱我文里的小家伙们，就算他们如此不完美。我亲爱的小伙伴，"麦田"们，也希望你们喜欢他们。

感谢相伴，感谢文字让我们相遇！

相逢就是缘，让我们干了这杯岁月的酒！

麦九

2018 年 4 月 15 日